ROSE SNOW

ACHT SINNE
BAND 6 DER GEFÜHLE

für Hannah

Bibliografische Information der Deutschen Nationalbibliothek
Die Deutsche Nationalbibliothek verzeichnet diese Publikation in der Deutschen
Nationalbibliografie; detaillierte bibliografische Daten sind im Internet über
http://dnb.dnb.de abrufbar.

© Rose Snow 2018
Herstellung und Verlag:
BoD - Books on Demand, Norderstedt
Umschlaggestaltung und Satz: Rose Snow
Umschlagsmotiv: Alexander Kopainski

ISBN: 9783746062266

Besucht uns im Internet:
www.rosesnow.de

... hörst ihre Stimmen, hörst ihr Flüstern, das sich in dich gräbt
hörst, wie sie nach dem Dunkel suchen, das tief in dir lebt
hörst, wie ihr kalter Atem sich an dich tastet
und all das, was auf dir lastet
dich drückt in die Stille hinein
hörst alles und nichts und ihr stummes Schreien
das, was sie wollen, willst du nicht befreien
Raum 8 sei uns gnädig und
schließe sie ein

Quelle: unbekannt

Kapitel 1

„Steht ihr auf der Liste?", fauchte der muskulöse Wutträger und reckte uns sein bärtiges Kinn entgegen. Die brennende Feuerschale rechts von ihm ließ zuckende Flammen in seinem kantigen Gesicht tanzen.

„Von welcher Liste sprichst du?", fragte Jaron ruhig und strich sich mit dem Zeigefinger über seine rechte Augenbraue, während das Licht des roten Mondes auf uns herab schien. Trotz des aggressiven Auftretens der beiden Türsteher, die uns um zwei Köpfe überragten, wirkte Jaron weder eingeschüchtert noch zaghaft. Von seiner früheren Unsicherheit und Tollpatschigkeit war nichts mehr zu spüren, ganz im Gegenteil: In seinem Auftreten lag Selbstvertrauen und Zuversicht.

Aber Jaron hatte sich nicht nur charakterlich, sondern auch optisch verändert. Er hatte an Gewicht verloren, seine Gesichtszüge waren markanter geworden und seine Haare dunkler. Während mir der kühle Nachtwind ins Gesicht blies, fragte ich mich, ob Jarons Veränderung mit seiner neuen Freundin – über deren Identität er sich beharrlich ausschwieg – zusammenhing oder ob möglicherweise das Schwarze Buch der Macht, das er vor einigen Wochen gefunden hatte, etwas damit zu tun hatte. Vielleicht lag es aber auch nur an seiner Verbindung mit seinem menschlichen Ich, dass er sich verändert hatte?

„Er fragt ernsthaft, von welcher Liste du sprichst", schnaubte der andere Türsteher spöttisch. „Na, von der Einladungsliste." Seine orangefarbene Zeichnung, die wie eine Keule aussah, begann zu funkeln und sein Mund verzog sich zu einem grimmigen Lächeln. „Diese Veranstaltung ist nur für geladene Gäste", erklärte er selbstzufrieden und verschränkte die Arme vor der Brust. „Seid ihr geladene Gäste?"

Ich atmete tief ein. „Ich bin eine Wächterin."

Der Mundwinkel des Freudeträgers zuckte. „Und ich bin ein Beschützer und in meinem früheren Leben war ich ein Serienkiller – na und?" Sein selbstgefälliger Blick war widerlich und ich musste mich beherrschen, nicht einfach meinen Wächterstab zu zücken und ihn in eine Wächterkugel zu stopfen. Leider hätte das die Mission gefährdet.

Jaron nickte. „Ach so, diese Liste", erwiderte er. „Aber gewiss stehen wir auf der Einladungsliste. Madame Lorella hat uns höchstpersönlich gebeten zu kommen." Die Selbstverständlichkeit, mit der er das sagte, schien die beiden Türwächter zu irritieren und sie tauschten einen kurzen Blick.

„Tatsächlich?", hakte der bärtige Wutträger nach und sah über seine Schulter, fast als würde er sich vergewissern, dass wir alleine waren. Hinter den beiden muskelbepackten Türwächtern, die uns den Weg versperrten, führte ein orangefarbener Kiespfad zu einem pompösen schwarzen Tempel, der auf einer kleinen Anhöhe lag und mich an die Akropolis aus der anderen Welt erinnerte. Hüfthohe Fackeln, die am Fuße der dreistufigen Treppe in der Erde steckten, tauchten die acht schwarzen Säulen und das flache Spitzdach in bernsteinfarbenes Licht. Ein weiterer Pfad zweigte zu einem ovalen See ab, dessen Wasseroberfläche sich sanft im Licht des Mondes kräuselte, und ein anderer Weg führte zu den Weinhügeln, die sich in der Ferne verloren.

Madame Lorellas Anwesen war riesig.

Der Wutträger räusperte sich und rieb sich über seinen Vollbart. „Persönlich eingeladen?", knurrte er. „Das tut die Madame nur sehr selten. Normalerweise schickt sie Boten. Nur ausgewählte Gäste werden durch eine persönliche Einladung erfreut."

„Wie sind eure Namen? Sagt schnell", verlangte der Freudeträger zu wissen und schob den rechten Ärmel seiner schwarzen Robe nach oben. Augenblicklich erschienen dort Dutzende Namen, die in leuchtenden Lettern auf seiner Haut glühten.

Ich warf Jaron einen kurzen Seitenblick zu. Was hatte er vor? Wir standen definitiv nicht auf der Liste.

„Entschuldigung!" – „Wir haben es eilig!", erklangen Stimmen hinter uns, die zu zwei Freudeträgerinnen in kurzen orangefarbenen Tuniken gehörten. „Wie ihr wisst, werden wir in Bild sieben erwartet", sagte die eine, die ihre blonden Haare nach hinten warf.

„Wir sind schon spät dran, also lasst ihr uns schnell durch? Bitte?", fragte die Rothaarige und klimperte mit ihren langen Wimpern, die mit kleinen Edelsteinen besetzt waren.

Die beiden Torwächter nickten beinahe synchron und ich legte den Kopf schief, während ich auf den kräftigen Arm des Freudeträgers schielte. Er machte einen Schritt zur Seite und als die Rothaarige ihm beim Vorbeigehen zuzwinkerte, leuchtete seine Zeichnung hell auf.

Nachdem die Torwächter den hüftschwingenden Trägerinnen für einen Moment hinterhergestarrt hatten, stellten sie sich wieder vor uns und blockierten den Weg.

„Also", machte der Wutträger weiter. „Wie lauten eure Namen?"

„Wir haben eine persönliche Einladung", wiederholte

Jaron gepresst. Ich sah, wie seine Muskeln sich kampfbereit anspannten, und legte ihm schnell die Hand auf den Arm.

„Lazilus und Corenna", sagte ich mit sicherer Stimme und hoffte, dass die Torhüter nicht wussten, wie diese Träger aussahen.

Der Wutträger runzelte die Stirn. „Stehen sie auf der Liste?", fragte er seinen Kollegen, der schnaufend den Ärmel seines Anzugs wieder herunterzog.

„Ja, das tun sie, warum auch immer", stieß er zwischen zusammengepressten Zähnen hervor und trat grummelnd zur Seite. „Willkommen in Madame Lorellas schwarzem Tempel", brummte er.

Ich lächelte knapp. „Geht doch", sagte ich, weil ich es mir einfach nicht verkneifen konnte.

„Nicht schlecht, Lee. Aber ich hatte schließlich auch damit gerechnet, dass du uns hier reinbringen würdest", erklärte Jaron, als wir dem orangefarbenen Kiesweg Richtung Anhöhe folgten. Ich band mir die Haare zu einem schlampigen Knoten zusammen und runzelte die Stirn. „Du hast damit gerechnet? Deswegen hast du behauptet, dass wir auf der Liste stehen?"

Er nickte. „Ich war auch bereit, mich mit denen in der Zwischenzeit zu prügeln, um für Ablenkung zu sorgen, aber zum Glück sind die zwei Trägerinnen aufgekreuzt. Meine Chancen gegen die Muskelprotze standen nicht besonders gut – beziehungsweise hätte ich nur für eine sehr kurze Ablenkung sorgen können." Jaron lächelte und ich kaufte ihm inzwischen tatsächlich ab, dass er sich mit den Türstehern geprügelt hätte.

„Du kommst mir total verändert vor", murmelte ich. „Ist das der Einfluss deiner neuen Freundin?"

Jaron grinste und seine geschwungene Gesichtszeichnung begann, orangefarben zu schimmern. „Du hast auch schon von ihr gehört?"

Ich schob mir eine Haarsträhne aus dem Gesicht. „Thaya spricht von nichts anderem mehr."

Jaron verdrehte die Augen. „Die Trauerträgerin nervt so unglaublich", schnaubte er abfällig und seine Nasenflügel blähten sich auf. „Ich habe auch keine Ahnung, woher sie das überhaupt weiß. Meine Freundin und ich sind nämlich sehr diskret. Es muss ja schließlich nicht jeder wissen, dass wir zusammen sind." Er warf mir einen kurzen Seitenblick zu. „Du wirst das wahrscheinlich nicht verstehen, so offensiv wie du und Ben eure Beziehung immer gelebt habt. Aber es gibt eben auch Paare, die ihre Privatsphäre schätzen."

Ich schluckte und wusste nicht, was mich mehr störte: die Tatsache, dass mir Jaron unterschwellig mangelnde Diskretion vorwarf, oder dass er Ben überhaupt erwähnte. Seit seinem Auszug aus unserem Turm in der Schwarzweißen Stadt waren drei Wochen vergangen, Wochen, in denen ich ihn glücklicherweise nur zwei Mal kurz in der Bruderschaft gesehen und kein Wort mit ihm gesprochen hatte. Und obwohl ich ab und zu an ihn erinnert wurde, schob ich diese Erinnerungen beharrlich zur Seite. Wir waren nicht mehr verbunden. Das magische Band zwischen uns war getrennt worden und wir hatten schlichtweg keinen Platz mehr im Leben des anderen.

Als Quirin schließlich die Zusammenstellung der neuen Zweierteams bekanntgab, war ich erleichtert gewesen, mit Jaron nach dem Orangefarbenen Buch der Macht zu suchen und nicht wieder mit Ben in einem Team zu sein. Diese Zeit war vorbei.

„Ich wollte dir nicht zu nahe treten", schob sich Jaron in meine Gedanken.

Ich schüttelte den Kopf. „Damit kannst du mir nicht zu nahe treten", erklärte ich und blickte nach vorne. „Das Haus der Schadenfreude hätte ich mir auch anders vorgestellt", murmelte ich dann und betrachtete den Schwarzen Tempel, der vor uns aufragte. Er war weitaus größer, als er aus der Ferne ausgesehen hatte.

„Ich auch", stimmte mir Jaron zu und blieb stehen. „Es ist schon seltsam, dass ich von diesem Ort noch nichts gehört habe. Aber die Gegend, in der wir uns befinden, hat generell einen ziemlich schlechten Ruf."

„Solche Gebiete gibt es im Freudeland?"

Jaron nickte mit einer Vehemenz, die mich fast zum Lachen brachte. „Das Freudeland besteht nicht nur aus schönen Orten, die voller guter Laune sind, es gibt auch düstere Flecken, über die nur hinter vorgehaltener Hand oder gar nicht gesprochen wird."

„Und das hier ist der *Wir-sprechen-gar-nicht-darüber*-Fall?"

Jaron nickte. „Deswegen liegen uns auch nicht mehr Informationen zu dem Haus vor. Wir wissen nur, dass es öfters den Besitzer gewechselt hat und nun einer gewissen Madame Lorella gehört."

„Na, dann lass uns hoffen, dass wir etwas in dem Gebäude finden. Oder dass die neue Besitzerin zumindest etwas weiß." Mein Blick glitt über die mit Intarsien verzierten schwarzen Säulen des Tempels. Auf dem Dach darüber hockten Wasserspeier, deren Gesichter zu hässlichen Fratzen verzogen waren.

Ich blinzelte irritiert. Bewegten sich etwa ihre orange leuchtenden Augen? Oder bildete ich mir das nur ein?

„Siehst du das?", fragte ich Jaron.

„Was?"

„Die Augen. Sie bewegen sich."

Jaron schüttelte den Kopf. „Ich kann nichts erkennen. Hast du vielleicht einen zu tiefen Blick in Perxes' Tagebuch geworfen?" Er grinste leicht überheblich.

„Nein, habe ich nicht", erwiderte ich bestimmt. „Ich habe noch gar nicht hineingesehen, weil die Templer das übernommen haben."

Die Freude über das echte Tagebuch des Hüters Perxes, das Edomir vor drei Wochen gesichert hatte, war schnell wieder verflogen. Denn Perxes' Einträge waren nicht nur wirr und ohne Zusammenhang – es waren auch unendlich viele. Und mit „unendlich" meinte ich tatsächlich unendlich, denn die Seiten füllten sich Tag für Tag aufs Neue. Deshalb war es auch unmöglich, alles zu lesen, geschweige denn zu verstehen. Doch in all dem Chaos tauchten auch immer wieder vereinzelt Hinweise auf, denen wir nachgehen mussten, selbst wenn sie uns bislang nicht wirklich weitergebracht hatten.

„Dieser Perxes muss ein schräger Vogel gewesen sein", bemerkte Jaron, als wir die schwarze Treppe hinaufstiegen. „Ich habe nur ein paar Zeilen gelesen, da wurde mir schon ganz schwindelig."

„Oder er ist ein schräger Vogel", entgegnete ich und kontrollierte den Sitz der Notfallbrosche auf meinem Anzug der Bruderschaft.

„Wie bitte?"

„Wir wissen nicht, ob er nicht noch lebt. Bislang haben wir keinen Hinweis, dass er gestorben ist", sagte ich und machte eine kurze Pause, während wir an zwei der dunklen Säulen vorbei direkt auf den Eingang des Tempels zusteuerten. Dabei hatte ich den Eindruck, dass uns die Wasserspeier auf dem Dach mit ihren Augen verfolgten.

Das rechteckige Tor vor uns war riesengroß und ich musste meinen Kopf in den Nacken legen, um seine ganze Höhe zu erfassen. „Aber selbst wenn wir ihn finden würden", fuhr ich leise fort, „bedeutet das noch lange nicht, dass er uns weiterhelfen könnte. Die Bücher scheinen Perxes ziemlich zugesetzt und seinen Geist beschädigt zu haben – wer weiß, ob er überhaupt wüsste, wo sie sich derzeit aufhalten." Meine Stimme war mittlerweile nicht mehr als ein Flüstern, da ich nicht wusste, wer uns hier zuhörte.

Eigentlich waren wir nur hier, weil das Haus der Schadenfreude mehrfach in Perxes' wirrem Tagebuch vorgekommen war. Edomirs Nachforschungen hatten daraufhin ergeben, dass das Haus früher einmal dem Urgestalter der Freude gehört hatte, und wir mutmaßten, dass Perxes das Buch möglicherweise einfach wieder nach Hause gebracht hatte. Es war wieder einmal nicht mehr als eine dünne These, dachte ich, als wir vor dem hohen Tor standen, dessen Flügeltüren sich mit einem knarzenden Geräusch wie von Geisterhand öffneten.

„Nach dir, Lee", sagte Jaron und machte eine einladende Handbewegung.

„Hast du etwa Angst?", fragte ich und zog eine Augenbraue hoch.

Jaron schüttelte den Kopf und schmunzelte. „Nein, meine Freundin meint nur, dass ich ruhig öfter mal den Gentleman rauslassen kann."

Im Inneren erwartete uns ein länglicher schwarzer Raum ohne Fenster und Türen. Nur ein paar im Boden eingelassene Lichtsteine glühten in einem düsteren Orange und meine Augen brauchten einen Moment, um sich an die Dunkelheit zu gewöhnen. An den schwarzen Steinwänden rechts und links von uns hingen je vier riesige Gemälde – ansonsten schien der Tempel vollkommen leer zu sein.

„Wo sind denn die beiden Trägerinnen hin, die vorher hier hereinspaziert sind?", fragte Jaron und drehte sich einmal um seine eigene Achse. „Hier ist doch niemand."

„Ich glaube, das täuscht", entgegnete ich und betrachtete die Bilder in den goldenen Rahmen, die offensichtlich alle vom selben Künstler stammten. Es waren düstere Gemälde, die mit dicken Pinselstrichen gefertigt worden waren und große Teile der dargestellten Szenerien im Dunklen ließen.

Auf ihnen wurden opulente Feste angedeutet, die in kunstvollen Sälen stattfanden, deren gewölbte Decken von schwarzen Säulen getragen wurden. Sinnträger in langen Tuniken tanzten, lachten und feierten, während andere in orangefarbenen Samtstühlen saßen, von dunklen Trauben naschten und aus goldenen Bechern tranken. Alle Bilder waren unterschiedlich, bildeten jedoch eine Serie. Immer wieder tauchte eine Frau mit einem kinnlangen schwarzen Pagenkopf auf, aber es war mir unmöglich, ihr Gesicht zu erkennen, da es stets im Schatten lag. Ich machte einen Schritt auf eines der Gemälde zu.

„Gib mir deine Hand", wies ich Jaron an.

„Was willst du mit meiner Hand?"

„Vertrau mir. Ich weiß nicht, ob es uns gefallen wird, aber einen anderen Weg gibt es wohl nicht", sagte ich, ohne zu wissen, ob es klappen würde. Aber einen Versuch war es wert.

Nachdem mir Jaron seine leicht verschwitzte Hand gereicht hatte, berührte ich mit den Fingerspitzen vorsichtig die Leinwand, an der Stelle, wo sich die Sinnträgerin mit dem Pagenschnitt befand. Im selben Moment hörte ich die leisen Töne einer Harfe sanft an mein Ohr dringen und spürte einen machtvollen Sog, der uns in das Bild hineinzog.

Wir landeten in dem Steinsaal, der auf der Leinwand zu sehen gewesen war. Die fast zärtliche Harfenmelodie spielte im Hintergrund, während sich die Leute auf orangefarbenen Kanapees und gepolsterten Stühlen unterhielten. Es roch stark nach exotischen Düften und ich zählte mehrere Hundert Sinnträger in dem Festsaal, von dem noch weitere Räume abzweigten.

Die Atmosphäre hier war ausgelassen und dennoch irgendwie bedrückend. Wachsam blickte ich mich um. Unsere Ankunft schien niemanden zu irritieren, und das, obwohl Jaron und ich die schwarzen Anzüge der Bruderschaft trugen. Offenbar waren die Gäste so sehr mit sich selbst beschäftigt, dass sie uns nicht mal bemerkten.

„Scheint eine Privatveranstaltung zu sein", wisperte mir Jaron ins Ohr und ließ seinen Blick über die Anwesenden schweifen. Inmitten einer Gruppe Sinnträger, die sich plaudernd in der Nähe der opulenten Festtafel aufhielt, sah ich die Frau aus dem Gemälde.

Unsere Blicke trafen sich.

Sie hatte ein mädchenhaftes, bleiches Gesicht und trug eine zauberhafte, mit Eiskristallen bestickte Tunika. Ihre Augen waren stahlblau und ihre orangefarbene Gesichtszeichnung sehr fein und unauffällig, wie drei winzige Edelsteine. Sie legte den Kopf schief und lächelte mich an.

Irgendetwas an ihr war unheimlich und als sie sich von

der Gruppe löste, um zu uns zu kommen, merkte ich, wie sich mein Puls beschleunigte.

„Wie schön, dass ihr es geschafft habt, an meinen Türstehern vorbeizukommen", begrüßte sie uns mit zarter Stimme und mir stieg der Geruch nach Schnee in die Nase, während die Eiskristalle an ihrem Kleid leise knisterten. „Ich bin Madame Lorella, aber das wisst ihr ja bereits. Willkommen auf meinem Fest." Sie lächelte kurz. Es schien sie nicht zu stören, dass wir uns eingeschlichen hatten.

Jaron neigte leicht den Kopf. „Du hast ein bemerkenswertes Haus", erwiderte er und ließ damit keine Verlegenheit oder peinliche Pause aufkommen.

Lorella strich sich sanft eine schwarze Haarsträhne aus dem Gesicht, während sie mich mit ihren eisblauen Augen fixierte. „Das ist sehr freundlich von dir. Es ist schön, wenn sich meine Gäste bei mir wohlfühlen." Sie machte eine kurze Pause und ließ dann ihren Blick über die Anwesenden gleiten, die sich köstlich amüsierten. Einige tanzten zwischen den schwarzen Säulen hindurch in die abzweigenden Räume und andere wiederum strömten lachend und trinkend aus den angrenzenden Sälen herein.

„Wie ihr seht, besuchen mich Sinnträger aus den unterschiedlichsten Gebieten, ich mag die Vielfalt", erklärte Madame Lorella und streckte ihre Hand aus, in der augenblicklich ein silberner, mit Ornamenten verzierter Weinkelch erschien. „Meine Gäste nehmen die Reise aus allen acht Ländern auf sich, um an meinen Gesellschaften teilzunehmen. Vor allem Vertrauensträger und Ekelträger fühlen sich bei mir besonders wohl."

Nur die Erwähnung des Wortes „Ekelträger" versetzte mir einen kurzen Stich. Lorella betrachtete mich interessiert. „Wachsamkeitsträger sind eher seltene Besucher", ergänzte sie mit einem Hauch Schwermut in der Stimme.

„Warum heißt dein Tempel das Haus der Schadenfreude?", wollte ich wissen.

Madame Lorella nippte an ihrem Wein und ihre blauen Augen verharrten auf mir. „Du bist direkt, das gefällt mir."

„Und du hast meine Frage noch nicht beantwortet", sagte ich, ohne mich von ihr irritieren zu lassen.

Madame Lorella zuckte mit den Schultern. „Vor langer Zeit soll das Haus einem Urgestalter gehört haben, der den Überlieferungen zufolge über ein leicht sadistisches Wesen verfügte. Damals bekam das Haus diesen Namen. Mittlerweile ist es nicht mehr als ein Vermächtnis und eine Zusammenstellung von leeren Wörtern. Wie du hier siehst", sie wies mit einer ausholenden Handbewegung auf die Gesellschaft, der es hier sichtlich gut gefiel, „amüsieren sich die Leute bei mir. Ich habe das Haus vor einigen Jahren erstanden, als es noch in einem unbrauchbaren, grässlichen Zustand war."

Jaron nahm sich einen Cocktail vom goldenen Tablett einer vorbeikommenden Kellnerin und schlürfte daran. „Das schmeckt fantastisch", meinte er freudig.

„Schön, dass es dir mundet", sagte Madame Lorella.

„Köstlich", wiederholte Jaron und nahm den Gesprächsfaden wieder auf. „Du musstest hier also viel renovieren?"

Madame Lorella nickte bestätigend. „Es hat mich ein Vermögen gekostet", erklärte sie. „Ich kann euch gerne herumführen, wenn euch mein Tempel interessiert."

„Sehr gerne", erwiderte ich und wir folgten ihr durch die verschiedenen schwarzen Säulenhallen, die denen auf den Gemälden glichen. In manchen Festsälen wurde wild getanzt, in einem anderen kühlten die Sinnträger ihre Füße in einem großen Steinbecken, während ihnen von riesigen orangefarbenen Blättern Luft zugefächelt wurde. Die hier herrschende Ausgelassenheit erinnerte mich ein wenig an Philomenas Anwesen. Allerdings wirkte dieser Tempel nicht nur antiker, sondern ich hatte auch den Eindruck, als würde ein dunkler Schatten über allem liegen.

„Du scheinst dem Luxus nicht wohlgesonnen zu sein", schob sich Madame Lorella in meine Gedanken. „Das ist bedauerlich. Denn wie heißt es so schön in der anderen Welt? Luxus ist ein süßes Gift, das man viel leichter anklagen als vermeiden kann." Sie lächelte und deutete mit ihren zarten Fingern auf ihre Gäste, die ihre Feier sichtlich genossen.

Und es war erstaunlich. Obwohl wir uns so tief im Freudeland befanden, waren hier tatsächlich Sinnträger aus allen Ländern anwesend. Es verblüffte mich, wie reibungslos sie sich miteinander amüsierten, obwohl sowohl Mensch- als auch Tierverbundene anwesend waren. Die Auseinandersetzungen zwischen diesen beiden Gruppen hatten in letzter Zeit stark zugenommen. Grund dafür waren die Totaa, die immer mehr Anschläge auf Menschverbundene ausübten und so den Hass beständig schürten. Dabei hatten sich die Totaa laut Marcus in zwei Gruppierungen aufgesplittert: in jene, die im Untergrund ihre Kräfte sammelte, und in jene, die einfach drauflosstürmte und die Sinnliche Welt in Angst und Schrecken versetzte.

„Hier könnt ihr euch umziehen", sagte Madame Lorella und wies auf zwei Türen, die sich am Ende einer Halle befanden, in der die Gäste von Sängern und

Tänzern in Flammentunikas unterhalten wurden.

„Uns umziehen?", wiederholte Jaron und runzelte die Stirn.

Madame Lorellas Lippen verzogen sich zu einem süßen Lächeln. „Alle meine Gäste sollten dem Anlass entsprechend gekleidet sein. Keine Sorge, ihr werdet den schwarzen Tempel wieder in euren Anzügen verlassen, aber solange ihr hier seid, gehören Tuniken zur Kleiderordnung." Sie machte eine kurze Pause. „Ich hoffe, ihr versteht das."

Jaron und ich tauschten einen kurzen Blick. Da wir uns hier noch länger umsehen mussten, um Anhaltspunkte für den Aufenthaltsort des Orangefarbenen Buches der Macht zu erhalten, blieb uns keine andere Wahl. Ich hatte zwar wenig Lust, mich umzuziehen, allerdings hatte ich noch weniger Lust, ohne weitere Erkenntnisse in die Bruderschaft zurückzukehren. Die Bedrohung durch die Totaa schwebte nach wie vor wie ein Damoklesschwert über uns.

Ich nickte Jaron zu, legte meine Hand auf die silberne Klinke und öffnete die Tür, hinter der mich Dunkelheit erwartete.

„Du musst keine Sorge haben", bemerkte Madame Lorella. Ihre Stimme hörte sich wie eine zarte Melodie an und sie hielt den Kopf schief. „Es wird nicht viel Zeit in Anspruch nehmen."

Ich machte einen großen Schritt in die Dunkelheit und im nächsten Augenblick stand ich wieder in der Halle, die ich soeben verlassen hatte. Die Tür mit der silbernen Klinke befand sich hinter meinem Rücken und als ich an mir herunterblickte, bemerkte ich den feinen Stoff, der sich um meinen Körper schlang. Es war eine lange Tunika, gewebt aus Gold- und Abendrotfäden und an meinen Handgelenken trug ich Armreifen aus Mondlichtkristallen. Meine Haare hingen mir offen über die Schulter und waren leicht gewellt.

Ich drehte mich zu Jaron um, der in einer weißen Tunika neben mir stand und mich irritiert ansah, während seine Gesichtszeichnung sanft zu glimmen begann.

Madame Lorella klatschte in die Hände. „Ihr seht wunderbar aus."

„Wie konnte das so schnell …", setzte Jaron an, doch unsere Gastgeberin legte ihm den Zeigefinger auf den Mund.

„Das ist ein Geheimnis. Ein Geheimnis meines wundervollen Tempels", sagte sie und sah mich anerkennend an.

„Wunderschön", hauchte sie. „Du solltest öfters deine Weiblichkeit betonen. Es steht dir gut."

Sie streckte die Hand aus und ein glitzerndes Glas erschien darin. „Hier, meine Liebe. Trink einen Schluck. Dein Begleiter hat sich ja bereits selbst versorgt."

Sie hielt mir das Glas hin und ich zögerte einen Moment, zuzugreifen.

„Keine Scheu. Es ist nur ein edler Wein, den ich auf meinem Grundstück selbst anpflanze."

„Wir haben eure beeindruckenden Weinhügel gesehen", bemerkte Jaron. Madame Lorella betrachtete ihn für einen Moment, als wüsste sie nicht, wovon er sprach.

„Ach die", entgegnete Madame Lorella. „Natürlich stammt der Wein von den Hügeln." Dann richtete sie ihre Aufmerksamkeit wieder auf mich und sah mich erwartungsvoll an. Obwohl ich lieber nicht von dem schwarzen Wein getrunken hätte, der eine fruchtige Note verströmte, nippte ich kurz an dem Glas. Er schmeckte süß und bitter zugleich, doch ich verzog keine Miene.

Madame Lorella lächelte zufrieden. „Und nun genießt das Fest. Ich bin mir sicher, dass euer Aufenthalt bei mir erfreulich sein wird …", flüsterte sie und der Glanz in ihren Augen war seltsam. „Ich muss mich jetzt jedoch wieder meinen Gästen widmen. Aber wir werden uns sicher heute noch einmal begegnen." Sie senkte den Blick, drehte sich um und ging. Ich sah ihr hinterher und legte die Stirn in Falten, denn die Art, wie sie den letzten Satz gesagt hatte, gefiel mir nicht.

„Und wonach sollen wir jetzt suchen?", fragte Jaron, als Madame Lorella in der Menge verschwunden war.

Ich atmete tief durch und stellte mein Glas auf das goldene Tablett einer vorbeikommenden Kellnerin. Der eine Schluck hatte mir gereicht.

„Wir teilen uns am besten auf", erklärte ich. „Vielleicht gibt es hier eine Art Bibliothek … wir müssen einfach die Augen offen halten und nach jeder Art von Versteck suchen."

Jaron nickte. Bevor er sich aufmachte, hielt ich ihn noch kurz am Oberarm fest. „Jaron", sagte ich, „sei bitte vorsichtig."

„Wieso? Das scheint doch eine nette Runde zu sein."

Ich schüttelte den Kopf. „Irgendetwas stimmt hier nicht."

„Oder …", Jaron sah mir tief in die Augen und begann zu lächeln, „deine Wachsamkeit spielt dir einen Streich. Die Leute hier sind einfach entspannt, Lee. Vielleicht solltest du das auch mal probieren."

Jarons Worte klangen noch eine Weile in mir nach, als ich durch Madame Lorellas Tempel wanderte.

Einerseits hatte er recht: Die Gäste hier amüsierten sich köstlich und ließen es sich einfach gut gehen. Neben den Tänzern, Sängern und kulinarischen Köstlichkeiten gab es auch eigene Masseure, die mit Wasser und Sand die verspannten Muskeln lockerten, sowie ein permanent wechselndes Aufgebot an Künstlern, die die Leute mit humorvollen und akrobatischen Einlagen unterhielten. Dennoch wollte mein ungutes Gefühl einfach nicht weichen.

Unwillkürlich fragte ich mich, woher Madame Lorella all diese Leute kannte, als ich schon zum zweiten Mal von Halle zu Halle spazierte. Weit und breit war keine Bibliothek zu sehen und ich entdeckte auch keine Versteckmöglichkeiten, wo Perxes das Buch untergebracht haben könnte. Unwillkürlich presste ich die Lippen aufeinander. Hatte der Hinweis aus seinem Tagebuch einfach keine Bedeutung gehabt? Hatte Perxes in all seinem Wahn das Haus einfach nur erwähnt, ohne es jemals mit dem Buch der Macht betreten zu haben?

Vielleicht spielte das Haus der Schadenfreude tatsächlich keine Rolle, überlegte ich und bahnte mir meinen Weg durch die feiernden Sinnträger, als hinter mir eine tiefe Stimme erklang.

„Du siehst zauberhaft aus."

Für einen Moment dachte ich, mein Herz würde aufhören zu schlagen. Langsam drehte ich mich zu ihm um. Er trug eine schwarze Tunika, die seine trainierten Arme und seine Gesichtszeichnung betonte, die sich in geschlungenen, ornamentähnlichen Linien bis zu seiner Schulter erstreckte. Seine braunen Haare wirkten in dieser Umgebung noch rebellischer als sonst, genauso wie sein Dreitagebart. Bens dunkle Augen sahen mich anerkennend an.

„Was machst du hier?", fragte ich kühl.

„Dasselbe könnte ich dich fragen", entgegnete er und ein Lächeln umspielte seinen Mund.

„Ich folge einem Hinweis", erklärte ich schroff. „Solltest du nicht auch auf einer Mission sein, anstatt dich hier zu vergnügen?" Es war eine von Bens unangenehmen Eigenschaften, den leichteren Weg zu wählen und das Vergnügen der Arbeit vorzuziehen. Im Nachhinein verstand ich selbst nicht, warum mich seine Entscheidung, zu Tara zu gehen, überhaupt überrascht hatte. Schließlich war dies weitaus angenehmer, als mit mir die Geheimnisse unserer Vergangenheit zu ergründen.

Sein Mundwinkel zuckte. „Caprice und ich haben gerade einen freien Tag, man muss das Leben auch genießen können, Wächterin."

„Dann genieße ruhig weiter", sagte ich kalt. „Ich muss jedoch arbeiten." Länger wollte ich mich nicht mit ihm unterhalten, ich hatte einfach keine Lust dazu. Doch als ich mich umdrehte, um zu gehen, hielt er mich am Oberarm fest.

„Was willst du?", fauchte ich ihn an und befreite mich aus seinem Griff.

Ben fixierte mich und in seinem Blick lag ein Hauch Verzweiflung. „Ich muss mit dir sprechen, und ich weiß nicht, wie lange ich noch den Mut dafür aufbringe."

„Den Mut wofür aufbringen?", fragte ich irritiert und die Mischung aus Stimmengewirr und Musik rückte in den Hintergrund.

„Ich …", setzte er an und presste die Lippen aufeinander. „Wächterin, verdammt, ich habe das schon hundertmal in meinem Kopf durchgespielt, aber jetzt, wo du hier stehst und einfach nur hinreißend aussiehst, ist es, als könnte ich keinen klaren Gedanken mehr fassen. Aber so ist es, seitdem ich gegangen bin – mein Kopf spielt verrückt. Ich bin nur noch ein verdammtes Wrack, ich … Lee … ich vermisse dich." Seine dunklen Augen brannten sich direkt in meine, während die Worte langsam an mein Ohr drangen und ich kopfschüttelnd zurückwich.

„Du vermisst mich?", fragte ich ungläubig.

Er nickte. „Ich habe selbst eine Weile gebraucht, um es zu erkennen", gab er zu. „Nach Casimirs Zauber war ich orientierungslos, verstehst du? Aus dem Grund bin ich gegangen. Es war einfach zu viel für mich, das alles."

„Und was willst du jetzt von mir?", fragte ich, während mich das, was er gesagt hatte, berührte. Irgendetwas machten seine Worte mit mir – mehr, als ich mir selbst zugestehen wollte.

„Ich weiß, dass ich dich damit überrumple, aber du", er machte eine kurze Pause und rang nach Luft, „gehörst doch zu meinem Leben, scheiß auf das magische Band von Casimir, verdammt, Lee, ohne dich - ist alles nichts."

Und während meine Gedanken und Gefühle nur ein einziger Strudel waren und ich das, was gerade geschah, zu verarbeiten versuchte, kam es mir wie ein Traum vor, was als Nächstes passierte. Ben legte seine Hand auf meine Hüfte und zog mich langsam zu sich, während sein Blick über meine Lippen glitt. Einen Herzschlag später spürte ich seinen warmen Mund auf meinem und merkte, dass meine Knie beinahe nachgaben.

Der Kuss, den er mir gab, war überraschend und atemberaubend, er war verwirrend und schön, total fremd und vertraut. Meine Gedanken wirbelten durcheinander und wehrten sich, während es der Rest von mir einfach geschehen ließ. Auf eine seltsame Art war ich plötzlich willenlos und gefangen, und als Ben sich von mir löste, lag ein spöttischer Zug um seinen Mund.

Er machte einen Schritt zurück und lehnte sich lässig gegen die schwarze Säule, hinter der Tara in einer kurzen schwarzen Tunika hervortrat. Ihre blonden Haare fielen ihr weich über die Schultern und ein boshaftes Grinsen zog sich über ihr Gesicht.

„Ich hatte recht, mein Schatz", sagte sie und strich Ben zärtlich über den Oberarm. „Du würdest sie sofort wieder rumkriegen. Ein Kinderspiel." Sie kicherte hämisch und auch Ben lachte, es war ein tiefes, böses Lachen, das vor Schadenfreude nur so troff.

„Sie tut zwar immer so besonders und so unnahbar, aber in Wirklichkeit ist sie noch immer ganz vernarrt in dich", verhöhnte Tara mich, während Ben seinen Arm um ihre Schulter legte.

„Du hast die Wette doch tatsächlich gewonnen, Liebes", sagte er und strich ihr sanft über die Wange. „Du überraschst mich immer wieder." Er beugte sich zu ihr hinab und gab ihr einen leidenschaftlichen Kuss, der ewig zu dauern schien.

Fassungslos starrte ich die beiden an und fühlte, wie mir schlecht wurde. Mein Herz schlug schmerzhaft gegen meine Brust und ein Engegefühl machte sich in mir breit.

Irgendwann ließen die beiden voneinander ab.

„Nicht hier, deinen Wetteinsatz löse ich später ein", hauchte Tara und zog Ben hinter sich in die feiernde Menge, bevor sie mir noch einen triumphierenden Blick zuwarf.

Ich hatte das Gefühl zu ersticken, und stützte mich mit einer Hand an der schwarzen Säule ab, um nicht umzukippen. Alles um mich begann sich plötzlich zu drehen und die Stimmen lachender Sinnträger wurden immer lauter. Sie starrten mich alle an, sie amüsierten sich über mich, sie kicherten und prusteten. Es war, als labten sie sich an meinem Zustand und genossen meine Demütigung in vollen Zügen. Mit spitzen Fingern zeigten sie auf mich und lachten voller Hohn, während ich verzweifelt nach Luft schnappte.

Es war, als würde mir ihr Lachen den Sauerstoff entziehen, und ihre gackernden und prustenden Gesichter verzogen sich zu ekelhaften Fratzen. Die Grimassen rotierten wie in einem Karussell um mich herum und als mich ihre eiskalten Augen trafen, begann mein Verstand endlich wieder zu arbeiten.

Mein Instinkt, ich musste mich auf meinen Instinkt besinnen. Der Zauber war stark, aber ich war eine Wächterin und eine Trägerin der Wachsamkeit, das hier war nicht echt, es war nicht mehr als eine Illusion.

Es dauerte einige Herzschläge, bis ich die Wahrheit von der Magie trennen konnte, aber schließlich fand ich mich in der Halle wieder, in der mich der falsche Ben angesprochen hatte. Die anwesenden Sinnträger waren in ihre Gespräche vertieft oder lauschten der lieblichen Musik.

Nur eine starrte mich noch immer an. Mein Puls beruhigte sich und die Luft strömte wieder ganz normal in meine Lungen. Ich strich mir über die Stirn und ging mit forschen Schritten auf Madame Lorella zu, die in einem bequemen orangefarbenen Polstersessel saß und mich amüsiert anlächelte.

„Du", sagte ich harsch. „Das warst du."

Sie sah mich lieblich an, so als könne sie kein Wässerchen trüben. „Was genau meinst du?", fragte sie, doch den schadenfrohen Unterton in ihrer Stimme konnte sie nicht verbergen.

„Genießt du es etwa?", fauchte ich sie an. „Genießt du es, anderen Leid zuzufügen?"

Sie stand auf und ihre eisblauen Augen bohrten sich in meine. „Hat es denn weh getan, Trägerin der Wachsamkeit? Der Zauber ist stark, oder? Die Magie kann sogar die Wachsamen täuschen, und sag, was schmerzt mehr? Das Verlassenwerden an sich oder die Tatsache, dass du daran geglaubt hast?"

Ich spürte, wie die Wut in mir aufflackerte, und hätte ihr am liebsten eine geknallt. „Du bist grässlich", spie ich ihr entgegen.

„Du bist nur wütend, weil ich dich täuschen konnte und du meinen Tempel unterschätzt hast. Die Schadenfreude besitzt ihren eigenen Zauber und diesem Haus, meinem Tempel, hast du soeben sehr viel Freude bereitet. Du hättest dein Gesicht sehen sollen." Ihre mädchenhaften Züge wurden ernst und kalt. „Du hast dich mit deinem Freund auf meine Feier geschlichen. Ich lasse mich nicht gerne täuschen."

Sie klatschte mit den Händen und aus den schwarzen Säulen neben uns traten zwei muskulöse Sinnträger hervor. Es waren die Torwächter vom Eingang und sie trugen ein grimmiges, selbstgefälliges Grinsen zur Schau.

„Bringt sie und ihren Freund weg von hier, werft sie ins Verlies oder in den See … mir ist es gleich", erklärte Madame Lorella mit einer wegwerfenden Handbewegung.

„Jawohl", antworteten ihre Torhüter ergeben und der Freudeträger rechts schnappte mit einer blitzschnellen Bewegung nach mir. Ich glitt unter seinen Händen hinweg, raffte meine Tunika und lief, so schnell ich konnte, vorbei an den Reihen tanzender Sinnträger, vorbei an den Sängern, die mir irritiert hinterherblickten. Wo war Jaron? Wo bei allen Büchern der Macht steckte er?!

Ich sah nicht nach hinten, konnte aber den keuchenden Atem meiner Verfolger hören und versuchte, in der Menge unterzutauchen, um sie abzuhängen. Mein Puls raste und mein Wachsamkeitslicht aktivierte sich automatisch, während ich durch eine Gruppe von Masseuren sprintete und aus dem Augenwinkel ein kleines Gemälde entdeckte, das fast zu unscheinbar in der Ecke hing.

Als ich plötzlich nur noch den keuchenden Atem eines Türstehers vernahm, warf ich einen Blick über meine Schulter und begegnete den wütenden Augen meines Verfolgers, die beinahe rot leuchteten. Hatte ich den anderen abgehängt oder hatten sie sich aufgeteilt?

So schnell ich konnte, drängte ich mich weiter durch die feiernden Gäste, vorbei an einer Gruppe Freudeträger, die mit Feuerbällen jonglierten, vorbei an einer Trauerträgerin, die aus ihren Tränen Diamanten entstehen ließ, bis ich endlich Jaron bei dem großen Wasserbecken entdeckte. Mein Herz machte einen erleichterten Sprung.

„Jaron!", rief ich ihm zu. „Wir müssen hier weg!"

Jaron stand auf und runzelte die Stirn. Ich schnappte nach seiner Hand und zog ihn mit mir.

„Was ist denn passiert?", drängte er zu wissen.

„Erklär ich dir später", keuchte ich. „Wir müssen raus hier, sofort!"

Gemeinsam rasten wir durch den Saal zu dem unscheinbaren Gemälde, das ich vorhin aus dem Augenwinkel gesehen hatte. Als wir nur noch wenige Schritte davon entfernt waren, stellten sich uns plötzlich beide Torwächter in den Weg und wir kamen schlitternd zum Stehen.

Lächelnd verschränkten sie die Arme vor der Brust. „So schnell sieht man sich wieder", sagte der Freudeträger und seine Zeichnung begann, orangefarben zu glimmen. „Warum euch hinterherlaufen, wenn wir uns doch auch einfach vor den Ausgang stellen können?"

„Wir lassen uns nicht gerne für dumm verkaufen", knurrte der Wutträger und seine Gesichtszeichnung leuchtete in tiefstem Rot.

Jarons Körper spannte sich an und er ballte die Fäuste, doch ich wusste, dass unsere Chancen schlecht standen. Mein Wächterstab war mit dem Anzug der Bruderschaft gegen die Tunika getauscht worden und körperlich waren wir den beiden Muskelprotzen einfach unterlegen.

„Ihr zwei seht aber ziemlich verspannt aus", sprach uns in dem Moment eine Sinnträgerin mit einem Tablett in der Hand an. „Wollt ihr vielleicht eine Wasser-und-Sand-Massage?"

Ich blickte auf die Schüssel mit Sand und nutzte den Moment der Ablenkung, um mich mit meiner Fähigkeit zu verbinden. Nur einen Herzschlag später schleuderte ich den Torwächtern eine Handvoll der feinen Körner in die Augen. Die beiden fluchten und versuchten, blind nach uns zu schnappen, doch wir tauchten unter ihren zupackenden Händen hindurch zu der schwarzen Wand. Und als ich endlich mit Jaron das kleine Bild berührte und den Sog spürte, der uns wegzog, hatte ich das Gefühl, Madame Lorella laut lachen zu hören.

Ich war erschöpft und ausgelaugt, als ich eine Stunde später in die schwarze Straße einbog, die zu meinem Haus führte. Wir hatten heute Nacht nichts erreicht und es war unglaublich frustrierend, dass auch Jaron keinen Hinweis auf das Orangefarbene Buch in Madame Lorellas Tempel entdeckt hatte. Die ganze Mission war wieder mal umsonst gewesen, dachte ich, als mein Blick über die Häuserfassade glitt, an der blühender Schwarzefeu emporrankte. Seine kelchförmigen Blüten sonderten jeden Tag unterschiedliche Düfte ab und heute lag der Geruch von Orangen und Lavendel in der Luft.

Behutsam legte ich meine Finger auf den schwarzen Bogen aus Sandstein, der den Eingang bildete, und einen Herzschlag später dematerialisierten sich die Steine. Ich trat ein, schloss das Tor mit einer kurzen Handbewegung und ließ meine Tasche von der Schulter gleiten. Müde betrachtete ich das kreisrunde Wohnzimmer mit den hellroten Wänden und dem Baum, dessen Äste die Stufen ins Obergeschoss formten. Dann ging ich zu der kleinen Kochnische, machte mir eine Schale Gelbtee und trat durch die Terrassentür nach draußen.

Die Sonne ging langsam auf und sandte ihre warmen Strahlen über meinen Garten, in dessen Mitte sich ein weißer Springbrunnen befand. Das Licht der aufgehenden Sonne brach sich in den winzigen Tropfen der Wasserfontäne und warf bunte Regenbögen über den Rasen, der von kleinen und großen Gewächsen und Bäumen gesäumt wurde.

Ich sog die Luft tief in meine Lungen und genoss die unterschiedlichen Düfte, die mir entgegenströmten. Es roch nach süßen Früchten und herben Kräutern und ich versuchte das, was geschehen war, irgendwie zu verarbeiten.

Wie hatte ich mich von Madame Lorella derart täuschen lassen können? Warum hatte Jaron nichts Ähnliches erlebt? War es meine Schuld, dass ich zu einem Opfer ihrer Schadenfreude geworden war? Oder hatte Jaron mir sein Erlebnis einfach nicht erzählt?

Natürlich hatte ich dem Freudeträger auch keine Einzelheiten über meine Illusion preisgegeben, da es mir immer noch so unglaublich peinlich war, auf Madame Lorellas Zauber reingefallen zu sein. Es war demütigend und ich schämte mich für das, was geschehen war.

„Kannst du auch nicht schlafen?", erklang eine Stimme aus dem Nachbarsgarten.

„Ich bin gerade von einer Mission zurückgekommen, Simeon. Ich habe noch gar nicht geschlafen", antwortete ich.

Ich hörte, wie er sich über den Zaun schwang, und dann stand Simeon neben mir. Ein Seitenblick genügte, um zu sehen, dass er eine neue Magierrobe trug. Eine, die spiralförmige, bunte Mini-Feuerwerke bei jeder seiner Bewegungen in die Luft schoss.

„Und, habt ihr was gefunden?"

Ich schüttelte den Kopf. „Nichts, gar nichts."

„Wir auch nicht", erklärte Simeon und fuhr sich durch seine hellblonden Haare. „Dieses Tagebuch, das Edomir entdeckt hat … es füllt sich Tag für Tag mit neuen Seiten, die noch weniger Sinn machen als die alten. Zumal die mit den alten noch nicht mal durch sind. Edomir und die Templer haben Nachtschichten eingeschoben, um alles zu sichten; sie kommen aber bei der Fülle an Informationen nur langsam voran und deshalb ist der Angstträger jetzt noch unausstehlicher als sonst. Ich habe ja die These", Simeon machte eine bedeutungsvolle Pause, „dass Edomir viel zu viel Zeit mit dem Tagebuch verbringt und nun genauso verrückt wie Perxes wird." Er grinste mich frech an.

Ich nippte an meiner Schale Gelbtee. „Kannst du deswegen nicht schlafen?"

Er schmunzelte. „Weil Edomir wahnsinnig wird?"

„Nein, weil keiner von uns weiterkommt. Und ich habe das Gefühl, dass uns die Zeit zwischen den Fingern zerrinnt."

Simeon wiegte den Kopf hin und her. „Ach, irgendwann werden wir schon etwas finden." Er schwieg einen Moment nachdenklich. „Weißt du eigentlich, wie sehr ich die Teamarbeit mit dir und Ben vermisse?", fragte er dann. „Mit Thaya im Team zu sein, ist wirklich kein Vergnügen, die hat doch nicht mehr alle Beschwörungsformeln im Kopf. Die ist launisch, kommt zu spät und nervt dann wieder mit Jaron rum … pah. Was die an dem Typen findet? Und was wollte Quirin mit der ,Wir bilden neue Teams'-Aktion bezwecken? Wir sollen unsere Stärken ergänzen? Also ich kann nicht sehen, was das bislang gebracht haben soll, ich würde viel lieber im Labor arbeiten." Er seufzte. „Aber der Grund, warum ich nicht schlafen kann, ist, dass mir die Sache mit dem Grünen Buch nicht aus dem Kopf geht … das Rätsel … es macht mich wahnsinnig, dass ich es noch nicht geknackt habe, Lee."

„Bist du denn schon irgendwie weitergekommen? Irgendein neuer Anhaltspunkt?", fragte ich und fühlte die Resignation, die mir bis in die Knochen ging. Keiner von uns machte Fortschritte und Quirin war verständlicherweise sehr unzufrieden mit unseren Ergebnissen.

Simeon schüttelte den Kopf und setzte sich auf den Rand des Springbrunnens. „Diese verdammten Schatullen lassen sich weder öffnen, noch kann man sie in ein System bringen. Ich habe schon alles probiert, um ihren Schutzzauber zu knacken, habe wochenlang Bücher gewälzt, habe sie unter Wasser mit magischen Blitzen beschossen, ich habe mich sogar schon mal unsichtbar gemacht, weil ich dachte, dass das vielleicht was bringt, und als das auch nichts brachte, habe ich einen Tauschzauber gewirkt, aber auch der hat ...“

„Einen Tauschzauber?“, unterbrach ich ihn. „Simeon, hast du tatsächlich das Aussehen mit jemandem *getauscht*?“

Simeon grinste breit. „Das war lustig. Er hatte auf einmal meine Robe an und ich seinen Schmuck und sein grelles Tänzerkostüm.“

„Diese Zauber sind höchst illegal“, sagte ich und starrte Simeon an, „und gefährlich.“

„Ja, aber, Lee“, er sah mich ernst an, „es geht schließlich um die Bücher der Macht und um die Rettung der Welt. Da ist so ein kleiner Tauschzauber doch nicht schlimm – und außerdem hat er nur ein paar Minuten gehalten.“ Er zuckte mit den Schultern. „Aber es war lustig. Bis auf die Sache, dass es eben nicht funktioniert hat.“ Er machte eine nachdenkliche Pause, in der er trotzig das Gesicht verzog. „Ich werde mir noch meinen hübschen Kopf an den silbernen Schatullen zerbrechen, es ist zum Verrücktwerden. Ich habe wirklich schon alles ausprobiert, aber nichts klappt.“ Er machte eine wegwerfende Handbewegung und die kleinen Feuerwerke um ihn herum zischten leise, als sie mit den Wassertropfen der Fontäne in Berührung kamen. „Der grüne Urgestalter muss wirklich ein total rätselhafter Typ gewesen sein.“ Ich hörte die Anerkennung, die in seiner Stimme mitschwang.

Ein Moment der Stille entstand.

Dann legte Simeon die Stirn in Falten und sah mich

seltsam an. „Ach, Lee, es tut mir leid. Ich jammere hier die ganze Zeit rum – obwohl ich eigentlich dich aufbauen wollte."

„Mich?", fragte ich. „Simeon, ich habe es dir schon x-mal gesagt: Es geht mir gut."

Simeon rieb sich über das Kinn. „Ich sehe doch, dass du leidest."

„Ich leide nicht, Simeon. Es geht mir gut", erklärte ich betont langsam.

„Das glaube ich nicht."

Ich zuckte mit den Schultern. „Dann glaubst du es mir eben nicht."

„Ich glaube, dass die Sache mit Ben auch deine Wachsamkeit trübt."

„Wie bitte?" Ich starrte Simeon an.

„Ja – ich weiß, du willst das jetzt nicht hören, aber die Sache mit Ben geht dir doch näher, als du es zugeben willst. Immerhin hast du auch eine Art Freund verloren – obwohl natürlich der beste Freund neben dir wohnt, zum Glück. Aber du ziehst dich zurück und diese ganze Geschichte wirkt sich auf deinen Sinn aus."

„Willst du dich nicht doch noch mal hinlegen?", fauchte ich. „Ich glaube wirklich, dass dir der Schlaf fehlt."

„Und du bist aggressiver als sonst", fügte er hinzu.

Ich sah ihn ungläubig an. „Simeon – es reicht", sagte ich hart. „Ich sage es dir ein letztes Mal: Es geht mir gut."

Simeon hob beschwichtigend die Hände. „Ich … ich wollte ja nur sagen, dass du dich nicht verkriechen sollst, dass du wieder mehr Freude am Leben haben musst – und keine Sorge, die anderen bekommen das nicht mit, aber ich, so empathisch wie ich bin …"

Ich zog eine Augenbraue hoch.

„Ich bin empathisch", insistierte Simeon. „Daher habe ich dir auch etwas mitgebracht." Er zog ein Buch aus seiner Robe und grinste feierlich.

„Jetzt sag bitte nicht, dass es das Tagebuch von Perxes ist, damit ich auch noch wahnsinnig werde – denn dazu brauche ich das Buch nicht", sagte ich und sah Simeon bezeichnend an.

Er riss die Augen auf. „Nein, wo denkst du hin. Es ist eine uralte Geschichte", erklärte er und reichte mir mein Geschenk, das einen braunen Ledereinband trug und antik wirkte.

Die Oberfläche des Einbandes fühlte sich rau an und verpasste mir einen leichten elektrischen Schlag, als ich mit den Fingern vorsichtig darüberstrich.

„Woher hast du das, Simeon?"

„Ich habe es mir ausgeborgt", antwortete der Magiebegabte und klatschte in die Hände, während seine Robe kleine, bunte Feuerwerke in die Morgendämmerung schoss, die glitzerten und Funken sprühten.

„Ausgeborgt?", fragte ich zweifelnd. „Von wem?"

Simeon schlug die Füße übereinander und sah mich vorwurfsvoll an. „Es ist ein Geschenk. Da stellt man nicht so viele Fragen, Lee. Das ist unhöflich."

„Wenn es ein Geschenk ist, dann hättest du es dir nicht ausgeborgt. Also, sag schon – von wem?"

Simeon fummelte brummend an seinem Ärmel herum. „Von Edomir, der wird es schon nicht vermissen."

Ich schnaubte. „Du hast es ihm nicht einmal gesagt, dass du es dir ausgeborgt hast? Dann hast du es geklaut, Simeon."

„Das ist reine Auslegungssache. Hey, in der Hinweiskammer stapeln sich die Bücher, wetten, dass er das nicht mal bemerkt?"

„Darum geht es doch nicht", erklärte ich. „Du kannst doch nicht einfach etwas aus der Hinweiskammer mitgehen lassen. Was ist, wenn sich darin", ich hob das Buch in die Höhe, „ein wichtiger Hinweis befindet?"

„Dann wäre es niemandem aufgefallen, weil sich alle um das bescheuerte Tagebuch von Perxes kümmern." Simeon richtete sich auf und kam einen Schritt auf mich zu. Seine grünen Augen funkelten schelmisch. „Sieh es doch so, Lee. Du liest das Buch – lenkst dich damit ein wenig ab – und gleichzeitig suchst du nach Hinweisen. Na, ist das nicht genial?"

Ich schüttelte nur den Kopf. Es hatte keinen Sinn, mit Simeon weiter zu diskutieren. Seit ich alleine in dem Turm wohnte, hatte er es sich irgendwie zur Aufgabe gemacht, nach mir zu sehen. Und das, obwohl es mir wirklich gut ging.

Natürlich war ich frustriert, weil wir bislang kein weiteres Buch der Macht gefunden hatten, und natürlich vermisste ich meinen Job als Wächterin, aber ich wusste, dass unsere Suche einem höheren Zweck diente. Die Totaa wurden immer stärker und irgendwann würden sie sich nicht mehr mit kleinen Anschlägen begnügen – und dann mussten wir vorbereitet sein.

„Und?", schob sich Simeon in meine Gedanken. „Wirst du zumindest einmal reinsehen? Es ist eine Erzählung von Gwydion, schon längst vergriffen und man munkelt, dass er in seinem menschlichen Leben bereits Schriftsteller war."

„Aha", sagte ich nur und trank den letzten Rest von meinem Gelbtee.

„Ein Dankeschön wäre angebracht, Lee. Immerhin habe ich dir ein Geschenk mitgebracht."

„Ein Geschenk, das du geklaut hast", setzte ich an,

seufzte aber resigniert, als ich seinen erwartungsvollen Blick auffing. „Du hast recht. Danke, es ist nett, dass du dir Gedanken um mein Wohlergehen machst, Simeon. Und ich kann dir nur noch einmal bestätigen: Es ist alles in Ordnung mit mir." Ich machte eine kurze Pause. „Und ich werde in das Buch hineinlesen und es dann Edomir zurückbringen."

„Ganz wie du meinst." Simeon wischte sich über die Ärmel seiner Robe und ließ ein paar Mini-Feuerwerke in die Luft steigen. „Schlaf gut, Lee."

„Gute Nacht, Simeon", sagte ich und verschwand dann in meinem Haus, um mich endlich hinzulegen.

Ich konnte nicht schlafen. Obwohl ich die ganze Nacht mit Jaron im Freudeland verbracht hatte und todmüde war, wälzte ich mich nur im Bett hin und her. Jedes Mal, wenn ich dabei war, einzuschlafen, tauchte Madame Lorellas schadenfrohes Gesicht vor mir auf, ich sah Ben und Tara, wie sie über mich spotteten, und schreckte hoch. Die Gedanken wirbelten wild durch meinen Kopf und ich fand einfach keine Ruhe.

Müde griff ich nach dem Buch, das ich von Simeon erhalten hatte, und schlug die erste Seite auf.

Gwydion, der Dunkle,
aus dem Land des grünen Erstaunens
Dieses Buch widme ich euch, Ani und Magnus.
Mögen eure Herzen für immer verschmolzen sein.

Ich blätterte weiter.

Jemand hat einmal geschrieben, dass die Welt nicht nur aus Schwarz und Weiß besteht, sondern dass es Grautöne gibt und es sich lohnt, genauer hinzusehen. Jeder einzelne Blick ist wertvoll, um die Schattierungen zu erkennen. Es gibt selten ein Falsch oder Richtig und die Wahrheit liegt meist irgendwo dazwischen, aber wer nicht danach sucht, wird sie auch nicht finden.

Und als ich heute wieder durch die Schwarzweiße Stadt ging und die spöttischen Blicke der Hellen auf mir spürte, die sich in meinen Rücken bohrten und fremde Gefühle hochsteigen ließen – jene der Angst und Wut –, da wusste ich, dass es trotz der Farbenpracht der Sinnlichen Welt hier, in dieser magischen Welt, einfach kein Grau gab. Es war, als ob die Harmonie und die Einigkeit aus unserer Gesellschaft herausgesaugt worden wären und eine neue Ära begonnen hätte, eine, die ihre eigene Wahrheit in sich trug.

Es war jetzt Alltag geworden.

Der helle Wahnsinn regierte.

Ich hatte nicht damit gerechnet, hatte die Warnung der Alten ignoriert, hatte die Veränderungen so betrachtet, wie ich sie sehen wollte, und dabei komplett übersehen, was tatsächlich geschah. Ich hatte weggesehen, hatte meinen Sinn und meine Neugierde zur Seite geschoben, da ich es nicht glauben wollte, da es doch nicht sein konnte. Die Spannungen waren schon immer da gewesen, aber sie waren für mich nicht mehr als die Nebenwirkungen einer vielfältigen Welt.

Und während ich nicht hinsah und meiner eigenen Wahrheit glaubte, hatte die Herrschaft der Hellen von Tag zu Tag zugenommen.

Es war ein schleichender Vorgang gewesen, diese Machtübernahme in der Schwarzweißen Stadt, aber sie war vollstreckt – und für jene, die nicht aufs Land fliehen wollten, war das Leben unschön und gefährlich geworden. Die persönlichen Verbindungen und das Netzwerk der Hellen hatten sich verstärkt; die Hellen hatten ihren Einfluss geltend gemacht und die Versorgungsleistungen übernommen. Nur noch Hellen war es erlaubt, ihre Waren und Lebensmittel zu horrenden Preisen am Markt anzubieten, und die Dunklen kurbelten so unwillentlich die Macht der Hellen an, wenn sie die Stadt nicht verlassen wollten.

Doch die Schritte wurden immer drastischer. Lazarus hatte seine Macht in der Schwarzweißen Stadt demonstriert, indem er eine neue

Verordnung herausgab, die sich auf die Wohnsituation bezog: Die Dunklen mussten fortan in die schwarzen Häuser ziehen, es war ein Akt der Kenntlichmachung und Diskriminierung, und die Stimmen, die sich dagegen erhoben, verstummten plötzlich.

Wir wussten nicht, wohin sie jene brachten, aber wir wussten, dass sie nicht mehr zurückkamen. Und wir erfuhren, dass es nicht nur in unserer Stadt so zuging, sondern dass auch in den anderen Ländern das helle Grauen einzog.

Die dunklen Sinnträger wurden zuerst in Gemeinschaftsunterkünfte gesteckt und nur jene, die den Hellen dienlich waren, hatten Sonderprivilegien. Aus Angst vor dem eigenen Verschwinden gehorchten wir und sahen zu, wie jede Form des Widerstands brutal niedergeschlagen wurde. Wir hausten eingepfercht in den schwarzen Häusern, da es uns nicht länger erlaubt war, die weißen Gebäude zu betreten, und mussten mit ansehen, wie viele schwarze Häuser abgerissen wurden, um stattdessen prunkvolle weiße Villen entstehen zu lassen.

Die Freundschaft zu Magnus spendete mir Trost und unsere Gespräche, so unglücklich sie auch sein mochten, gaben mir in dieser schweren Zeit Halt.

„Ich habe ein Mädchen kennengelernt", sagte er eines Tages und schon in seinem Blick erkannte ich, dass es nicht irgendein Mädchen war, es war mehr – und damit zu viel.

Ich schüttelte den Kopf und sah resigniert zu Boden. „Bitte sag, dass sie nicht eine von ihnen ist."

„Sie kann doch nichts dafür", entgegnete er schwach und ich wusste, dass sein Herz und seine Zukunft bereits verloren waren.

Meine Augen flogen über die Zeilen, es war, als würde ich das Geschriebene aufsaugen. Ich hatte das Gefühl, plötzlich dort zu sein und dasselbe zu empfinden, was Gwydion damals gespürt haben musste. Die Angst um seinen Freund, die Sorge um das, was passieren würde.

Aus der Geschichte der Sinnlichen Welt wusste ich, dass sich die Sinnträger während der Epoche der Trennung in zwei Lager aufgespalten hatten: Auf der einen Seite standen die positiven Gefühle, auf der anderen Seite die negativen.

Hierbei spielte es keine Rolle, welcher Emotion man angehörte, da ausnahmslos jedes Gefühl sowohl eine helle als auch eine dunkle Seite hatte. Die Reisenden und Beschützer der „Dunklen", wie sie sich selbst nannten, konnten die negativen Gefühle in der Menschenwelt forcieren, wohingegen die „Hellen" die positiven Emotionen verstärkten.

Ich hatte die Erzählungen aus der damaligen Zeit gehört, hatte jedoch nicht das Leid und den Schrecken von damals gefühlt. Jetzt, wo ich diese Zeilen las, spürte ich es und es war, als würde mich die Vergangenheit einholen.

Und ich konnte nicht aufhören, weiterzulesen, obwohl mir durch die Macht der Worte ganz schwummrig wurde.

„Du darfst sie nicht mehr sehen", warnte ich und wusste dennoch, dass meine Worte wie ein Fluss waren, der an Magnus einfach vorbeifloss.

„Ich muss sie wiedersehen", sagte er und drückte meine Hand.

Ich schüttelte meinen Kopf. „Sie werden dich wegbringen. Sie werden dich töten."

Seine sanften braunen Augen blickten mich an. „Gwydion, alter Freund, wenn ich es nicht tue, werde ich sowieso sterben. Ohne sie kann ich nicht leben." Er machte eine kurze Pause und lächelte. „Sie ist so unglaublich klug, so weise. Sie lacht mit ihrem Herzen und ich habe sie gesehen, habe gesehen, wie sie uns Dunklen hilft – sie ist nicht wie sie. Sie sorgt sich und kämpft im Ausmaß ihrer Möglichkeiten und im Stillen gegen diese Unterdrückung an."

„Im Stillen?", fragte ich ungläubig und schlug mit der Faust auf den

Tisch. „Alles verläuft im Stillen. Wir haben genug von dieser Stille, in der die Helligkeit einzieht. Magnus, sie werden euch entdecken und sie werden dich dafür bestrafen, nicht sie. Die Krieger des Lichts werden dich holen kommen."

„Dann soll es so sein", erklärte mein Freund voller Inbrunst. „Ich bin diesen Kampf so leid. Vielleicht braucht die Welt Sinnträger, die sich dagegenstellen. Vielleicht kann unsere Liebe etwas verändern."

„Es gibt eine Gruppierung an Schattenkämpfern", sagte ich leise, „aber sie benötigen Zeit, um sich zu formieren. Es sind einfache Leute, aber Leute, die nicht länger zusehen wollen. Doch es braucht Zeit, bis sie aktiv werden können. Warte einfach, vielleicht werden wir bald die Herrschaft übernehmen."

Magnus senkte den Blick. „Glaubst du denn wirklich, dass dies der richtige Weg ist? Sollen wir gegen sie kämpfen und uns gegenseitig auslöschen?"

Vor Monaten hatte ich noch so gedacht wie er. Aber als die Hellen begannen, sich alles zu nehmen, als sie begannen, uns alles zu nehmen und uns wie Aussätzige im eigenen Land zu behandeln, als sie meinen Nachbarn, der Schriften zur Aufklärung verfasste, wegbrachten, als sie Plakate an den Fassaden befestigten mit Aussagen wie: „Die Hellen gegen den Schmutz der Straße" und „Die dunklen Gefühle müssen aus unserer sauberen Stadt raus", als sie ihre Hetzkampagne gegen uns laufen ließen und immer mehr und mehr meiner Freunde verschwanden, wusste ich, dass wir zu handeln hatten. Es konnte so nicht weitergehen.

Kapitel 2

Ich war mit meinen Gedanken immer noch bei Magnus und Gwydion, als ich am folgenden Abend die Trainingshalle der Bruderschaft betrat. Die Eindrücke kreisten in meinem Kopf und irgendwann hatte ich einfach nicht mehr weiterlesen können, da der Sog des Buches fast zu stark geworden war. Die Geschichte hatte mein Herz berührt, vielleicht, weil ich wusste, dass es nicht bloß eine Geschichte war. Die Epoche der Trennung hatte tatsächlich stattgefunden und ich fühlte eine tiefe Schwere über mich kommen, da ich verstand, dass das Schicksal der Sinnlichen Welt heute genauso auf der Kippe stand wie damals.

Die Strahlen der untergehenden Sonne fielen durch die Rundbogenfenster und beleuchteten eine Gestalt in der Mitte der Trainingshalle. Bei seinem Anblick geriet mein Herz ins Stolpern und ich blieb unwillkürlich stehen. Obwohl ich keinen Laut von mir gab, drehte Ben sich zu mir um und ich zwang mich, eine ausdruckslose Miene aufzusetzen. Er wusste nichts von Madame Lorella und dem *Haus der Schadenfreude*. Er wusste nichts von dem Kuss. Den acht Sinnen sei Dank, dass er es nicht wusste, denn es war schlimm genug, dass ich es wusste.

Ben nickte mir in seinem dunklen Anzug der Bruderschaft knapp zu und wandte sich wieder ab.

In dem Moment kam Casimir herein und es war wahrscheinlich das erste Mal, dass ich mich über das Erscheinen des mürrischen Templers freute. Der Ekelträger trug wie immer eine schwarze Kutte, die um seinen hageren Körper schlackerte. Als er uns beide sah, verengten sich seine Augen zu Schlitzen, doch da Ben und ich so weit voneinander entfernt standen, wie es nur möglich war, entspannte er sich wieder und ein höhnisches Lächeln glitt über sein Gesicht.

„Ah, endlich mal pünktlich. Das habt ihr ja früher nur selten geschafft", zischte Casimir.

„Warum sind wir hier?", fragte Ben gereizt.

„Das sage ich dir, sobald die anderen Auserwählten zu uns gestoßen sind", erwiderte Casimir nicht weniger bissig.

Ich atmete kontrolliert durch und verfluchte mich dafür, so pünktlich gekommen zu sein. Stattdessen ließ ich meinen Blick durch den Raum schweifen. Er sah anders aus als das letzte Mal, als ich hier trainiert hatte. Der Sandboden war einem kautschukähnlichen Material gewichen, das bei jedem Schritt sanft nachfederte und auf dem man schneller rennen konnte. Auch die Sandsäcke an den Wänden waren verschwunden, stattdessen hingen da nun Zielscheiben.

Casimir betrachtete mich und Ben abfällig und die Zeit zog sich zwischen uns. Als Simeon schließlich in einem grünen Sternenanzug durch die Tür kam, hätte ich ihn am liebsten umarmt.

Nach und nach trudelten auch die anderen ein.

„Na endlich", schnarrte Casimir, als wir komplett waren. „Hat einer von euch in den letzten Stunden ein Buch der Macht gefunden?"

Stummes Kopfschütteln folgte auf seine Worte.

„Das ist sehr bedauerlich", fügte der Templer hinzu, „wäre es doch der einzige Grund für mich, eure Verspätung zu tolerieren." Ohne auf das vereinzelte Schnauben der Auserwählten zu achten, fuhr er fort:

„Wir haben bisher nur das Gelbe und das Schwarze Buch in unserem Besitz, das Gelbe Buch wurde wohlgemerkt von den Templern vor Gründung des Kreises der Auserwählten sichergestellt. Was bedeutet, dass ihr lediglich *ein* Buch bergen konntet." Er machte eine kurze Pause, in der er uns abfällig betrachtete. „Gestalter Quirin hat sich selbst auf die Suche nach dem Roten Buch begeben, da es sich im Besitz des Mörders von Gestalterin Sinja befinden muss. Diese Aufgabe ist zu groß für euch und es scheint, dass auch die Lösung des Geheimnisses der silbernen Schatullen zu groß für euch ist." Der Templer warf Simeon einen missmutigen Blick zu. „Gibt es bezüglich des Grünen Buches der Macht schon erfreuliche Neuigkeiten?"

Simeons Gesicht wirkte älter und härter, als er den Kopf schüttelte.

Casimir schnalzte verärgert mit der Zunge. „Leider habe ich nichts anderes erwartet. Und wie sieht es nun mit den anderen aus?"

Ich holte Luft, um das Wort zu ergreifen, aber Jaron kam mir zuvor. Er trat vor und blickte Casimir direkt an.

„Das *Haus der Schadenfreude* war eine Sackgasse. Wir konnten keine Hinweise entdecken, dass das Orangefarbene Buch dort versteckt ist."

Die zerrissenen Linien des Templers flackerten schwarz auf.

„Was ist mit den anderen? Was hat die blaue Gruppe zu berichten?" Er ließ seinen Blick zu Thaya schweifen, die gemeinsam mit Simeon im Team war und selbstvergessen Jaron anstarrte, der wieder einen Schritt zurückgetreten war.

„Trauerträgerin, ich rede mit dir", fauchte Casimir sie an.

Thaya zuckte zusammen und eine leichte Röte überzog ihre Wangen. „Wir haben siebenundzwanzig Trauerweiden im blauen Land untersucht. Bisher jedoch noch ohne Ergebnis", sagte sie stockend und schlang die Arme um ihren Körper.

„Moment mal. *Wir* begeben uns in größte Gefahr und *ihr* untersucht Bäume?", stieß Caprice verärgert hervor. Die Vertrauensträgerin trug ihre Haare zur Abwechslung in blonden Wellen.

„Wir haben uns die Hinweise aus Perxes' Tagebuch nicht ausgesucht", schoss Thaya zurück. „Genauso wenig wie dieses Leben als Auserwählte", setzte sie etwas leiser nach.

„Team Weiß, was habt ihr zu berichten?", unterbrach Casimir das Geplänkel. Ich sah, wie Ben bei dem Wort „Weiß" leicht zusammenzuckte. Für ihn musste es schlimm sein, mit einer Vertrauensträgerin in einem Team zu sein.

„Wir sind dem Aufenthaltsort des Weißen Buches noch keinen Schritt näher gekommen", presste Caprice hervor und ich konnte sehen, wie sehr es sie wurmte, noch keine Ergebnisse erzielt zu haben. Caprice hatte sich von Anfang an um die Suche nach dem Weißen Buch gerissen, und zwar mit einer Vehemenz, die mich darüber nachdenken ließ, ob sie es für die Bruderschaft oder für sich selbst finden wollte.

„Wir haben bisher drei der acht neutralen Orte erforscht", ergänzte Ben mit dunkler Stimme und fuhr sich über seinen Dreitagebart.

Simeon schlenderte zur Magie-Absorbationsscheibe am Ende der Halle und bemerkte über die Schulter: „Thaya und ich könnten auch mal die Suche an den neutralen Orten in der Sinnlichen Welt übernehmen, statt immer nur in diesem deprimierenden Trauerland von Baum zu Baum zu pilgern."

„Genug", herrschte Casimir ihn an. „Fürwahr, mein Sinn ist der Ekel, aber ihr bräuchtet euch nicht einmal Mühe geben, ihn bei mir zu entfachen. Hört auf mit eurem Geschwafel."

Ben schnaubte abfällig. „Warum sind wir hier?"

Der Templer verschränkte die Hände hinter dem Rücken und seine Augenbrauen zogen sich missbilligend zusammen.

„Da ihr nur katastrophale Ergebnisse erzielt – nämlich gar keine –, hat Gestalter Quirin angeregt, dass ihr härter trainieren sollt."

„Vielleicht liegt es an der Teamaufteilung", bemerkte Jesper knapp, nachdem er bislang geschwiegen hatte. Seine schwarzen Haare waren wie immer streng nach hinten gekämmt und schimmerten im Licht der Halle beinahe bläulich. Er trug eine Kutte der Bruderschaft und darunter die rote Paradeuniform, die er kaum noch auszog, seit er sich für die Wahl zum Gestalter der Wut hatte aufstellen lassen.

Casimir schüttelte den Kopf. „An den Teams liegt es nicht", zischte er, „so traurig es ist, die Zweierteams wurden anhand eurer armseligen Stärken zusammengestellt und bilden die vermeintlich perfekte Kombination." Seine Augen huschten geringschätzig über die Anwesenden. „Wenn man hier überhaupt von perfekt sprechen kann." Er musterte uns von oben bis unten, und die Geringschätzung, mit der er dies tat, war an seinem Gesicht abzulesen. „Im Zentrum eurer Aufmerksamkeit sollte die Suche nach den Büchern stehen. Sie ist *das Wichtigste* in eurem Leben. Wichtiger als die Wahl zum Gestalter, wichtiger als eure persönlichen Gefühle", seine Augen verengten sich, „und auch wichtiger als irgendwelche Schwärmereien."

Casimir ging ein paar Schritte zu der Magie-Absorbationsscheibe und berührte sie sanft, sodass sie zu leuchten aufhörte. Ab sofort konnte nun ganz normale Magie in dem Trainingsraum gewirkt werden.

„Für die Suche der Bücher müsst ihr jederzeit bereit sein, eure magischen Fähigkeiten einzusetzen", flüsterte der Templer. „Es gibt einen Grund, warum jeder von euch Magie in sich trägt. Es ist keine unnütze Eigenschaft wie eure Wesenszüge, es ist eine Gabe, mit der jeder von uns erweckt wurde", fuhr der Templer zischend fort, „eine Gabe, die beherrscht werden muss. Die Fähigkeiten sind unterschiedlich, selbst unter den Trägern des gleichen Sinnes – und in speziellen Fällen können sie sich weiterentwickeln und Dimension annehmen, die ihr euch nicht einmal vorstellen könnt." Er hielt kurz inne.

„Wer hat seine magische Fähigkeit in den letzten acht Tagen verwendet?", verlangte er zu wissen. Ich hob kurz die Hand. Außer mir waren es noch Jesper und Caprice.

„Das ist zu wenig", schnaubte der Templer. „Wer hat seine magische Fähigkeit in den letzten acht Wochen eingesetzt?" Jaron und Edomir, die beide die dunklen Anzüge der Bruderschaft trugen, hoben ebenfalls ihre Hand.

Casimir starrte uns missbilligend an. „Und was ist mit den anderen?"

„Ich ... ich habe meine Fähigkeit noch nicht entfaltet", gestand Thaya schwach.

„Du hast *was*?", herrschte Casimir sie an. „Nach all der Zeit, die du in der Sinnlichen Welt verweilst? Du bist eine Auserwählte!" Er sog scharf die Luft ein. „Man muss seine Fähigkeit trainieren, nicht ignorieren! Sie ist da, und sie *muss* erweckt werden."

„Ich mag meine Fähigkeit nicht besonders", bekannte Simeon unbekümmert und lehnte sich in seinem Sternenanzug gegen die Wand. „Ich finde sie zu unberechenbar."

„Da ich meine Fähigkeit verloren habe, kann ich ja wohl gehen", knurrte Ben den hageren Templer an.

Casimir machte einen Schritt auf Ben zu. „Nein, das kannst du nicht", zischte er und ein wölfisches Grinsen huschte über sein Gesicht. „Du wirst dich anders beweisen müssen."

Jesper lächelte daraufhin überheblich und strich sich bedeutsam über seine rechte Wange, wie um Ben zu erinnern, wo seine Fähigkeit, Magie zu stören, nun lag. Die Erinnerung an das Duell kam in mir hoch und auch Ben bemerkte Jespers Geste und sein ganzer Körper spannte sich bedrohlich an.

In diesem Moment zog Casimir eine gläserne Box unter seiner Kutte hervor und hob sie in die Höhe, sodass wir sie alle gut sehen konnten. In der Kiste wuselte eine Vielzahl an durchsichtigen, dicken Würmern, die sich übereinander schlängelten.

„Ist es … ist es das, wofür ich es halte?", krächzte Edomir und wurde blass.

Simeon kam neugierig näher, um sich die Würmer anzusehen, und das spiralförmige Muster auf seiner Wange leuchtete.

„Magiewürmer", stieß er erstaunt hervor. Meine Zeichnung erwärmte sich, als ich auf die sich windenden Kreaturen starrte. Obwohl sie farblos waren, hatten sie scharfe Widerhaken in unterschiedlichen Farben.

„Die sind gefährlich", flüsterte Edomir. „Und unberechenbar. Wir wissen nicht, wie stark sie sind."

„Das Risiko ist kalkulierbar", antwortete Casimir harsch.

Edomir schüttelte den Kopf und seine violetten Linien entfachten sich. „Nein, ist es nicht", widersprach er.

Casimir durchbohrte ihn mit einem finsteren Blick. „Ihr Narren! Wie könnt ihr erwarten, die Sinnliche Welt zu retten und die Bücher zu bergen, wenn ihr keinen Kontakt zu eurer sinnlichen Seite pflegt? Die Magie steckt in euch, aber ihr müsst sie zu nutzen wissen, und wenn ihr es nicht alleine könnt, dann werde ich es euch beibringen." Ein sadistisches Grinsen zog über sein Gesicht und während er den Deckel der gläsernen Box hob, stieg ein flaues Gefühl in mir hoch.

„Die Totaa haben gestern Nacht eine Sumpfsiedlung im schwarzen Land überfallen. Da die Siedlung gegen die meisten Arten von Magie geschützt war, haben die Totaa ihre natürlichen magischen Fähigkeiten angewandt. *Mit Erfolg.*" Casimirs Augen waren schwarz vor Ekel, während er auf die sich langsam bewegenden Würmer starrte. „Ihr nutzt im Moment nur einen kleinen Teil eurer Möglichkeiten und mindert damit *unsere* Aussicht auf Erfolg."

Er blickte auf und sah Caprice mit seinem faltigen Gesicht direkt an. „Vertrauensträgerin, du wirst anfangen. Komm her."

Caprice trat, ohne zu zögern, vor und streckte selbstbewusst ihre Hand in die gläserne Box. Ihre blonden Wellen fielen ihr über den gestreckten Rücken, während ein Wurm hell aufleuchtete – es war derselbe Wurm, der sich einen Herzschlag später um den Zeigefinger der Vertrauensträgerin schlängelte. Beim ersten Kontakt mit ihrer Haut bohrte er seine Widerhaken in sie hinein.

Caprice verzog das schmale Gesicht und nur ein

Muskelzucken an ihrer Wange verriet, dass sie Schmerzen hatte, während der Wurm unter ihre Haut schlüpfte und sich ihren Arm entlang Richtung Körpermitte arbeitete.

„Und jetzt die anderen", wisperte Casimir. „Beeilt euch."

Nach Caprice trat Jesper gleichzeitig mit Jaron vor und die beiden ließen es zu, dass die Würmer in ihre Haut eindrangen.

„Was passiert, wenn sie sich in uns gehakt haben?", fragte ich Casimir, während meine Linien brannten.

„Sie suchen nach dem Kern deiner magischen Fähigkeit", erwiderte der Templer zischend und strich über seine dunkle Kutte. „Und wenn sie ihn gefunden haben, befallen sie ihn wie eine Krankheit."

Im selben Moment schrie Caprice auf. Schweißperlen standen ihr auf der Stirn und sie taumelte, bevor sie auf die Knie fiel.

„Deine magische Fähigkeit versucht, sich von dem Eindringling zu befreien", erklärte Casimir seelenruhig. „Dazu hat sie zwei Möglichkeiten. Sie kann sich entweder ausdehnen und an Kraft gewinnen – oder vom Wurm gefressen werden."

Auch Jesper schrie auf und ein helles rotes Licht brach aus seinen Linien, gefolgt von einem schwarzen Strahlen, als auch die übernommene Fähigkeit von Ben angegriffen wurde.

„Ich will das nicht tun", flüsterte Thaya.

„Du bist eine Auserwählte. Du wirst tun, was von dir erwartet wird", entgegnete Casimir, griff nach einem Wurm mit blauen Widerhaken und legte ihn der Trauerträgerin mit einer raschen Bewegung in die Hand.

Caprice kämpfte sich wieder auf die Knie. Ihre weißen Linien leuchteten so stark, dass ich geblendet den Kopf zur Seite drehte.

Mit starrem Blick legte Caprice die Finger an ihre Wange und richtete ihre Augen auf Simeon. Einen Herzschlag später setzte er sich in Bewegung und stakste auf die Glasbox zu. Sein ganzer Körper wirkte steif und der Ausdruck in seinem Gesicht war nichts anderes als leer.

„Hör auf damit!", schrie ich Caprice an und sprang vor, um sie daran zu hindern, Simeon zu etwas zu zwingen, was er nicht tun wollte. Die weiße Fähigkeit war tückisch und sollte nicht gegen einen von uns gerichtet werden.

Schlagartig schweifte Caprice' Blick zu mir und sie übernahm die Kontrolle über mich. Ohne es zu wollen, bewegte nun ich mich Schritt für Schritt auf die Kiste mit den Würmern zu. Ich konnte nichts tun. Automatisch streckte sich ihr mein Arm entgegen und ich war hin- und hergerissen zwischen dem Verlangen, der Vertrauensträgerin die Augen auszukratzen, und dem Wunsch, meine eigene Fähigkeit zu erweitern, um es ihr heimzuzahlen.

Ein Wurm mit gelben Widerhaken leuchtete hell auf, als ich näher kam, und wand sich mir entgegen, ähnlich einem Magneten, der von meinem Energiefeld angezogen wurde. Unaufhörlich strebte er in meine Richtung, bis meine Hand nah genug war, um ihn zu erreichen. Ich spürte, wie sich seine scharfen Widerhaken in meine Haut bohrten, und biss die Zähne zusammen.

Es tat weh, als er sich durch meinen Körper fraß, immer tiefer, bis er sein Ziel erreicht hatte. Eine unglaubliche Hitze tobte in mir, meine Linien brannten wie Feuer und ich presste die Lippen aneinander, um nicht loszuheulen. Es fühlte sich an, als würde mich meine Fähigkeit von innen verbrennen. Ich konnte den sich windenden Wurm fühlen, der sich in die Magie meines Seins gehakt hatte, und mir wurde übel. Es rumorte in mir, es war so heiß, so beißend heiß, und mir war so schlecht, während der Wurm in mir seinen Todeskampf ausfocht. Zumindest hoffte ich, dass er das tat, denn alles in mir wollte den elendiglichen Magiewurm endlich los sein.

Nachdem die Hitze und die Übelkeit ihren Höhepunkt erreicht hatten und ich glaubte, gleich das Bewusstsein zu verlieren, fühlte ich ein letztes Aufbäumen, und dann ließen die Qualen endlich nach. Keuchend stützte ich mich auf meinen Knien ab und kämpfte darum, wieder die Gewalt über meinen Körper zurückzuerlangen.

Bis auf Ben hatten sich alle anderen der Prozedur ebenfalls unterzogen und ich hörte den Templer abfällig applaudieren.

„Wie ich sehe, habt ihr es alle überlebt." Seine Stimme klang so missbilligend, dass ich mir sicher war, er hatte sich das „leider" mit Gewalt verkniffen.

„Ihr bekommt nun die Gelegenheit, eure magischen Fähigkeiten im Kampf zu testen. Dazu tretet ihr in Teams gegeneinander an. Jaron und Lee kämpfen gegen Caprice und Ben."

„Und wie soll ich mich einbringen in diesen *Kampf*?", presste Ben hervor.

Casimir würdigte ihn keines Blickes. „Fangt an", befahl er, ohne auf Bens Frage einzugehen.

Caprice stellte sich in ihrem weißen Jumpsuit leicht geduckt gegenüber von mir auf, während Simeon, Thaya, Jesper und Edomir sich an den Rand der Trainingshalle zurückzogen und von dort aus zusahen. Jaron trat an meine Seite und ich fragte mich, über welche Fähigkeit er wohl verfügte. Bislang hatte er sie in meiner Gegenwart noch nicht verwendet.

Caprice warf sich mit einer schnellen Kopfbewegung die blonden Haare zurück und hob siegessicher ihre Finger zu den weiß leuchtenden Linien ihrer linken Wange. Ich wusste, dass sie gleich versuchen würde, wieder die Kontrolle über mich zu erlangen, und blickte mich rasch in der Halle um. Dort, wo früher die Sandsäcke gebaumelt hatten, hingen aktuell die Zielscheiben, und auch sonst sah ich nichts, das mit Sand gefüllt war und mir somit eine Hilfe hätte sein können.

Lächelnd starrte mich Caprice an und presste die Hand auf ihre Zeichnung. Sofort war da wieder dieser Sog, ihr zu gehorchen, und er war so stark, dass ich ihm nichts entgegensetzen konnte. Ich bemühte mich verzweifelt darum, die Kontrolle über meinen Körper zu behalten, aber Caprice war zu stark. Ohne ein einziges Wort zu sagen, einfach nur durch die Kraft ihrer Gedanken, wurde ich gezwungen, meinen Wächterstab zu ziehen und ihn ihr mit gesenktem Kopf anzubieten. Es war erniedrigend.

„Knie nieder", verlangte Caprice, kaum dass ich sie erreicht hatte. Meine Beine knickten ein und ich sank auf die Knie, den Wächterstab noch immer unterwürfig von mir gestreckt. Ich sah aus dem Augenwinkel, wie Ben mich kühl musterte, und hörte Jaron hinter mir lachen.

„Unglaublich", murmelte er und seine orangefarbenen Linien leuchteten so hell, dass ich ihren Widerschein auf dem dunklen Boden sehen konnte. „Das ist eine verdammt coole Fähigkeit, Caprice", fuhr Jaron fort. „Schade, dass ich nicht mit dir im Team bin."

Caprice' Mundwinkel zuckte und sie nickte zustimmend. „Ich würde dich sofort gegen den magielosen Ekelträger tauschen", murmelte sie und warf Ben einen kurzen Seitenblick zu.

Jaron trat lächelnd neben mich und strich sich über die Wange. „Ich würde zu gerne mal sehen, wie *er* vor dir kniet."

Caprice lächelte nun ebenfalls und wandte sich Ben zu. „Gar keine schlechte Idee", flüsterte sie und vergaß mich anscheinend völlig. Ich spürte, wie der Zwang, auf dem Boden zu knien und ihr meinen Wächterstab anzubieten, von mir genommen wurde, und sog überrascht die Luft ein.

Jaron zwinkerte mir zu und ich verstand, dass er seine magische Fähigkeit dazu eingesetzt hatte, um Caprice' Freundschaft zu gewinnen. Unwillkürlich lief mir eine Gänsehaut über die Arme. Wie oft hatte Jaron seine Fähigkeit bislang unbemerkt angewandt?

„Bist du jetzt vollkommen bescheuert?", brüllte Ben die Vertrauensträgerin an, als sie ihn in die Knie zwang. Sie legte irritiert den Kopf schief und schien zu überlegen. Ich wartete nicht länger ab, ich presste die Finger auf meine Wange und rief nach den Sandfällen, die vor dem Zentrum der Bruderschaft donnernd in die Tiefe stürzten. Sie waren zwar mehrere Kilometer entfernt, aber es war den Versuch wert. Ein neongelber Schleier legte sich über meine Welt und ich fühlte, wie der Sand sich in meine Richtung bewegte. Es ging erstaunlich leicht – leichter als sonst – und ich bemerkte, dass sich nicht nur der weit entfernte Sand bewegte, nein, auch das Fensterglas begann zu vibrieren.

Caprice riss die Augen auf und versuchte, wieder die Kontrolle über mich zu übernehmen, aber diesmal war sie zu langsam – und im nächsten Moment regneten Tausende Glassplitter auf die Vertrauensträgerin herab.

„Du beherrschst den geschmolzenen Sand im Glas mit deiner Fähigkeit", sagte Jaron anerkennend und strich sich über die rechte Augenbraue. „Beeindruckend."

Ich lächelte ebenfalls und lenkte meine Aufmerksamkeit auf die restlichen Rundbogenfenster. Jetzt, wo mich die Magie meiner Fähigkeit durchströmte, fühlte ich mich beinahe unbesiegbar. Mit Leichtigkeit ließ ich alle Fensterscheiben explodieren, doch bevor ich die Splitter in Richtung von Caprice und Ben schicken konnte, erschuf er einen Mondlichttunnel vor meinen Augen. Innerhalb eines Wimpernschlages brachen seine schwarzen Flügel aus seinem Rücken, Ben schoss in die Höhe und brachte sich aus der Gefahrenzone. Caprice sah ihm zornig hinterher und legte erneut die Fingerspitzen auf ihre weiße Zeichnung. Ich ignorierte sie und konzentrierte mich weiter auf die Fensterscheiben, als ich einen Luftzug hinter mir spürte und mir im nächsten Moment die Arme auf den Rücken gedreht wurden. Ohne den Kontakt zu meiner Zeichnung erstarb auch meine magische Fähigkeit und ich sah Caprice höhnisch lächeln, während sich Jaron mit einem Knurren auf Ben warf, der mir die Hände festhielt. Casimir runzelte missbilligend die Stirn und hob eine knöcherne Hand. „Die Nächsten."

Atemlos zog ich mich mit den anderen an den Rand der Halle zurück. Meine Handgelenke, die Ben festgehalten hatte, taten noch immer weh, aber ich wollte es mir nicht anmerken lassen. Angestrengt vermied ich jeden Blick nach rechts oder links, während Simeon und Thaya sich gegenüber von Jesper und Edomir aufstellten.

„Du hast dich wacker geschlagen", flüsterte Jaron neben mir. Ich reagierte nicht darauf, denn es fühlte sich nicht so an.

Stattdessen richtete ich meine Konzentration auf die

nächste Gruppe. Thaya trug eine schwarze Kutte der Bruderschaft über einem fein gewebten blauen Kleid und sah total verloren aus.

„Ich krieg das nicht hin", flüsterte sie Simeon zu, der sich stumm mit den Handballen die Augen rieb. „Doch, du machst das schon", meinte er müde, sah dabei aber nicht so aus, als ob er das selbst glaubte.

„Und los!", zischelte Casimir mit heiserer Stimme.

Jespers rote und Edomirs violette Linien entfachten sich augenblicklich, während Thaya hinter Simeons Rücken Schutz suchte.

„Was hast du für eine Fähigkeit?", drängte sie zu wissen, während ihr ganzer Körper bebte.

„Eine sehr unberechenbare, bei der erstaunlicherweise jedes Mal etwas anderes passiert, darum wirke ich lieber *normale* Magie", gab Simeon über die Schulter zurück und schleuderte einen Blitz auf Edomir ab, der sich mit einem Quieken die Finger auf die Wange presste und einfach verschwand.

Casimir verdrehte stöhnend die Augen und Jaron kicherte leise neben mir. Die Fähigkeit der Angstträger, sich einfach in ein Versteck zu teleportieren, nutzte in diesem Fall nur Edomir etwas.

„Regelverstoß!", schnarrte Casimir.

„Ha!", freute sich Simeon und wandte sich Thaya zu. „Sieht aus, als hätten wir gewonnen." Sein Grinsen erstarb jedoch im nächsten Augenblick.

„Ich spreche von dir, Magiebegabter", herrschte ihn Casimir an. „Ich will keine magischen Blitze sehen, ich möchte, dass du deine eigene magische Fähigkeit benutzt!" Er warf ihm einen finsteren Blick zu. „Weiter!"

Jesper knurrte leise und presste die Finger auf seine rote Blitzzeichnung. Ich beobachtete, wie Thaya versuchte, sich zurückzuziehen, doch Jespers Attacke traf sie unvermittelt und ihr verwirrter Blick zuckte durch den Raum.

Simeons grünes Spiralmuster leuchtete überrascht auf, als Thaya auf ihn zu torkelte, und er presste die Finger auf seine Wange. Unbewusst reckte ich den Kopf. Wie würde Simeons Fähigkeit aussehen?

Auch Jesper hielt einen Moment inne. Offenbar hörte er dasselbe wie ich. Flügelschlagen.

Lautes Flügelschlagen.

Im nächsten Moment erfüllte ein Brausen die Luft und dann strömte eine Vielzahl geflügelter Kreaturen durch die offenen Fenster in die Trainingshalle. Ihre Federn hatten unterschiedliche Farben und schimmerten, aber ihre Körper waren nicht viel größer als eine Hand.

Thaya, die noch immer unter den Nachwirkungen von Jespers Verwirrungszauber litt, schrie hysterisch auf und duckte sich, während Hunderte der vogel- und fledermausähnlichen Geschöpfe durch die Halle tobten. Ganz offenbar hatte Simeons magische Fähigkeit um Unterstützung gerufen. Und alle geflügelten kleinen Kreaturen aus dem Umkreis waren gekommen.

Jespers Augen bohrten sich in die des Magiebegabten und er hob erneut die Hand an die Wange, um Simeon zu verwirren, aber da deutete der Magiebegabte einfach nur stumm auf Jesper und alle fliegenden Wesen stürzten sich gleichzeitig auf ihn und begannen, an seiner Kleidung zu nagen. Jesper schlug wild mit den Fäusten um sich, während Simeon zu kichern anfing.

Thaya kauerte indessen am Boden und hatte die Arme schützend über ihren Kopf gelegt. Ich sah, wie ihre zarten blauen Linien zu strahlen begannen, sah, wie sie schniefend den Kopf hob und dann mit den

Fingerspitzen ihre Zeichnung berührte. Augenblicklich erschien eine dunkelblaue Gewitterwolke über unseren Köpfen. Die Wolke öffnete ihre Schleusen, der Regen prasselte herunter und dann verschwamm meine Realität.

Als ich das nächste Mal blinzelte, hatte ich keine Ahnung, wo ich war. Ich versuchte, mich zu erinnern, wie ich hierhergekommen war, aber es fühlte sich an, als hätte ein Regen all meine Erinnerungen weggewaschen.

Wachsam blickte ich mich um. Offenbar befand ich mich in einer Art Trainingshalle und oben im Dachgebälk saßen hunderte Fledermäuse und bunte Vögel, die mit ihren spitzen und eckigen Schnäbeln an einem Balken herumpickten.

Und noch während ich mich darüber wunderte, dass ich zwar meine Umgebung benennen konnte, während ich mich an meinen eigenen Namen nicht erinnerte, brach der Balken über mir mit einem hässlichen Krachen entzwei und stürzte direkt auf mich herunter.

Dann geschah alles ganz schnell. Ich fühlte, wie ich um die Taille gepackt und zurückgerissen wurde, sodass ich hart auf dem Rücken landete, während mich ein Sinnträger mit seinem Körper vor dem herabdonnernden Holz schützte.

Als der Balken neben uns auf dem dunklen Boden einschlug, drehte mein Beschützer den Kopf in diese Richtung und ich konnte zum ersten Mal sein Gesicht erkennen. Er hatte eine zerrissene schwarze Zeichnung und ich hatte das Gefühl, ihn von irgendwoher zu kennen.

„Danke", presste ich hervor und atmete seinen anziehenden Duft ein. In diesem Augenblick kamen alle Erinnerungen wie eine Welle zurück, die nur darauf gewartet hatte, meinen Geist zu fluten, und mir stockte der Atem.

Ben blickte von dem zersplitterten Holzbalken auf dem Boden nach oben ins Dachgebälk, wo die letzten bunten Vögel gerade durch die offenen Fenster ins Freie flüchteten, drehte sich wieder zu mir um und starrte mir in die Augen.

„Du musst besser aufpassen", herrschte er mich an, bevor er aufstand und sich abwandte. Ich rappelte mich ebenfalls hoch und hatte dabei das seltsame Gefühl, dass er es bereute, mich aus der Gefahrenzone gerissen zu haben.

Die anderen aus unserer Gruppe schienen ebenfalls unverletzt zu sein und Casimir näherte sich Thaya.

„Für heute ist das Training beendet", erklärte er und betrachtete Thaya gehässig. „Die magische Fähigkeit eines Amnesieregens ist äußerst selten", zischte er und schüttelte den Kopf. „Was für eine Verschwendung."

Kapitel 3

Ich wartete nicht auf Jaron oder irgendeinen der anderen, ich ging einfach schnurstracks in die Gemeinschaftskammer, um allein zu sein. Die Begegnungen mit der Gruppe strengten mich an. Inzwischen hatte ich ständig das Gefühl, beobachtet und beurteilt zu werden. Von Casimir, der unser Versagen immer betonte, von Simeon, der sich sorgte, ob es mir auch gut ging, von Jaron, der kein Blatt vor den Mund nahm – und von Ben, der meine Anwesenheit offenbar überhaupt nicht mehr ertrug.

Ich griff nach einer Karaffe mit Wasser, füllte damit ein Glas und trank gierig. Dann ging ich zu meinem Bereich, bestehend aus einem Bett und einem Schrank, und holte das Buch hervor, das Simeon mir geschenkt hatte. Ich konnte die Ablenkung gut gebrauchen – und außerdem hatte ich das tiefe Bedürfnis weiterzulesen. Es war fast so, als würde die Geschichte nach mir rufen, als ginge ein ganz besonderer Zauber von ihr aus – der nicht mit Magie zu erklären war. Als ich das Buch aufklappte, spüre ich das bekannte Prickeln und war nach wenigen Sekunden schon wieder völlig darin versunken.

Sie trafen sich auf einem Berg. Ich war ihnen nachgeschlichen und versteckte mich hinter einem Felsvorsprung. Ich wusste, dass es nicht richtig war, meinen Freund zu beschatten, aber die Sorge um ihn hatte mich angetrieben, genauso wie das Misstrauen gegenüber der Hellen.

Er sagte zwar, dass sie anders sei und dass ihr Herz von innen strahlte, aber ich wollte mich mit eigenen Augen davon überzeugen. Ich hatte aufgehört, an das Gute in den Hellen zu glauben, genauso wie ich aufgehört hatte, an die Gerechtigkeit zu glauben.

Magnus stand auf einer grasbewachsenen Fläche und blickte der Hellen entgegen, die ihm mit einem strahlenden Lächeln entgegengelaufen kam. Sie flog in seine Arme.

„Ani", seufzte er und drückte sie an sich. Sie schmiegte sich an ihn und küsste ihn.

Ich hörte ihr atemloses Seufzen, fühlte die Verzweiflung, mit der sie sich aneinanderklammerten, und wandte den Blick ab, weil es mich beschämte, meinen Freund bei so etwas Privatem zu beobachten, nur weil ich ihr misstraute.

Als ich wieder hinsah, standen sie einander zugewandt, die Finger ineinander verflochten. Ich konnte an Magnus vorbei ihr Gesicht erkennen. Sie hatte blutrote Lippen und wunderschöne, klare Augen, die ihn voller Liebe anschauten.

„Was für einen schönen Ort du ausgesucht hast", sagte Ani und blickte sich um.

Eine Windbö fuhr ihr in die dunklen Locken und wirbelte sie auf.

Magnus drückte ihre Hand fester. „Ich habe gehofft, dass dies ein Ort ist, den die Hellen meiden", antwortete er leise. „Weil er zu stark mit dunklen Geschichten verbunden ist."

„Was für Geschichten?", fragte Ani und blickte ihn interessiert an. „Erzähl sie mir, Magnus, ich möchte sie alle erfahren, ich möchte alles über dich erfahren."

Ich biss mir auf die Lippen, um nicht zu schnauben. Genau das hatte ich vermutet. Sie war eine Helle, geschickt von Ihresgleichen, um uns Dunkle auszuspionieren und mit den Gefühlen meines Freundes zu spielen.

„Dies ist der Trümmerberg", setzte Magnus mit sanfter Stimme an. „Er ist bekannt für seine Geröolllawinen. Es ist ein Sinnbild für die Macht der dunklen Gefühle. Ein kleiner Stein beginnt zu rollen und reißt auf seinem Weg nach unten so viele andere mit sich. Alleine würde er nicht viel bewirken, aber gemeinsam haben sie die Kraft, ganze Orte hinwegzufegen." Er hielt kurz inne. „Die Dunkelheit ist mächtig, Ani.

Doch in diesen Tagen zweifle ich nicht daran, dass sie im Licht der Hellen dahinschmelzen wird." Ani sah ihn an und hob ihre schlanke Hand an seine Wange. Zärtlich strich sie ihm mit den Fingern über die Haut.

„Die Dunkelheit muss mächtig bleiben, Magnus", flüsterte sie zurück. „Ich glaube fest im Herzen daran, dass weder Licht noch Schatten dazu geschaffen sind, über den anderen zu herrschen. So wie der Tag auf die Nacht folgt und die Nacht auf den Tag, so sind Dunkelheit und Licht nicht mehr als zwei Seiten eines Ganzen. Stell dir vor, es wäre immer Nacht, so würde kein Lebewesen gedeihen. Stell dir vor, es wäre immer Tag – die Sonne würde uns alle verbrennen." Sie hielt kurz inne, und während in ihrem Gesicht der Glaube an eine bessere Welt erkennbar wurde, fühlte ich die Wehmut darüber, dass mir diese Hoffnung längst geraubt worden war.

„Geliebter, ich weiß, dass gerade unsere Gegensätzlichkeit es ist, die unsere Heimat heilen wird. Ich glaube an die Kraft der positiven Gedanken, an ihre unerschöpfliche Energie. Ich glaube, dass wir die Wende bringen können, unsere Liebe vermag das. Aus uns beiden kann etwas so Schönes, so wunderbar Gutes entstehen." Sie lächelte ihn an und ich fühlte, dass Magnus verloren war. Ihr Licht strahlte so hell und er wurde von ihr angezogen, wie eine Motte, die nicht verstand, dass diese helle Freude sie bei lebendigem Leib verbrennen würde.

Ein schwerer Donnerschlag vom Gipfel des Berges erklang und im nächsten Moment brauste eine Gerölllawine mit lautem Getöse herunter. Ich duckte mich hinter meinem Felsen und starrte erschrocken auf Ani und Magnus, die genau in der Schneise der Lawine standen. Ani schrie auf und Magnus sprang vor, um sie mit seinem Körper vor den herabfallenden Steinen zu schützen. Blitzschnell aktivierte er seine magische Fähigkeit und ließ einen Schattenschild um sie beide entstehen, der sie vor den Geröllmassen bewahrte. Als das Tosen zu Ende war und die Lawine das Tal erreicht hatte, löste Magnus den Schutzschild und ich atmete erleichtert auf, weil mein Freund über die Schattenmagie verfügte, während ich mich gleichzeitig dafür schämte, zu denken, dass er eine großartige Ergänzung für unsere Armee wäre.

Ani klammerte sich an ihn und hob langsam den Kopf. Ihre schimmernden Locken glitten ihr bei der Bewegung über die Schulter und sie sah mit einem tiefen Gefühl der Liebe zu ihm auf. „Siehst du", flüsterte sie. „Aus unserer Verbindung ist schon jetzt so viel Gutes entstanden, Magnus. Du hast mich eben gerettet – du, ein Dunkler, hast eine Helle vor dem sicheren Tod bewahrt. Ich liebe dich, Magnus. Wir beide werden das Schicksal der Welt für immer ändern."

„Ist es endlich vorbei?", fragte eine Stimme hinter mir und ich fuhr erschrocken zusammen und klappte das Buch zu. Dabei versuchte ich das Schwindelgefühl zu ignorieren, das jedes Mal auftauchte, wenn ich darin las.

„Entschuldige, ich wollte dich nicht erschrecken", sagte Edomir, der neben mir aufgetaucht war, und strich sich beschämt durch seine roten Locken.

„Schon gut", erwiderte ich. „Ja, das Training ist vorbei."

Edomir atmete seufzend aus. „Den Sinnen sei Dank. Dann kann ich mich endlich wieder dem Tagebuch von Perxes widmen."

„Was ist mit deiner magischen Fähigkeit?", fragte ich und zog meine Beine in den Schneidersitz. „Konntest du eine Verbesserung feststellen?"

Edomir nickte zögernd. „Meine Fähigkeit lässt sich jetzt besser lenken, früher brachte sie mich einfach nur an einen sicheren Ort, aber jetzt habe ich die Kraft, diesen Ort selbst zu bestimmen. Obwohl ich mich durch den Schutzmechanismus der Bruderschaft heute nur in der Bruderschaft selbst bewegen konnte, aber immerhin hatte ich dadurch etwas Abstand von meinem *Partner*."

Ich musterte den Angstträger und sah die tiefen Schatten unter seinen Augen.

„Wie ist das Zusammenarbeiten mit Jesper?", fragte ich.

Edomir lachte kurz auf. „Mühsam", sagte er dann. „Er ist unglaublich aufbrausend, und unsere Sinne … sind nicht gerade kompatibel." Er schnaubte. „Wenn ich es nicht besser wüsste, würde ich meinen, Quirin hat auf diese Zweierteams einfach nur bestanden, um uns zu quälen." Der Angstträger goss sich etwas Wasser ins sein Glas. „Jesper und ich passen einfach überhaupt nicht zusammen. Und wir haben auch viel zu wenig Zeit für die Suche nach dem Violetten Buch. Während ich mich nebenbei noch um die Leitung der Hinweiskammer kümmere, steckt er von früh bis spät in diesem sinnlosen Wahlkampf fest."

„Sein Wunsch, Wutgestalter zu werden, ist sehr groß", sagte ich.

Die näher kommenden Schritte von zwei Sinnträgern in dem Korridor vor der Tür unterbrachen unser Gespräch. Es waren Jaron und Thaya, die sich uns näherten.

„Nein, ich habe auch keine Ahnung, wo sie das Schwarze Buch hingebracht haben", flüsterte die Trauerträgerin. „Aber egal, wo es ist, es ist sicher schöner als hier. Ich hasse das Zentrum der Bruderschaft. Alles ist hier so düster. Nicht so farbenfroh und lebendig, wie bei dir zu Hause."

Jaron blieb stehen und wandte sich ihr zu. „Woher weißt du, wie es bei mir zu Hause aussieht?"

„Äh", stammelte Thaya und wurde rot, als sie uns sah. Im selben Moment leuchtete meine Notfallbrosche gelb auf, und da es außer mir nur noch einen weiteren gelben Träger in der Bruderschaft gab, wusste ich, von wem das Signal kam.

Quirin erwartete mich im Kommunikationsraum. Der

Gestalter der Wachsamkeit saß vor einer Kristallwand und starrte sorgenvoll auf die Szenen darauf. Ich erblickte Ausschnitte aus der Schwarzweißen Stadt sowie ein Gebiet im Land des Ekels, bei dem es sich wahrscheinlich um die Sumpfsiedlung handelte, von der Casimir während des Trainings gesprochen hatte. Außer ein paar zerstörten Behausungen war kaum etwas davon übrig geblieben und ich schluckte schwer.

Die Angriffe der Totaa kamen jetzt immer schneller und der Druck, ein weiteres Buch der Macht zu finden, wurde immer größer.

Quirin fuhr sich seufzend über seinen kahlen Kopf und drehte sich zu mir um.

„Wächterin", sagte er ruhig. „Wie ist das Training der magischen Fähigkeiten gelaufen?"

Ich rückte mir den Schultergurt meiner Tasche zurecht und nickte knapp. „Wir haben es alle überlebt."

„Fantastisch", erwiderte Quirin mit leichtem Spott, wurde aber sogleich wieder ernst. „Du bist hier, weil ich deine Einschätzung als Wächterin benötige."

Meine Wachsamkeitslinien erwärmten sich. „Worum geht es?"

Quirin legte die Fingerkuppen aneinander und betrachtete mich aufmerksam. „Ich denke, es gibt einen Spion in unseren Reihen. Edomir hat Casimir von verschwundenen Schriftrollen berichtet, die nach einer gewissen Zeit alle wieder aufgetaucht sind. Ich werde es nicht dulden, dass die Bruderschaft bespitzelt wird. Egal, von wem." Quirin sah mich aus seinen wachen dunklen Augen an. „Hast du eine Vermutung, wer hinter den gestohlenen Schriftrollen stecken könnte?"

„Es wäre falsch, haltlose Vermutungen anzustellen", erwiderte ich, weil ich noch keinen bestimmten Verdacht hatte. „Aber ich werde meine Augen offen halten."

Quirin nickte. „Tu das. Der Feind ist mächtiger, als du denkst. Allein in dieser Woche haben meine Wächter vier Anschläge auf unterschiedliche Siedlungen in der Sinnlichen Welt verhindert. Drei weitere Angriffe konnten jedoch nicht abgewendet werden." Der kahle Gestalter stand von seinem Stuhl auf und ging zu dem riesigen Fenster, hinter dem die Berge mit den tosenden Sandfällen zu sehen waren. Wie er da so stand, sah er unglaublich müde aus.

„Offen gesprochen weiß ich nicht, wo ich zuerst hinsehen soll. Die Totaa, die Bücher der Macht, ein Spion in unseren eigenen Reihen … Es sind stürmische Zeiten, Wächterin. Und vier Augen erkennen mehr als zwei. Ich möchte, dass du dir dessen bewusst bist." Quirin warf einen beiläufigen Blick auf meine Tasche, in der ich das Buch von Ani & Magnus verstaut hatte. Das Buch, das Simeon mehr oder weniger aus der Hinweiskammer geklaut hatte. Ich fühlte eine Gänsehaut über meine Arme laufen und achtete darauf, meinen Herzschlag und meine Atmung zu kontrollieren, um mir nichts anmerken zu lassen.

Quirin wandte sich wieder dem Fenster zu und sprach kühl weiter: „Morgen findet die Wahlveranstaltung des Wutgestalters statt und da die Totaa Massenaufläufe als bevorzugte Ziele sehen, brauche ich jeden einzelnen Wächter in der Schwarzweißen Stadt."

Ich runzelte die Stirn. „Warum wird der Wahlkampf nicht im roten Land der Wut abgehalten?"

Quirin verzog keine Miene. „Der Kandidat, der gegen Jesper antritt, ist ein Günstling von Philomena. Sie hat sich die Schwarzweiße Stadt als Wahlkampfzentrum in den Kopf gesetzt, um maximale Aufmerksamkeit zu erzielen." Er hielt kurz inne. „Die Macht der Acht hat dieser Entscheidung zugestimmt und wir müssen das Beste aus der Situation machen. Die Suche nach den Büchern der Macht hat zwar äußerste Dringlichkeit – dennoch hat es klare Priorität, die Anschläge und den Tod von Sinnträgern zu vermeiden." Er verschränkte die Arme im Rücken. „Die Totaa werden immer gefährlicher. Während die eine Gruppe sich im Untergrund sammelt, um neue Mitglieder zu rekrutieren, schlägt die andere immer häufiger zu. Ich bin noch unschlüssig, welche der beiden Gruppierungen mir mehr Sorgen bereitet." Er blickte mich über die Schulter an. „Auf alle Fälle möchte ich, dass du morgen an der Wahlveranstaltung teilnimmst, aber nicht als Wächterin, sondern als Zivilistin. Verhalte dich so, als hättest du einen freien Tag, aber halte die Augen offen."

„Wonach soll ich suchen?"

„Nach allem, was dir verdächtig vorkommt. Einige der Auserwählten werden anwesend sein, beobachte sie gut." Er gab mir einen ungeduldigen Wink. „Und jetzt geh."

**

Die Morgensonne tauchte die Schwarzweiße Stadt in ihr goldenes Licht und ich reihte mich in den Strom der Sinnträger ein, die angeregt diskutierend zum Stadtkern pilgerten.

Um nicht auf den ersten Blick als Wächterin erkennbar zu sein, trug ich meinen Wächterstab heute an meinem Unterarm befestigt, verdeckt durch die weiten Ärmel eines aus Wüstengras gewebten Kleides.

Alle Straßen der Schwarzweißen Stadt waren für die Wahlveranstaltung mit roten Bannern und Fahnen dekoriert worden, die jede Grenze des guten Geschmacks überschritten. Denn auf den Bannern, die quer über den Häuserfronten hingen, waren die ehemaligen Gestalter aus der Geschichte der Sinnlichen Welt abgebildet, auch wenn sie bereits tot waren. Die Figuren auf dem roten Stoff bewegten sich leicht und es wirkte, als wären sie noch am Leben. Eden, der Urgestalter des Ekels, prostete mir mit einem Whiskeyglas zu, Panica, die ermordete Angstgestalterin, verkroch sich in einer dunklen Höhle. Neben ihr sprang der Urgestalter der Freude ins Wasser, während Sinja mich aus ihren blauen Augen in einem fein gesponnen Erdkleid kühl betrachtete. Auf den Bannern rotierte der Slogan: *„Der nächste Gestalter: Wählt Dieter zum Gebieter"* in blinkender Schrift und ich fragte mich, woher dieser Dieter den Mut nahm, die verstorbenen Gestalter für seinen Wahlkampf zu missbrauchen. Zur Feier des Tages waren auch viele Häuser rot eingefärbt worden und rote Leuchtkugeln zischten gemeinsam mit den Nachrichtenwürfeln durch die Straßen. Ich beobachtete, wie eine zierliche Frau vor mir eine der roten Leuchtkugeln in der Luft fing, die daraufhin ein rotes Währungsblatt fallen ließ. Als sie es noch einmal versuchte, bekam sie allerdings eine Ladung Vulkanstaub ab.

Ich machte einen Bogen um die Frau, die den Vulkanstaub wütend auf die Straße spuckte, und ging wachsam weiter. Trotz der eifrigen Bemühungen von Philomena und ihrem Dekorationsteam war die angespannte Stimmung in der Stadt deutlich spürbar. An jeder Straßenecke hingen Steckbriefe von gesuchten Totaa, die bei Angriffen identifiziert worden waren. Gestern Nacht war wieder einer hinzugekommen und ich betrachtete das Bild des Mannes. Es handelte sich um einen gedrungenen Tierverbundenen mit leicht gewellten braunen Haaren und einer brutalen Ausstrahlung. Bei seinem Anblick erwärmten sich meine Wachsamkeitslinien und ich trat näher an den Steckbrief heran.

WALTO
GESUCHT WEGEN MORDES MIT MAGISCHEN SOWIE NICHTMAGISCHEN MITTELN
SICHERHEITSSTATUS: EXTREM GEFÄHRLICH
BESONDERE KENNZEICHEN: LIDLÄHMUNG AM RECHTEN AUGE
MAGISCHE FÄHIGKEIT: UNBEKANNT
ES WIRD ZUR BESONDEREN VORSICHT GEMAHNT

Walto fletschte auf dem Bild die Zähne und ich hatte das Gefühl, dass er mich direkt ansah. Ein leises Knurren ertönte und im nächsten Moment spannte Walto seine Muskeln an und stürzte aus dem Steckbrief auf mich zu. Blitzschnell duckte ich mich unter seinen zupackenden Händen weg und rollte mich über die Schulter ab, bevor ich in einer fließenden Bewegung meinen Wächterstab aus dem Ärmel zog.

Ein spöttisches Lachen ertönte hinter mir und ich fuhr herum. Walto war offenbar nur eine Illusion gewesen, doch die blonde Ekelträgerin mit der feinen Gesichtszeichnung, die ihr rechtes Auge sinnlich umspielte, war leider keine.

„Sag bloß, das war dein erster Erschreckersteckbrief", höhnte Tara und zog eine blonde Augenbraue nach oben. „Kein Wunder, dass es mit unserer Sinnlichen Welt bergab geht, wenn Wächterinnen wie du gegen die Totaa eingesetzt werden." Sie verschränkte die Arme vor der Brust und obwohl ich sie sogar noch weniger mochte als Walto, musste ich mir eingestehen, dass sie wieder einmal fantastisch aussah. Ihre perfekten Kurven steckten in einem knallengen schwarzen Catsuit und ihr zartes Gesicht strahlte noch mehr als sonst.

Ich versuchte, sie einfach zu ignorieren und ließ meine Blicke über die Umgebung schweifen, um den kürzesten Weg zum Stadtkern ausfindig zu machen.

„Ach wie süß, suchst du ihn?", fragte Tara gespielt fürsorglich. „Ich muss dich enttäuschen, Ben ist leider nicht hier."

Ich verengte meine Augen. „Es interessiert mich nicht, wo er ist."

„Lügnerin."

Sie kam näher. „Du kannst mich nicht täuschen. Ich weiß doch, wie du dir jede Nacht vor dem Einschlafen immer und immer wieder vorstellst, wie es wäre, wieder mit ihm zusammen zu sein." Ihre schwarz geschminkten Katzenaugen verengten sich zu Schlitzen. „Was immer dieser Templer gemacht hat, bei dir hat es anscheinend nicht funktioniert – oder du hast dich einfach wieder in ihn verliebt. Aber Ben ist geheilt von seiner Verzauberung, er ist jetzt da, wo sein Herz sein möchte, er ist da, wo er hingehört. Bei mir."

„Dort kann er auch gerne bleiben", sagte ich kalt.

Tara lächelte. „Das wird er auch, Wächterin. Denn unsere Verbundenheit ist echt – im Gegensatz zu dem, was er mit dir hatte. Von Anfang an wusste ich, dass er nur wegen eines Zaubers bei dir war." Sie musterte mich von oben bis unten. „Das war die einzig mögliche Erklärung, die ich mir denken konnte."

„Das Denken ist wohl nicht deine Stärke", sagte ich, weil mich ihre gehässige Art einfach nervte. Und es nervte mich, dass Ben es vorzog, bei ihr zu sein, als mit mir die unbeantworteten Fragen unserer Vergangenheit zu klären.

Warum waren wir in der Menschenwelt von Gestalter Coel getrennt worden? Und was für Konsequenzen würde es haben, wenn wir unsere Seelenverwandtschaft weiterhin so beharrlich ignorierten?

Bislang hatte ich diese Fragen von mir geschoben, aber vielleicht sollte ich das ändern. Vielleicht sollte ich das Rätsel alleine lösen, selbst wenn es Ben egal war. Ich brauchte ihn nicht.

Tara fuhr sich durch ihre blonde Mähne. „Verlassene Sinnträgerinnen sind die schlimmsten", sagte sie überheblich, „sie sind so voller Gehässigkeit."

„Dann musst du schon sehr oft verlassen worden sein", entgegnete ich nüchtern und senkte die Stimme. „Vielleicht passiert es ja bald wieder." Bevor sie etwas erwidern konnte, drehte ich mich um und ging.

Die Sicherheitsvorkehrungen im Stadtkern waren heute besonders hoch. Um den zentralen Marktplatz zu erreichen, auf dem die Wahlveranstaltung stattfinden sollte, musste jeder Sinnträger eine rote Schleuse passieren, die hell aufleuchtete, wenn jemand eine Waffe bei sich trug – selbst wenn es sich dabei nur um eine einfache Schere handelte.

Als ich an der Reihe war, glühte die Schleuse dunkelrot auf und ich sah, wie mich der junge Wächter skeptisch musterte. Offenbar versuchte er abzuschätzen, wo ich unter diesem Kleid eine Waffe versteckt haben könnte – und schien zu denken, dass es irgendwo in der Nähe meines Dekolletés sein müsste.

„Schon gut, lass sie durch", ertönte eine melodische Stimme neben mir und ich war erleichtert, als ich Marcus erkannte, der offenbar die Eingangskontrollen leitete.

„Danke, Marcus", sagte ich. „Ich hätte natürlich auch

die Sicherheitsfreigabe gehabt."

„Das ist mir klar", erwiderte mein ehemaliger Kollege mit dem schönen Gesicht und den dunkelblonden Haaren leise. „Quirin hat mich informiert, dass du heute hier sein wirst. Dein Platz ist dort drüben." Er wies auf die rechte Seite des Marktplatzes.

„Wie meinst du das, mein Platz ist dort drüben?", fragte ich. „Gibt es keine freie Platzwahl?"

Marcus schüttelte stumm den Kopf und die blauen Linien seiner Zeichnung begannen zu glitzern. „Verordnung von Philomena. Um die Gefahr für die Sinnträger so gering wie möglich zu halten, gibt es bei dieser Veranstaltung eine klare Trennung zwischen Mensch- und Tierverbundenen. Die Menschverbundenen müssen sich im rechten Bereich aufhalten, die Tierverbundenen links.

„Oh nein", sagte ich. „Das ist ja wie zu Zeiten der Trennung, wie bei den Hellen und Dunklen."

Marcus senkte die Stimme. „Du weißt, Befehl ist Befehl. Unsere persönliche Meinung spielt hier nur eine untergeordnete Rolle. Ich hoffe dennoch, dass diese Maßnahme dazu führt, die Veranstaltung sicherer zu machen. Es gibt einen neuen Anführer unter den Totaa. Sein Name ist Walto, du hast sicher schon die Steckbriefe gesehen."

Ich nickte.

Marcus' schönes Antlitz verzog sich düster. „Sein Vorgehen wird immer brutaler. Unter seiner Leitung schrecken die Totaa vor nichts mehr zurück. Auch Selbstmordanschläge wurden schon verübt."

„Das ist ja furchtbar", flüsterte ich.

„Ja, das ist es." Er nickte traurig und legte mir die Hand auf die Schulter. „Aber es tut gut, dich zu sehen."

Ich verabschiedete mich von Marcus und machte mich auf den Weg zur rechten Seite des Marktplatzes, wo ein Wächter erst meine Gesichtszeichnung kontrollierte, bevor er mich in den mit Zäunen abgetrennten Bereich der Menschverbundenen hineinließ. Nachdem ich mir einen Platz gesucht hatte, von dem aus ich einen guten Überblick hatte, entdeckte ich zu meinem Leidwesen auch Tara und Ben in der Menge.

Rasch wandte ich den Kopf ab. Auf der anderen Seite, im Bereich der Tierverbundenen, konnte ich Jaron und Thaya erkennen, die auch nicht sehr glücklich aussahen, denn Jaron warf immer wieder genervte Blicke auf die Trauerträgerin, die nichtsdestotrotz seine Nähe suchte. Unweit von ihnen saß Alfonsus, der Journalist mit dem aristokratischen Aussehen, und lächelte mir kurz zu. Wahrscheinlich koordinierte er die Nachrichtenwürfel, die von der Veranstaltung berichteten.

Ein heller Glockenton erklang von der Eingangsschleuse und ich sah, wie Marcus und seine Wächter die Arme hoben und den draußen wartenden Sinnträgern zu verstehen gaben, dass der Marktplatz voll war.

Die enttäuschten Buhrufe gingen in einer feierlichen Eröffnungsfanfare unter und ich richtete meine Aufmerksamkeit auf die hellrote Steinbühne, die einen großen Teil des Marktplatzes einnahm. Philomena hatte bei der Wahlkampfplanung offenbar weder Kosten noch Mühen gescheut, denn der zentrale Platz war mit Millionen von roten und orangeroten Blütenblättern geschmückt, die den Boden bedeckten und die Bühne umsäumten.

Im nächsten Moment materialisierte sich Philomena vor unseren Augen auf der roten Bühne. Ein leichtes Flimmern ihres Körpers ließ erkennen, dass es sich dabei nur um ein Hologramm handelte, und ich schüttelte unmerklich den Kopf. Wahrscheinlich war ihr die Veranstaltung selbst zu gefährlich.

„Liebe Freunde!", eröffnete die Gestalterin der Freude den Wahlkampf. Sie trug ein orangerotes Blätterkleid, das ihren üppigen Busen betonte, und breitete graziös die Arme aus. Ihre orangefarbenen Haare fielen ihr in Locken über die Schulter. „Herzlich willkommen beim Wort-Duell für den Posten des Wutgestalters! Die Sinnliche Welt musste in letzter Zeit viele schwere Schläge einstecken, doch wir wollen uns davon nicht abhalten lassen, das Leben zu feiern, das Leben zu lieben und den Platz unserer verblichenen Gestalterin Sinja mit einem würdigen Nachfolger zu bestücken!"

Ihr hell gepudertes Gesicht strahlte uns an.

„Wieder einmal haben sich die beiden besten Bewerber durchgesetzt. Auf der einen Seite ein Beschützer: stattlich, muskulös und geheimnisvoll – und auf der anderen Seite ein Künstler: eloquent, schneidig und aufgeschlossen. Wer am Ende die Wahl gewinnt, könnt nur ihr entscheiden, und das auch nur, solange der rote Mond am Himmel steht." Sie wedelte mit den Fingern ihrer beringten Hand. „Doch bevor es so weit ist, könnt ihr jetzt den ersten Kandidaten kennenlernen. Sein Name ist Jesper und er musste mit eigenen Augen mit ansehen, wie unsere geliebte Sinja Opfer eines tückischen Anschlags wurde." Philomena senkte für einen Moment die Lider und atmete tief aus. „Ich hoffe inbrünstig, dass Jesper durch dieses Erlebnis zu schätzen lernt, dass in jedem Schicksalsschlag auch die Chance auf eine Verbesserung steckt – in diesem Fall die Chance auf einen besseren Posten. Begrüßt mit mir Jesper, den Beschützer, der Sinja leider nicht beschützen konnte!" Sie applaudierte lächelnd und Jesper betrat bleich vor Zorn die Bühne. Er bedachte Philomena mit einem so wütenden Blick, dass ich froh war, dass es sich bei ihr nur um ein Hologramm handelte – denn ihm war anzusehen, dass er ihr am liebsten den Hals umgedreht hätte.

„Bürger und Bürgerinnen des roten Landes!", rief Jesper und marschierte an den Rand der Bühne. Seine schwarzen Haare glänzten im Schein der Sonne. „Wir leben in unsicheren Zeiten." Seine Stimme klang tief und klar über den Platz. „Die Totaa sind inzwischen jedem von euch ein Begriff, doch nicht jeder erkennt die Gefahr, die von dieser Gruppe Terroristen ausgeht. Erst letzte Woche gab es einen Anschlag auf die Felder des Jähzorns. Wehrlose rote Träger und Trägerinnen wurden niedergemetzelt, die Ernte verdorben, unser Sinn geschwächt." Er ballte die Faust. „Ja, sie säen die Wut im roten Land, aber sie säen auch Angst." Jesper ließ seine stahlblauen Augen über die Reihen schweifen und sein roter Umhang flatterte im Wind. „Wählt mich und ich werde diese niederträchtige Brut vernichten. Es ist die Zeit zu handeln. Ich bin ein Beschützer und ich werde die Sinnliche Welt vor dem Chaos und dem Untergang beschützen, so wahr ich hier stehe."

Das Publikum applaudierte höflich und Philomenas Hologramm klatschte pflichtschuldig mit.

„Hört, hört!", rief die Gestalterin der Freude. „Bevor ihr euch aber jetzt schon festlegt, solltet ihr erst noch den zweiten Kandidaten kennenlernen", verkündete sie und in ihrer Stimme war zu hören, wie sehr es sie freute, diese Bekanntmachung vornehmen zu können. „Begrüßt mit mir meinen guten Freund Dieter!"

Ein lautes Rumpeln ertönte und dann wuchs vor unseren Augen eine Miniaturausgabe des grollenden

Vulkans aus der Bühne. Rosafarbener Nebel wallte über den Marktplatz, während der Berg immer weiter in die Höhe strebte, bis er Jesper um gut zwei Meter überragte und mit einem Knirschen zum Stehen kam.

Die Glocken, die auf dem echten Vulkan vor einem Ausbruch warnten, begannen auch hier zu bimmeln und steigerten sich zu einem schier unerträglichen Crescendo, bis der Vulkan endlich mit einem lauten Knall ausbrach und Dieter in einer Wolke roter Währungsblätter in die Luft geschleudert wurde.

Philomenas Hologramm klatschte begeistert in die Hände, während noch mehr rote Blätter nachgeschossen wurden und Dieter den Vulkan sportlich hinunterschlitterte.

Das Publikum jubelte und reckte sich den herabregnenden Geldscheinen entgegen.

„Danke, vielen Dank!", rief Dieter, trat an den Rand der Bühne und verteilte Kusshände. Er hatte einen schlanken Körper und glatte blonde Haare, die wie ein Helm um seinen Kopf lagen.

„Mein Name ist Dieter und ich habe vor, die Sinnliche Welt zu verändern."

„Wie willst du das tun, Dieter?", rief jemand aus der Menge und ich zog eine Augenbraue hoch, weil es so einstudiert klang.

„Gut, dass du mich das fragst, Freund", erwiderte Dieter.

„Zuallererst möchte ich euch sagen, dass alles, was ihr heute in der Schwarzweißen Stadt mit roten Währungsblättern bezahlt, für euch nur die Hälfte kostet." Dieter blickte sich um und breitete die Arme aus. „Ja. Ihr habt richtig gehört. Alles, was ihr heute mit roten Währungsblättern bezahlt, kostet nur die Hälfte!

Nur zu, ihr dürft euch freuen, Leute!"

Erneut brach Jubel aus und diesmal war er sogar noch euphorischer als zu Beginn.

„Aber wartet, wartet", unterbrach Dieter den Begeisterungssturm. „Was ist, wenn ich euch nun sage, dass dieses Angebot nur für die *Tierverbundenen* gilt?"

Ein Moment der Stille entstand und ich fühlte, wie sich mir die Härchen im Nacken aufstellten. Die roten Zeichnungen der Menschverbundenen in unserem Bereich blitzten nacheinander auf und ich sah die Gewaltbereitschaft in ihren Augen.

„Oh. Interessant. Spürt ihr das?", fragte Dieter in die angespannte Atmosphäre hinein und strich sich über seine gewellte rote Zeichnung, die sich auf seiner linken Wange befand. „Spürt ihr diesen Zorn?" Er knöpfte sich den obersten Knopf seines Hemdes auf und krempelte die Ärmel hoch. „Die Wut ist schnell da, Freunde. Sie lodert heiß." Er blickte über die Menge und schüttelte den Kopf. „Manche fürchten unsere Wut. Sie fürchten sie, wie sie auch die Totaa fürchten, wie sie Veränderungen fürchten, wie sie einfach alles fürchten." Dieter holte Luft. „Aber die Welt braucht unsere Wut. Wir müssen sie nutzen, um gegen jene zu kämpfen, die Leid über unsere Sinnliche Welt bringen, die die Vielfalt unserer Welt nicht akzeptieren! Natürlich können Mensch- und Tierverbundene zu denselben Konditionen einkaufen, aber lasst uns unsere Wut auf die Richtigen lenken und -" Der Rest seines Satzes ging in einem lauten Schrei unter, als ein bulliger Menschverbundener in unserem Bereich zusammensackte. Meine Augen flogen über die Menge und ich hörte ein leises Knacken, gefolgt von einem weiteren Körper, der zu Boden ging.

Sofort zog ich meinen Wächterstab und schloss eine

Energiekugel um eine großgewachsene Gestalt, die eben ihre Hände um den Hals eines Menschverbundenen gelegt hatte.

„Für Walto!", schrie ein Totaa aus der Mitte der Menschverbundenen. In der Sekunde brach das blanke Chaos aus.

„Acht!", brüllte der Totaa in der Mitte, während die Sinnträger in seiner Nähe panisch das Weite suchten. Ich richtete meinen Stab auf ihn, aber er tauchte in der Menge unter und bei dem Gewusel war es praktisch unmöglich, ihn zu erfassen. „Sieben!", hörte ich ihn nur schreien.

Wieder ertönte das Knacken eines Genickbruchs und ich fuhr zu dem Geräusch herum. Ein zweiter Totaa wurde von mir in einer Wächterkugel eingeschlossen, aber es war nur ein Tropfen auf den heißen Stein.

„Sechs!", rief der Typ auf Tauchstation und ich wollte nicht wissen, was passierte, wenn er den Countdown heruntergezählt hatte. Aus dem Augenwinkel sah ich Dieter und Jesper von der Bühne springen und sich in den Kampf stürzen. Das Problem war, dass die Totaa sich nicht als solche zu erkennen gaben. Sie trugen ganz normale Kleidung und sahen aus wie Menschverbundene, sie mussten ihre Gesichtszeichnung manipuliert haben. Meine Linien brannten und ich versuchte blitzschnell zu entscheiden, wer Freund und wer Feind war. Gleichzeitig kämpfte ich mich rücksichtslos zu dem Countdown-Zähler vor.

„Fünf!", schrie er.

Die Sinnträger stürmten mir entgegen und machten ein Weiterkommen fast unmöglich. Ben war ein Stück entfernt in einen Kampf verwickelt und ich sah, wie sich ein zweiter Totaa von hinten auf ihn stürzen wollte.

So schnell ich konnte, legte ich eine Kugel um ihn und bekam im nächsten Moment einen Ellbogen ins Gesicht.

„Vier!", brüllte der Totaa in der Mitte, während ich das Gefühl hatte, meine Nase sei explodiert. Warmes Blut lief mir über das Gesicht und in den Mund. Irgendjemand versuchte mir meinen Stab zu entreißen und ich klammerte mich daran fest, obwohl ich vor lauter Schmerzen kaum etwas sehen konnte.

„Drei!", schrie der Typ in der Mitte und mein Widersacher ließ endlich meinen Stab los. Ich sah, wie er zu einem anderen rannte, ihn an den Händen fasste und so eine Kette bildete. Sie wollten entkommen, das war ihr Plan! Mit zitternden Armen hob ich den Wächterstab, aber ich schaffte es in meinem Zustand nicht, eine weitere Kugel zu erschaffen, ohne die Gewalt über die anderen zu verlieren.

„Zwei!", brüllte der Sinnträger in der Mitte und ich sah Ben noch immer mit demselben Totaa kämpfen, sah Jaron und Jesper zu der Totaa-Kette rasen, und dann schrie der Typ in der Mitte „Eins!", presste die Finger auf seine violett leuchtenden Linien und verschwand mit allen Totaa, die durch Körperkontakt miteinander verbunden waren.

Einen Moment lang schien die Welt stillzustehen. Dann griffen alle Totaa, die sich in den knisternden Wächterkugeln befanden, nach einem Ring auf ihrer linken Hand und drehten daran. Ich hielt entsetzt den Atem an, als einer nach dem anderen explodierte.

Eine enorme Druckwelle donnerte über uns hinweg und ich wurde nach hinten geschleudert. Mein Körper krachte zu Boden, meine Ohren dröhnten und überall war Blut.

Schwerfällig richtete ich mich auf. Es war das reinste Chaos. Siebzehn Totaa hatten Selbstmord begannen, dreiunddreißig Menschverbundene waren in den Tod gerissen worden, elf Verletzte, darunter auch Tara, und acht Totaa waren entkommen. Einen hielt Ben noch immer so fest umklammert, dass er keine Chance hatte, an seinem Selbstmordring zu drehen. Marcus und drei andere Wächter erreichten ihn in dieser Sekunde und führten den gefangenen Totaa ab. Ich stand einfach nur da und fühlte mich völlig leer.

All diese sinnlosen Tode. All dieser sinnlose Schmerz. Meine Augen irrten ziellos über die Leichen. Thaya stand zitternd neben Jaron und starrte auf die Leichen. Als sie lauthals zu weinen begann, winkte Jaron den Heilern des Weißen Sanatoriums, die sanft nach ihren Schultern griffen. Thaya reagierte auf die Berührung mit einem hysterischen Schreikrampf und ich sah, wie einer der Heiler ihr ein Pflaster auf die Haut klebte, das sie ganz ruhig werden ließ. Vorsichtig betastete ich meine Nase, die sich anfühlte, als wäre sie mehrfach gebrochen.

Und dann blickte ich zu Ben. Er hatte sich neben Tara, die auf dem Boden lag, gekniet und schob ihr sanft eine blutverklebte Haarsträhne aus dem Gesicht. Als sie die Augen aufschlug, wandte ich mich ab und half den anderen Verletzten.

Die Sinnliche Welt dankt jenen, die die Epoche der Trennung beendet und die Vereinigung möglich gemacht haben. Durch ihren Mut, ihre Willenskraft und Stärke bricht ein neues Zeitalter an:

Mögen Harmonie und Einigkeit uns begleiten, die Ausgrenzung der Vergangenheit angehören,
mögen Hell und Dunkel zusammen leiten, und nichts mehr den ersehnten Frieden stören.

Aus den Sinnträgern der Vereinigung geht der erste Rat der Macht der Acht hervor, dem wir unser vollkommenes Vertrauen schenken. Seine Aufgabe wird es fortan sein, das Gleichgewicht unserer Welt zu erhalten und im Interesse der acht Gebiete zu handeln:

Eden, aus dem schwarzen Land des Ekels

Azrael, aus dem violetten Land der Angst

Wura , aus dem roten Land der Wut

Walerie, aus dem gelben Land der Wachsamkeit

Ernesto, aus dem grünen Land des Erstaunens

Fredomir, aus dem orangen Land der Freude

Velvet, aus dem weißen Land des Vertrauens

Tulla, aus dem blauen Land der Trauer

Wir wünschen den acht Gestaltern die Klugheit und Willensstärke, die ihnen ihr neues Amt abverlangen wird, vertrauen auf ihre richtigen Entscheidungen und darauf, dass das unendliche Zeitalter des Friedens beginnt.

Die Acht Bücher der Macht werden vertrauensvoll in Sicherheit gebracht.

Quelle: Kundgebung von Velvet, der ersten Gestalterin des Vertrauens

Kapitel 4

„Ihr bekommt kein Wort aus mir heraus!", schnaubte der Totaa und rüttelte an seinen Fesseln. Ich beobachtete seinen ungebrochenen Kampfeswillen und mein Instinkt sagte mir, dass er wahrscheinlich recht behalten würde. Er würde eher sterben, als uns eine Information zu geben.

„Ich schätze Loyalität", erwiderte Marcus, der dem Totaa in einer unterirdischen Verhörkammer in der Pyramide der Wachsamkeit gegenübersaß. „Ich habe gehört, Walto schart nur die loyalsten Männer um sich."

„Ihr bekommt kein Wort aus mir heraus!", schrie der dünne Totaa erneut und warf sich wie ein wildes Tier gegen seine Fesseln. Er hatte eine ausgeprägte Zahnlücke zwischen den Vorderzähnen und wenn die Wächter ihm seinen Selbstmordring nicht nach der Verhaftung abgenommen hätten, wäre er schon längst explodiert.

Ich stand bewegungslos hinter der doppelten Glastrennwand und nippte an meinem Becher Gelbtee. Die Heiler hatten meine Nase in der Zwischenzeit wieder völlig schmerzfrei zusammenwachsen lassen.

In der Kammer ging die Tür auf und ein weiterer Wächter erschien mit einer kleinen Dose.

„Ah, sehr gut", sagte Marcus und stand auf.

„Was ist das?", fragte der Totaa und starrte unruhig auf die schwarze Dose.

„Nur etwas, um deine Zunge zu lockern", sagte der fremde Wächter und zog eine Wahrheitswanze aus dem Döschen. „Ein einziger Biss genügt."

„Nein! Neeein! NEEEIN!", brüllte der Totaa und

begann, sich wie ein Wahnsinniger gegen die Fesseln zu wehren. Doch die waren doppelt und dreifach mit Magie gesichert. Er hatte keine Chance, zu entkommen.

„Ihr bekommt kein Wort aus mir heraus! Kein einziges Wort!", schrie der Totaa, und dann kniff er das Gesicht ganz schrecklich zusammen.

„Marcus!", schrie ich und hämmerte mit der Faust gegen die Scheibe. „Ich glaube, er versucht sich die Zunge abzubeißen!"

Marcus stürzte zu dem Gefangenen und der andere Wächter versuchte mit Gewalt seinen Kiefer aufzustemmen, doch da war es schon zu spät. Der Totaa stöhnte gequält auf, bevor er irr zu kichern begann und ihnen einen Moment später einen blutigen Klumpen auf den Tisch spuckte.

Ich wich unwillkürlich zurück, während ich mir die Hand vor den Mund schlug.

Wir befanden uns schon wieder in einer Sackgasse.

Marcus warf mir durch die Glasscheibe einen frustrierten Blick zu und ich schüttelte nur stumm den Kopf. Dieser Sinnträger würde uns keinen Schritt weiter zu den Totaa bringen, so viel war sicher.

***

Als ich die Räumlichkeiten der Bruderschaft betrat, war es ungewohnt still. Nur das Summen tiefer Stimmen klang an mein Ohr und ich folgte dem melodischen Geräusch bis zur Hinweiskammer.

Die Templer hatten diesen Raum für sich beansprucht und suchten gemeinsam mit Edomir nach hilfreichen Informationen in Perxes' Tagebuch. Als ich die Hinweiskammer betrat, hielt ich kurz inne. Alle Templer saßen im Schneidersitz mit ihren dunklen Kutten auf den Tischen und hielten die Augen geschlossen.

Unwillkürlich runzelte ich die Stirn. Meditierten sie?

„Ja, das tun sie", zischte jemand hinter mir und ließ mich herumfahren. „Sie meditieren, um ihren Kopf zu reinigen", sagte Casimir und betrachtete mich dabei abfällig, als könne er jeden meiner Gedanken lesen. Dann klatschte er in die Hände. „Ihr habt genug Pause gehabt. Macht euch wieder an die Arbeit, das Tagebuch schreibt schneller, als wir lesen können."

Die Templer öffneten die Augen, richteten sich auf und setzten sich an die hintereinander aufgereihten Tische, um ihre Köpfe wieder in ihre Bücher zu stecken.

„Sind das Duplikate?", fragte ich.

„Selbstverständlich", zischelte der Templer. „Solltest du nicht unterwegs sein, Wächterin, um den Hinweisen nachzugehen?", fragte er, während sich sein runzeliges Gesicht missbilligend verzog.

„Ich folge gerade einem Hinweis", erklärte ich und hatte keine Lust, mich vor dem missmutigen Templer zu rechtfertigen.

Casimir verschränkte die Arme hinter dem Rücken und musterte mich abfällig. „Einem Hinweis, der dich hierherführt? Du glaubst doch nicht etwa, dass ein Buch in der Bruderschaft versteckt ist?"

Ich zuckte mit den Schultern. „Das wäre doch auch ein ziemlich gutes Versteck, oder?", fragte ich herausfordernd.

„Pah. Mit deinen Theorien verschwendest du nur deine Zeit. Und noch viel schlimmer: meine!" Er drehte sich um und verschwand in dem dunklen Gang.

Ich wandte mich wieder den Templern zu und erkannte in der vierten Reihe Edomir, der zusammengesunken auf seinem Stuhl saß und in dem Tagebuch las.

„Du tust dies auf eigene Gefahr", warnte er mich, nachdem ich ihm erklärt hatte, warum ich hier war. Seine roten Haare hingen ihm unordentlich ins Gesicht und er trug tiefe Schatten unter den Augen. Es sah so aus, als hätte er längere Zeit nicht mehr geschlafen.

„Ich weiß", antwortete ich.

„Psst", machte einer der Templer neben Edomir, der verärgert von seinem Buch hochblickte. „Manche hier versuchen zu arbeiten."

„Schon gut", sagte Edomir, stand auf und ging mit mir ein paar Schritte nach draußen.

„Warum genau willst du hier reinsehen?", fragte er mich dann. „Du weißt nicht, welche Bürde du dir zumutest."

„Edomir, ich will doch nur einen Blick hineinwerfen", erklärte ich.

Der Templer gähnte. „Okay. Den Erinnerungskristall findest du in der Bibliothek, im obersten Regal ganz rechts, aber du musst mir versprechen, vorsichtig zu sein – Casimir bringt mich sonst um. Ich weiß zwar nicht, was du suchst, aber ich bin auch zu müde, um mich damit zu beschäftigen", fügte er hinzu. „Aber in das Tagebuch solltest du wirklich nicht hineinlesen. Wir verbringen Tag und Nacht mit diesem Buch und es … es zieht die Lebenskraft aus einem heraus und die Magie des Wahnsinns greift nach einem. Glaub mir, Lee, wir tun alles, was nötig ist, lass das lieber sein." Er sah mich nachdrücklich an und gähnte noch einmal.

„Ich misstraue euch nicht und ich weiß, dass ihr alles in eurer Macht Stehende tut, um weitere Hinweise auf die Bücher aus dem Tagebuch zu filtern. Aber ich suche nach einem ganz bestimmten Hinweis und ich habe so ein Gefühl, dass ich ihn vielleicht finden könnte", entgegnete ich und strich mir eine Haarsträhne aus dem Gesicht. „Kannst du mir bitte die Stelle zeigen, wo du den Hinweis zu dem *Haus der Schadenfreude* gefunden hast?"

Edomir schnaufte erschöpft. „Du wirst sowieso nicht lockerlassen, bis ich dir die Stelle zeige, oder?"

Ich schüttelte den Kopf und lächelte.

„Na gut", sagte er matt und zog mich zu dem weißen Tisch, an dem er vorher noch gesessen hatte. Sorgfältig blätterte er durch das Buch, das wie ein normales Buch aussah, dessen Seiten jedoch ständig nachwuchsen. Es war, als könne man es nicht bis zum Ende blättern.

„Jetzt siehst du, was ich meinte", flüsterte Edomir. Es dauerte einige Zeit, bis er mit dem Finger auf eine Stelle zeigte. „Du kannst dich hier hinsetzen. Ich hole mir vom Stapel ein neues Duplikat und werde dann wahrscheinlich komplett verrückt – immerhin lasse ich dich hier reinlesen, was schon ein Zeichen des Wahnsinns ist."

Ich klopfte ihm auf die Schulter. „Du machst das großartig, Edomir", sprach ich ihm gut zu und sah ihn doch tatsächlich noch lächeln.

Ich will nicht mehr sein die Fänge des Buches kreisen mich ein sie wollen mich sie holen mich zu sich es ist kein Rufen oder Schreien es ist ein Weinen das in mich dringt und mich umbringt ich sehe die Schatten wie sie auf mich zukommen und den Wind des Verlustes den sie mit sich führen sie wollen tief in mich greifen sich mein Herz und meine Seele schnappen und es verspeisen ich verkrieche mich ich zittere am ganzen Körper mir ist so kalt so unglaublich kalt ich hasse sie und kann nicht weg von ihnen denn

die Bücher gehören zu mir es ist meine Aufgabe aber sie sind es
nicht sie sind nicht mein sie sind nicht unser meine Schätze sie
gehören nicht auf diese Welt geschaffen um Gutes zu tun haben
sie all das Böse in sich vereint sie tragen das Grauen und den
Schmerz und sie wollen uns alle vernichten sie wollen zu ihnen
zurück ich fühle ihren Drang zu ihren Meistern zu gelangen
aber ich werde es nicht zulassen ich werde nicht zulassen dass
sie auch mich beherrschen mit ihren vergessenen Zaubern die
keiner mehr kennt so wie das verkehrte Portal dass dich alles
rückwärts denken lässt sie werden unterschätzt immer werden
sie unterschätzt das schwarze täuscht und das rote will mich
verändern das orange lacht mich aus es verzerrt alles um mich
herum und ich fühle mich klein und schwach es macht sich lustig
über meinen Schmerz und gewinnt an Größe dieses Buch dieser
verdammte Fredomir ich sehe seine Fratze vor mir ich sehe wie er
sich köstlich amüsiert wie er mir seinen Hohn ins Gesicht spuckt
wie er sich an meiner Scham ergötzt und jeden Moment auskostet
ich sehe wie er darin badet er der so gerne badet und auch das
Leid das er mir zufügt ich verfluche ihn dafür dass er dieses
Buch geschaffen hat dieses Buch das so gerne an den Ort zurück
möchte den er zu seinem machte das Haus der Schadenfreude
bleib mir fern oder ganz nah ich will es nicht mehr haben ich will
dass es verschwindet ...

Schon nach einigen Seiten schwirrte mir der Kopf
und ich empfand tiefen Respekt für die Templer,
die sich tagtäglich mit Perxes' Aufzeichnungen
auseinandersetzten. Ein kaltes Gefühl rann mir über den
Rücken, als ich an die Macht der Bücher dachte. Perxes
war als Hüter erwählt worden, damit er sich um die
Sicherheit der Bücher kümmerte. Was war geschehen,
das ihn zu so einem gebrochenen Mann machte?

Waren die Bücher wirklich böse? Hatte sich, nachdem
sie die Vereinigung der hellen und dunklen Gefühle

erfüllt hatten, nachdem sie den Frieden über die Sinnliche Welt gebracht hatten, all die negative Energie in ihnen gesammelt?

Ich blätterte ein paar Seiten weiter. Einige von ihnen waren verständlicher geschrieben und zeugten von kurzen, klaren Momenten des Hüters, andere wiederum verdeutlichten den Wahnsinn, der ihn überfallen haben musste.

die Urgestalter ich verfluche dieses Pack diese abscheulichen Sinnträger die Vereinigung von Hell und Dunkel schickt doch nur Dunkelheit Dunkelheit über die Welt wussten sie von dem was sie taten oder war Unwissenheit ihr Führer ich verfluche verfluche verfluche die Unwissenheit und die Misere die sie uns einbrockt keiner weiß von dem Schaden und der Macht aber ich glaube nicht daran die Urgestalter waren nicht gut sie haben mit Absicht gehandelt und sie wollten die Zerstörung und die Macht alle wollen die Macht und Eden ich sehe ihn vor mir den Meister mit seinen dunklen Haaren und den wischenden Augenbrauen ich sehe ihn vor mir wie er nach Macht giert sie alle wollen die Bücher wollen sie zurück denn sie sind ein Teil von ihnen sie gehören zu ihnen den Charakter rausgeschnitten wollen sie zu ihren Herren doch ihre Herren sind zu schwach sind schwach sind schwach und werden sterben sterben Tod und Verderben wird über die Welt rollen rollen rollen

Ich musste eine kurze Pause einlegen. Der Sog, der von dem Buch ausging, war vergleichbar mit dem Buch, das Simeon sich „ausgeborgt" hatte. Doch das hier war kein guter Sog, es machte etwas mit dem Geist.

Ich legte das Duplikat zur Seite und ging durch die Korridore bis zur Bibliothek. Es tat gut, diesen Raum zu betreten, der eine ganz andere Atmosphäre ausstrahlte.

Die Wände der riesigen, kreisrunden Bibliothek waren bis unter die Decke mit haushohen Bücherregalen bedeckt und in der Mitte des Raumes befand sich ein gläserner Tisch mit acht goldenen Sitzhockern. Die Regale waren nicht nur mit Büchern gefüllt, auch Erinnerungskugeln und Kristalle fanden dort ihren Platz.

Ich schob die Leiter zum rechten Regal, so wie es Edomir gesagt hatte, kletterte hinauf und kam mit einem in Samt eingeschlagenen Kristall zurück.

Ich legte das Päckchen vorsichtig auf den Glastisch, löste die Verschnürung und betrachtete den dunklen Kristall. Dann murmelte ich die Beschwörungsformel, die ich Edomir nun schon öfters sagen gehört hatte.

Sogleich erstrahlte der Edelstein und warf ein leicht verschwommenes Bild in die Luft.

Eden saß in einem schwarzen Lehnstuhl. Neben ihm flackerte ein Kaminfeuer und beleuchtete sein attraktives Gesicht. In Gedanken versunken strich er sich mit dem Zeigefinger über seine rechte Augenbraue.

Der Kamin und die Möbel waren ausschließlich in Schwarz gehalten und ich vermutete, dass es sich dabei um sein Zuhause handelte. Neben ihm, auf einem Tischchen, stand ein Glas mit einer tiefroten Flüssigkeit. Er nippte bedächtig daran, bevor er angewidert das Gesicht verzog.

Unbewusst schüttelte ich den Kopf. Das war der falsche Kristall. Rasch brachte ich ihn zurück und kam mit einem weiteren Samtpäckchen zurück. Als ich es öffnete, spürte ich ein sanftes Kribbeln in den Händen. Leise flüsterte ich die Beschwörungsformel.

Eine Gruppe von Sinnträgern, die allesamt Kapuzen

trugen, folgte einem dunklen Pfad den Berg hinauf. Es war tiefe Nacht und nur die Lichtkugeln, die neben den verhüllten Gestalten in allen acht Sinnesfarben in der Luft leuchteten, erhellten die Finsternis. Der Wind zerrte an den Gewändern der Gruppe wie eine Bestie an ihrer Beute. Insgesamt zählte ich vierundzwanzig Sinnträger, die zu dritt in acht Reihen marschierten, und es sah so aus, als ob die mittleren Personen zu ihrem Schutz von den äußeren flankiert wurden.

Unter den Sinnträgern erkannte ich Eden, den attraktiven Urgestalter des Ekels, wieder. Eden hatte hellblaue Augen und pechschwarze Haare. Seine Begleiter waren zwei Ekelträger, deren grimmiger Blick im Lichte der schwarzen Leuchtkugeln gut zu erkennen war und die es sich zur Aufgabe machten, jede Bewegung des Windes abfällig zu betrachten. Die Äste der dunklen Bäume peitschten im aufkommenden Sturm.

Ernesto, der Urgestalter des Erstaunens, ging hinter Eden. Seine langen grauen Haare schimmerten im Schein der grünen Lichtkugeln und auch er wirkte sehr konzentriert und ernst, wie auch die anderen.

Nachdem die Gruppe den Windungen des Pfades gefolgt war, erreichte sie eine kahle Plattform, von der aus ein Eingang in den Berg führte. Einer der roten Begleiter meldete sich zu Wort, er musste laut sprechen, um den tosenden Sturm zu übertönen. „Wie besprochen werden wir euch nun alleine lassen und den Weg unterhalb sichern."

Die Urgestalter nickten und während die sechzehn Begleiter in der Dunkelheit verschwanden, bildeten die Gestalter einen Kreis.

„Was ist, wenn es nicht funktioniert?", fragte eine ältere Frau mit kurzen roten Haaren, bei der es sich offensichtlich um Wura, die Urgestalterin der Wut, handelte. „Was ist, wenn das hier alles umsonst ist? Wir sollten bei den anderen sein und sie unterstützen, wir sind die Talentiertesten aus den acht Ländern! Wir sollten ihnen helfen, den Krieg zu gewinnen!" Ihre Gesichtszeichnung, die der Form einer Acht ähnelte, begann rötlich zu glimmen, wie ein Feuer, das sich entfachte. Auch die anderen Urgestalter trugen das Zeichen der Acht in ihrem Gesicht, die Linien waren unterschiedlich – aber alle bildeten unverkennbar diese bedeutungsvolle Zahl.

„Und auf welcher Seite schlägst du vor zu sein? Wünschst du den Kriegern des Lichts oder den Schattenkämpfern den Sieg?", fragte die gelbe Urgestalterin und schob ihre Kapuze zurück. Ihr Blick war schneidend und ihr symmetrisches Gesicht erinnerte mich an das einer Puppe. Ihre blonden Haare, die beinahe bodenlang waren, fielen ihr in Wellen über den Körper und ihre grauen Augen wirkten, als würden sie ihr Gegenüber mit jedem Herzschlag noch weiter durchbohren.

„Weder noch, Walerie", fauchte die Wutträgerin, während sich ihr Brustkorb heftig hob und senkte. „Ich würde mir rote Träger im Frieden wünschen, denn nur zusammen sind wir stark, und es bricht mir das Herz und meinen Verstand, was sich die Wutträger gegenseitig antun." Sie machte eine bedächtige Pause und verschränkte die Arme hinter dem Rücken. „Aber wir wissen nicht, was die Erschaffung der Bücher der Macht bedeutet, wir haben bloß Ahnungen und Hoffnungen, aber keine Erfahrungen. Was ist, wenn wir etwas erschaffen, das wir nicht mehr ungeschehen machen können? Was ist, wenn wir unsere Sinnliche Welt dem Untergang weihen?", zischte Wura und wurde von einer Sturmbö erfasst, die sie beinahe umriss.

Fredomirs Mundwinkel zuckte. Der Urgestalter der Freude, der am nächsten bei Wura stand, machte keinerlei Anstalten, ihr zu helfen. Stattdessen reagierte Walerie blitzschnell und half Wura, ihr Gleichgewicht wiederzufinden. Wura nickte Walerie dankend zu.

Das Lächeln auf Fredomirs Gesicht gefror und der Urgestalter des Erstaunens, der das Rätsel mit den Schatullen geschaffen hatte, beantwortete Wuras Frage.

„Wenn wir nichts tun, ist unsere Welt dem Untergang geweiht. Wir müssen etwas verändern, so kann es nicht weitergehen. Die Sinnträger bringen sich gegenseitig um und Blut strömt über unsere Länder und über unsere Hände. Ich bin ein Heller und schäme mich für das, was die Hellen den Dunklen angetan haben. Und ich schäme mich dafür, zu welchen Taten die Dunklen sich hinreißen ließen, um Rache zu üben. In einer Welt, die so ist wie unsere jetzige, möchte ich nicht weiterleben."

„Werte Freunde", erhob nun auch Azrael, der Urgestalter der Angst, das Wort. Mit seinen graumelierten Schläfen und seiner aristokratischen Art erinnerte er mich an Alfonsus, und er sprach langsam und bedächtig. „Es stimmt, dass viel Leid über unsere Welt gebracht worden ist, und ihr wisst, dass ich lange ein Gegner der Vereinigung war. Ich habe nach wie vor Zweifel und ich bin unsicher, ob die Vereinigung von Hell und Dunkel zum Vorteil dieser Welt gereicht. Die Frage bleibt, ob es nicht sinnvoller wäre, Hell und Dunkel zu einen und eine Ära des Lichts entstehen zu lassen."

„Du möchtest die Dunklen ihrer Zukunft berauben, Azrael? Wie kannst du, nach allem, was passiert ist, nach dem ganzen Schmerz, der verursacht wurde, noch immer an dieser absurden Idee festhalten?", fragte die Urgestalterin des Vertrauens.

Azrael sog tief die Luft ein. „Werte Velvet, kannst du der Idee, die schlechten Gefühle aus unserer Welt zu bannen, denn überhaupt nichts abgewinnen?"

Velvet schüttelte den Kopf, während der peitschende Wind an ihrem Umhang zog. „Es gibt kein Licht ohne Schatten. Wir haben selbst oft gesehen, dass zu viel von dem einen oder dem anderen nur Unruhe und Verderben bringt."

„Ich bin Vevelts Meinung", meldete sich Tulla zu Wort. „Die Wahrheit liegt in der Balance, nur das Gleichgewicht kann bestehen."

„Aber das würde doch gegen die Vereinigung sprechen", mischte sich Fredomir ein und lächelte. „Du widersprichst dir gerade selbst." Es begann zu regnen und er hob sein Gesicht den Wassertropfen entgegen, während sich sein Lächeln vertiefte.

„Es macht mich traurig, dass du mir nicht folgen willst", bemerkte Tulla und blickte Fredomir kalt an, während Velvet sachte den Kopf schüttelte. Dabei wehten ihre dünnen weißen Haare im Wind. „Ich glaube, dass in dieser Frage Einigkeit gefordert ist und dadurch das Gleichgewicht entsteht. Und ich stimme Ernesto zu", Velvet strich dem grünen Träger sanft über die Schulter, „wir können nicht länger untätig sein. Ob es funktioniert? Ich weiß es nicht und es gibt keine Garantie. Aber ich bin überzeugt, dass wir uns gegenseitig auslöschen werden, wenn wir weiterhin gegeneinander kämpfen."

„Wir sollten hier nicht länger Zeit mit unseren Diskussionen verschwenden", schnitt Waleries Stimme durch die stürmische Nacht, und ihre gelbe Gesichtszeichnung, die die Form einer zarten Acht trug, begann zu leuchten.

„Wenn nicht einmal wir acht es schaffen, Einigkeit zu zeigen – wie können wir es dann von unseren Völkern verlangen?" Sie ließ ihren bohrenden Blick über die Runde schweifen. „Wir alle haben der Vereinigung zugestimmt – deswegen sind wir hier. Wir werden tun, wozu wir *hergekommen sind.“*

Walerie reichte den Urgestaltern neben sich ihre Hand und die anderen taten es ihr gleich.

Und in diesem Moment schlug der Wind mit einem grollenden Geräusch gegen den Felsen, es klang wie eine Antwort auf den Kreis, den die Acht gebildet hatten. Wie ein Wirbelsturm rotierte er um die Urgestalter, bis er sie komplett einhüllte und mit sich forttrug.

***

„Simeon, hast du, worum ich dich gebeten habe?“

Der Magiebegabte blieb im Korridor der Bruderschaft stehen und starrte mich überrascht an. Er schien keine Ahnung zu haben, wovon ich redete.

„Alles in Ordnung?“, fragte ich stirnrunzelnd. Simeon sah total übermüdet aus, während ich von einer drängenden Unruhe erfüllt war, weil mir der Kristall meine erste Annahme bestätigt hatte. Jetzt musste das Orangefarbene Buch der Macht nur noch dort sein, wo ich es vermutete.

„Ich, äh … ja. War nur eine harte Nacht. Diese Schatullen wehren sich noch immer beharrlich dagegen, von mir geknackt zu werden“, sagte er gähnend. „Ich habe mittlerweile auch schon einen Rätselknacker nach dem anderen an ihnen ausprobiert. Selbst Pathagor, der alte Rätselfuchs, hätte sich nichts Kompliziertes ausdenken können. Sie scheinen gegen jede Art von Magie immun zu sein, egal, wie sehr ich mich anstrenge, dem Geheimnis auf die Schliche zu kommen.“

„Es tut mir leid, dass du keinen Schritt weiterkommst“, sagte ich. „Wenn du willst, kann ich versuchen, dir zu helfen, sobald wir von unserer Mission zurückgekehrt sind."

„Nein, du hast selbst genug zu tun", widersprach Simeon. „Hier, das wolltest du doch haben." Er zog zwei kleine Päckchen aus seiner Robe. „Es sollte für eure Zwecke ausreichen. Aber gib acht, dass du -"

„Simeon, wieso dauert das so lange?", rief Caprice genervt vom Ende des Flurs.

Er seufzte schwer. „Ich muss auch wieder los, Bäume untersuchen. Weil Thaya noch im Weißen Sanatorium ist und dort anscheinend länger bleiben wird - sie haben bei ihr nicht nur ein Traumata festgestellt, sondern vermuten anscheinend auch einen akuten Fall von Hysteritis, was mich persönlich wenig wundert, nachdem ich die letzten Wochen mit ihr zusammenarbeiten musste – jedenfalls hat Casimir nun entschieden, dass Caprice solange mit mir die Trauerweiden-Suche fortführen soll. Du kannst dir vorstellen, wie angepisst sie deshalb ist. Außerdem haben wir erst fünfunddreißig Trauerweiden abgehakt."

„Oje. Dann viel Erfolg", sagte ich und machte mich auf den Weg zu Jaron.

Das Künstlerviertel der Stadt der Glückseligkeit war wirklich beeindruckend. Verspielte Elemente, bauchige Rundungen und unerwartete Verzerrungen bestimmten den Baustil. Die merkwürdigen Formen und die gewagten Farbkombinationen der Häuserfassaden ließen eine besondere Atmosphäre entstehen, der man sich kaum entziehen konnte. Neben pilzförmigen Gebäuden ragten schiefe bunte Türme in die Luft, neben verkrüppelten Bauten, die farbenfroh verziert worden waren, befanden sich kugelförmige Häuser, aus denen laute Musik drang.

Auf der Straße tanzten die Sinnträger und stellten ihre Skulpturen und Bilder aus, sie führten kleine

Theaterstücke auf und trugen Gedichte vor – und selbst die Gassen wurden zu kleinen Kunstwerken, da jede von ihnen anders dekoriert war. Mal wanden sich orangefarbene Luftschlangen über den Köpfen der Besucher, mal überraschte ein Früchteregen, mal fielen bunte Blütenblätter auf einen herab und verwandelten sich auf dem Boden in wunderschönen Orchideen.

Als ich Jarons Haus erreichte, das wie eine bauchige Vase aussah, klopfte ich ungeduldig an die mosaikverzierte Tür. Von drinnen ertönten Schritte, doch es war nicht Jaron, der mir öffnete.

„Casela?", fragte ich irritiert und dachte an unsere letzte Begegnung in der Pyramide der Wachsamkeit. Die Tierverbundene mit den langen tiefschwarzen Haaren, den türkisblauen Augen und der Gesichtszeichnung, die wie die Silhouette von vier verschlungenen Orchideenblättern aussah, starrte mich an. Unwillkürlich musste ich schmunzeln.

Ich hätte nicht gedacht, dass Jaron ausgerechnet mit Casela zusammen war, der Wachsamkeitsträgerin, die für Quirin arbeitete und mich bislang nur von oben herab behandelt hatte. Außerdem hatte ich nicht gedacht, dass sie sich jemals von ihrem Zwilling Nasela trennen würde … Oder war Jaron etwa mit beiden zusammen?

„Was willst du hier?", fragte Casela und der abfällige Ton in ihrer Stimme war kaum zu überhören.

„Ich muss zu Jaron."

„Welcher Jaron?", fragte sie hochnäsig, doch ich lächelte nur nachsichtig. Im Hintergrund erkannte ich unzählige seiner Skulpturen.

„Es ist dringend", sagte ich und genoss das Unbehagen, das sich in ihre Augen schlich. Oft genug hatte ich mich in ihrer Anwesenheit noch weitaus unwohler gefühlt. Aber je länger sie meinem Blick auswich, desto neugieriger wurde ich. War da mehr als nur das Geheimnis ihrer Beziehung?

Plötzlich tauchte Jaron hinter der gelben Trägerin auf. Seine Haare trug er glatt nach hinten gekämmt und er hatte nur eine Hose, aber kein T-Shirt an. Ohne ihn zu sehr anzustarren, musste ich feststellen, dass er deutlich an Gewicht verloren hatte.

„Lee? Was machst du denn hier?"

„Wir müssen wieder auf eine …", begann ich und warf Casela einen kurzen Seitenblick zu. Wie viel wusste sie von dem Kreis der Auserwählten? Hatte Quirin sie ins Vertrauen gezogen? „Auf eine kurze Reise", setzte ich fort, da ich mir nicht vorstellen konnte, dass Quirin irgendjemanden gerne ins Vertrauen zog. „Ich habe versucht, dich über deine Brosche zu erreichen – doch es hat nicht funktioniert."

Jaron rieb sich den Nacken. „Ah, die Brosche. Die hatte ich kurz abgelegt, als wir …" Er stockte und Casela schoss die Röte in die Wangen.

Als Jaron wenig später angezogen vor dem Haus erschien und wir uns auf den Weg machten, tat er so, als wäre nichts geschehen. Und da wir Wichtigeres zu tun hatten, sprach auch ich ihn nicht auf Casela an.

„Ich denke, dass die Bücher die Eigenheiten und Sehnsüchte ihrer Erschaffer angenommen haben", erklärte ich, während wir in einer Straße von fliegenden bunten Federn begleitet wurden. „Und ich habe herausgefunden, dass Fredomir, der Urgestalter der Freude, nicht nur ein besonders schadenfroher Zeitgenosse war, sondern auch eine Vorliebe für Wasser hatte."

„Das bedeutet was?", fragte Jaron und wischte sich

eine grüne Feder aus dem Gesicht.

„Das bedeutet, dass wir an der falschen Stelle gesucht haben. Wir müssen zu Lorellas *Haus der Schadenfreude*, aber nicht in ihren Tempel", sagte ich und atmete tief ein, „sondern in ihren See."

Kapitel 5

Der See lag still neben dem *Haus der Schadenfreude*. Dank Jarons verstärkter magischer Fähigkeit war es kein Problem gewesen, die Wachen dazu zu bringen, uns einzulassen. Jaron hatte ihnen erzählt, dass Madame Lorella uns zur Arbeit auf den Weinbergen verpflichtet hatte – und dank seiner Magie schienen sie ihm das zu glauben.

Ich schauderte, als ich an mein letztes Erlebnis hier zurückdachte, und wandte dem Haus bewusst den Rücken zu. Solange wir nicht durch die Bilder stiegen, drohte uns von Madame Lorella hoffentlich keine Gefahr, und so standen wir schweigend am Ufer und blickten über das stille, dunkle Gewässer.

„Und du glaubst wirklich, dass wir das Buch hier drin finden?", fragte Jaron, bevor er sich niederhockte und das Wasser durch die Finger gleiten ließ.

„Ich kann es dir nicht mit Sicherheit sagen", erwiderte ich. „Aber ich denke schon. Der Urgestalter der Freude liebte Wasser. Auf den Werbebannern sah ich Fredomir ins Wasser springen, in Perxes' Tagebuch stand etwas über seine Badeleidenschaft und du hättest bei der Kristallaufzeichnung sein Lächeln sehen soll, als der Regen ihm auf die Wangen tropfte. Was läge also näher, als im Wasser danach zu suchen?"

Jaron strich sich mit dem Daumen bedächtig über die Augenbraue, nickte schließlich und stand auf. Ich zog die zwei durchsichtigen Päckchen, die Simeon mir gegeben hatte, aus der Tasche und reichte eines davon

Jaron. Darin befand sich eine blaue Masse, die mich vom Aussehen an Zuckerwatte erinnerte.

„Ich habe Simeon um etwas gebeten, damit wir länger unter Wasser bleiben können. Das hier hat er mir gegeben", erklärte ich und riss mein Päckchen auf.

Jaron schnupperte an dem magischen Hilfsmittel, während ich ein Stück von der blauen Zuckerwatte abzupfte und in den Mund steckte. Sie schmeckte jedoch kein bisschen süß, sondern wie salziges Meerwasser mit einem fischigen Beigeschmack. Auch Jaron kaute und sein Gesichtsausdruck ließ darauf schließen, dass er dasselbe Geschmackerlebnis genoss.

Angestrengt kaute ich weiter. Das Zeug fühlte sich an wie klebriger Kaugummi und schien im Mund immer größer und größer zu werden. Plötzlich hatte ich das Gefühl, keine Luft mehr zu bekommen, und atmete tief ein, doch dadurch wurde es noch schlimmer. Die klebrige Salzwasserwatte kroch in meine Kehle und in meine Nase. Jarons Augen traten hervor und er versuchte ebenfalls, Luft zu holen. Das Gefühl, jeden Moment zu ersticken, wurde immer stärker und da mir sonst keine Lösung einfiel, griff ich nach Jarons Hand und stürzte mich mit ihm ins Wasser.

Wir tauchten hinab und als ich nun zu atmen versuchte, gelang es mir, da sich die klebrige Masse beim ersten Kontakt mit dem Wasser auflöste. Erleichtert ließ ich Jarons Hand los.

Jaron setzte sich an die Spitze und schwamm mit kräftigen Zügen voran. Ich folgte ihm mit etwas Abstand und hielt meine Augen offen.

Der See war tiefer als gedacht und voller Wasserpflanzen. Ich ließ meinen Blick über den Algenwald schweifen und meine Hoffnungen, das Buch der Macht so einfach zu finden, schwanden. Wahrscheinlich mussten wir zum Grund des Sees hinabtauchen und uns Quadratzentimeter für Quadratzentimeter über den Boden tasten.

Je tiefer wir kamen, desto kälter wurde das Wasser, dafür lichteten sich die Algen und ich war froh, wieder mehr von meiner Umgebung erkennen zu können. Als ich vor uns einen sanften Schimmer sah, zupfte ich Jaron am Ärmel. Er drehte sich zu mir um und nickte zum Zeichen, dass er das Licht auch schon gesehen hatte. Gemeinsam schwammen wir näher und erkannten schon bald einen Kreis aus Lichtsteinen, der ein dunkles Loch am Boden umsäumte.

Ein leichter Sog ging davon aus und ich hielt unwillkürlich inne, während Jaron weiterschwamm. Unschlüssig blickte ich mich um und entdeckte dabei eine Gestalt, halb Sinnträger, halb Fisch, die ein paar Meter entfernt hinter einer Alge kauerte und uns aus großen Glupschaugen anglotzte. Ich starrte erschrocken zurück und der Fischmensch schüttelte eindringlich den Kopf. Jaron hatte das schwarze Loch in der Zwischenzeit schon beinahe erreicht und ich sah, wie er seine Augen erschrocken aufriss, als der Strudel ihn erfasste. Er streckte mir die Hand entgegen und ich schwamm in seine Richtung, um ihn herauszuziehen. Doch in diesem Moment wurde ich auch von der Strömung erfasst und so sehr ich dagegen ankämpfte – sie war einfach zu stark.

Ich erwachte in einem hellen Raum, der mich an einen Operationssaal erinnerte. Das beruhigende Plätschern von Wasser mischte sich mit dem leisen Stöhnen von Jaron und ich blickte mich vorsichtig um. Ich lag auf einer Art Krankenbett und über mir spannte sich eine mit Muscheln verzierte Decke. Daher stammte wohl auch der leichte Seewassergeruch im Raum.

„Du bist wach", sagte eine fröhliche Stimme und ich zuckte erschrocken zurück. Ein kleiner Sinnträger mit einer Fischschuppenkappe war neben mir aufgetaucht und blickte mich durch eine Brille mit dicken Gläsern interessiert an. Rasch richtete ich mich auf und versuchte zu verstehen, wo wir gelandet waren.

Jaron lag auf einem Operationstisch neben mir. Seine Haare waren noch nass, ansonsten sah er jedoch trocken und gesund aus.

„Jaron? Alles in Ordnung?", fragte ich.

„Er ist noch im Strudeldelirium", erwiderte der Typ mit den dicken Brillengläsern neben mir. „Aber du kannst dich mit mir unterhalten."

„Okay", sagte ich langsam, während meine Augen über die Einrichtung huschten. „Wie heißt du?"

„Ich bin Frank", sagte er und hielt mir die Hand hin. Dabei entdeckte ich, dass die Haut zwischen seinen Fingern zusammengewachsen war. Und auch seine Kappe war offensichtlich keine Kappe, sondern echte Schuppen, die sich schillernd um seinen Kopf schlossen.

„Ich heiße Lee", sagte ich und schüttelte ihm trotz meines leichten Widerwillens die Hand. „Wo sind wir hier?"

„Ihr seid in Atlantis!", rief Frank enthusiastisch. Im nächsten Moment klopfte er sich lachend auf die Schenkel. „Nein, das war nur ein Spaß! Natürlich seid ihr nicht in Atlantis, Atlantis ist schließlich nur eine Legende aus der anderen Welt. Oder? Was meinst du?"

Er starrte mich an, ohne auch nur ein einziges Mal zu blinzeln, und mir wurde bewusst, dass er noch überhaupt nicht geblinzelt hatte, seit ich die Augen geöffnet hatte.

„Ich denke, viele Legenden haben einen wahren Kern", sagte ich ausweichend und schwang die Beine von dem Operationstisch.

„Das ist natürlich wahr", sagte Frank lächelnd und nickte. Seine Zähne hatten die Farbe von Süßwasserperlen.

„Wie lange dauert das Strudeldelirium üblicherweise?", fragte ich, da ich mir um Jaron Sorgen machte.

„Ach, das ist unterschiedlich. Manchmal eine Stunde, manchmal eine Woche, manchmal ein Jahr."

Ich verengte meine Augen und Frank schlug sich wieder klatschend auf die Oberschenkel. „Nein, das war nur ein Spaß! Keine Sorge, dem Freudeträger geht es gut. Ist er dein Freund? Habt ihr gemeinsam beschlossen, hierherzukommen?"

Ich nickte langsam. „Wir hatten nicht gedacht, dass die Geschichten wahr sind", fügte ich hinzu, um Frank mehr Informationen über diesen Ort zu entlocken.

„Ja, es ist immer dasselbe. Wie viel Information ist richtig? Wie viel Information ist gut?" Frank fuhr sich mit seinen gruseligen Händen über den Schuppenkopf. „Natürlich wollen wir jenen, die etwas ändern wollen, jenen, die wirklich aussteigen wollen, den Weg zu uns nicht allzu schwer machen. Auf der anderen Seite sollen auch nicht zu viele Träger von dieser Unterwasserperle Bescheid wissen. Sonst wäre es hier ja sofort überrannt."

„Es ist wirklich wunderschön hier", sagte ich, da ich das Gefühl hatte, dass Frank das gerne hören wollte.

„Oh ja, das ist es." Frank ging zu einem Stuhl, der aussah, als wäre er aus einer toten Riesenqualle gefertigt worden, und ließ sich hineinsinken. „Das Leben an der Oberfläche kann so stressig sein", seufzte er. „Ich habe es am eigenen Leib erfahren. Der Erwartungsdruck ist enorm. Man wird in diese Welt geworfen, ohne jede Erfahrung, ohne Erinnerung an sein altes Leben, einfach nur mit einer Berufung – und der soll man dann natürlich gerecht werden." Er zupfte mit den Fingern an den Quallenfäden seines Sitzmöbels und ich bemerkte, dass jeder seiner Nägel in einer anderen Blauschattierung lackiert war. Vielleicht gehörte es aber auch zu Franks Metamorphose und war gar keine Farbe.

„Ich kenne das Gefühl, das du beschreibst", erwiderte ich ehrlich.

Frank sah mir direkt in die Augen und nickte. „Zuerst die Berufung, dann die Prüfung, und dann? Ein Leben nach strengen Normen, in dem jeder in eine vorgefertigte Form gepresst werden soll. Sinnträger mit Visionen, Sinnträger, die gegen den Strom schwimmen, werden nicht gern gesehen."

„Und das machst du hier?", fragte ich. „Du schwimmst gegen den Strom?"

Frank nickte und kratzte sich an seiner orangefarbenen Muschelzeichnung.

Neben mir regte sich Jaron und ich sah, wie er sich erst die Augen rieb und dann abrupt aufsetzte.

„Hallo", sagte Frank und lächelte Jaron an.

Ich lächelte auch. Frank war mir in den wenigen Minuten irgendwie ans Herz gewachsen.

„Sieh nur, wo wir hier gelandet sind", flüsterte ich atemlos und wies auf das Muschelzimmer. „Ist das nicht toll?"

Jaron betrachtete mich skeptisch und zog eine Augenbraue hoch. „Und wo genau ist ‚*hier*'?", fragte er zurück.

„Hier ist der Ort, an dem eure Träume in Erfüllung gehen. Ich habe Lee schon ein wenig von unserem kleinen Utopia erzählt", sagte Frank lächelnd. „Wollt ihr es sehen?"

Ich sprang vom Tisch und nickte, weil ich die Idee einfach toll fand. Jaron folgte hingegen deutlich weniger enthusiastisch.

„Dann kommt mal mit", sagte Frank und öffnete die Tür.

Gemeinsam traten wir in eine gewaltige Glasröhre, die mitten durch eine farbenfrohe Unterwasserwelt führte. Ich trat an die Scheibe und drückte mir die Nase daran platt, während ich die fluoreszierende Farbvielfalt der Pflanzen und Fische bewunderte.

„Wenn ihr euch entscheidet, dauerhaft hierbleiben zu wollen, kann ich euch natürlich auch bei eurer … Anpassung behilflich sein", erklärte Frank freundlich.

„Wie meinst du das?", fragte Jaron.

„Nun, ich kann euch mit Kiemen ausstatten. Damit ihr das Wasser in seiner plätschernden Herrlichkeit auch genießen könnt."

„Wie würdest du das tun?", fragte ich interessiert.

Frank lächelte. „Mit Magie. Alles, was ihr hier seht, ist durch Magie entstanden. Es gibt magische Kraftfelder, die die Trockenbereiche von den Nassbereichen trennen. Sie sind so konzipiert, dass sie das Wasser ausschließen, einen Sinnträger aber hindurchlassen. Anders ginge es auch gar nicht, sonst wäre hier ja immer alles total überflutet."

Eine Trägerin in einer grau schillernden Robe schritt hoheitsvoll an uns vorbei und ich sah, dass ihr eine Art türkisfarbene Haifischflosse aus dem Rücken wuchs. Als sie an Frank vorbeikam, nickte sie ihm ehrfürchtig zu, was er gar nicht zu bemerken schien.

„Ich kann dir auch eine hübsche Schwimmflosse

zaubern, wenn du das möchtest", bot Frank an und wies nach draußen. Ein attraktiver Sinnträger, der von der Hüfte an abwärts ein Fisch war, schwamm vorbei und winkte mir zu.

„Wow", hauchte ich, während mich der brennende Wunsch erfüllte, genauso mühelos durch die Strömung zu gleiten. Schwerelosigkeit, Wasser, Farben. Sich einfach treiben lassen. Ohne Verpflichtungen, ohne Schmerz, ohne Vergangenheit. Einfach … frei sein. Es war so verlockend, dass ich am liebsten sofort „ja" gesagt hätte.

Jarons Finger schlossen sich fest um meinen Oberarm.

„Sieh dir mal das hier an", sagte er und zog mich ein Stück von Frank weg zur anderen Seite des Glastunnels.

„Besinne dich auf deinen Sinn, Wächterin", zischte er mir ins Ohr und seine Worte sickerten erst langsam in mein Bewusstsein, bevor sie mir wie eine Eisdusche mein Verhalten vor Augen führten. Das war nicht ich, was war bloß los mit mir?

„Freudemagier sind nicht zu unterschätzen", hauchte Jaron und drehte sich dann lächelnd zu Frank um. „Wunderschön hast du es hier."

„Ich weiß", erwiderte Frank. „Dafür muss natürlich jeder, der in unsere Gemeinschaft aufgenommen wird, auch etwas dazu beitragen."

„Und das wäre?", fragten Jaron und ich gleichzeitig.

Frank breitete die Arme aus und die Schuppen auf seinem Kopf schillerten. „Nun, Magie macht dieses Leben hier überhaupt erst möglich. Wir benötigen sehr viel davon. Zum Glück gibt es die Magiepruster."

„Was sind Magiepruster?", fragte ich mit gerunzelter Stirn, da ich den Ausdruck noch nie gehört hatte.

„Ganz wunderbare Kreaturen", schwärmte Frank. „Sie

sondern bei Vergnügen ein durchsichtiges Sekret ab, das die magischen Leistungen eines Magiebegabten bis um das Zehnfache steigern kann."

„Lass mich raten. Und du möchtest, dass wir diesem Ding Vergnügen bereiten", stellte Jaron trocken fest, während Frank kichernd nickte.

***

„Was glaubst du, wie lange wir das noch tun müssen?", fragte Jaron, der bis zu den Knien im Wasser stand und dem Magiepruster mit angewidertem Gesicht den Rücken kratzte.

„Ich habe keine Ahnung", erwiderte ich und knetete die gallertartige Kopfhaut des Wesens.

„Wir sollten nicht hier rummassieren, wir sollten versuchen, das Buch der Freude zu finden", flüsterte Jaron.

„Ja, aber wir dürfen auch keine Aufmerksamkeit erregen", entgegnete ich und schielte zur Tür. Wir befanden uns in einer kleinen Grotte, die etwa sechzig Zentimeter hoch mit Wasser gefüllt war und erbärmlich nach Fisch stank. Die Wände bestanden aus glitzernden Seekristallen und lebenden Muscheln, die ab und zu leise vor sich hin klapperten.

Der Magiepruster selbst war eine träge Kreatur, deren Tagesablauf nach unserem derzeitigen Wissensstand nur aus Fressen und Schlafen bestand, durchbrochen von den Vergnügungen, die ihm die Sinnträger der Unterwasserstadt bereiteten.

Er hatte acht durchscheinende Tentakel mit Saugnäpfen sowie acht Augen und erinnerte mich an einen fetten Riesenoktopus.

Während ich ihm den glitschigen Kopf mit dem kleinen Loch in der Mitte massierte, stemmte sich Jaron gegen den Rücken der Kreatur, was so aussah, als würde er einen durchsichtigen Wackelpudding kneten.

Besonders hübsch sah das leider nicht aus und ich konnte unter der durchscheinenden Gewebemasse des Wesens seine hellrosa Gehirnwindungen erkennen. Während ich ihn massierte, schloss der Magiepruster genießerisch die Augen und blubberte leise vor sich hin.

Frank hatte uns gesagt, dass es sich dabei um ein Zeichen von Wohlbefinden handelte und dass es uns freistand, unseren Tag mit den Annehmlichkeiten der Unterwasserstadt zu verbringen, sobald wir eine Ladung reinen Magieextrakts von dem Riesenoktopus gewonnen hatten. Doch wie es aussah, benötigte der Pruster mehr Stimulanz, als wir ihm bisher boten.

„Ah, Neuankömmlinge", ertönte in diesem Moment eine sinnliche Frauenstimme und ich sah eine Trägerin der Wachsamkeit die Grotte betreten. Sie trug einen meergrünen Umhang und hatte langes, seidiges Haar, dessen Strähnen sich sanft bewegten, als würde eine unsichtbare Strömung an ihnen zupfen. Ihre Gesichtszüge waren von außergewöhnlicher Symmetrie und ihre Augen mindestens doppelt so groß wie die von normalen Sinnträgern, was ihr ein sehr exotisches Aussehen verlieh.

„Macht mal eine Pause", sagte sie an uns gewandt und öffnete den silbernen Verschluss ihres Umhangs, der ihr daraufhin von den Schultern glitt. Darunter kam ihr kurvenreicher Körper zum Vorschein, der in einem glänzenden, schulterfreien Kleid steckte. Jarons Zeichnung begann sanft zu glühen, als die Trägerin sich zum Plätschern der Wellen lasziv im Takt wiegte.

Die halbgeschlossenen Augen des Magieprusters

klappten auf und ich sah, wie sich in seinem blassrosa Gehirn ein orangefarbenes Feuerwerk entzündete.

Offenbar verstand es die Trägerin der Wachsamkeit, seine Freuderezeptoren zu stimulieren. Sie zwinkerte dem Ding zu und schälte sich langsam, Stück für Stück aus dem Kleid.

Jaron machte keine Anstalten, den Blick abzuwenden, und ich räusperte mich leise.

„Ihr könnt ruhig zusehen", sagte die gelbe Trägerin gönnerhaft und ich sah, dass ihre Haut an den expliziten Stellen von glänzenden Fischschuppen bedeckt war. „Frank hat strenge Regeln aufgestellt, um ein harmonisches Zusammensein in unserer Unterwasserwelt zu ermöglichen, aber prüde sind wir hier bei weitem nicht. Außerdem bin ich gleich fertig." Sie tanzte summend weiter und der Magiepruster begann glücklich zu blubbern und prustete eine orangefarbene Flüssigkeit aus dem kleinen Loch in seinem Kopf, die in einer gläsernen Schale von der Sinnträgerin aufgefangen wurde. Augenblicklich erfüllte ein fruchtiger Duft den Raum, der mich entfernt an den Wein von Madame Lorella erinnerte. Die Wachsamkeitsträgerin lächelte uns selbstzufrieden zu, schlüpfte wieder in ihr Kleid, legte sich den Umhang um und verschwand durch die Tür.

„Da wir jetzt wissen, worauf der Magiepruster steht, sollten wir unsere Bemühungen vielleicht … anpassen?", fragte Jaron und sah mich auffordernd an.

Ich hob eine Augenbraue. „Gerne. Ich lasse dir den Vortritt."

Der Freudeträger lachte. Gleichzeitig fielen dem Magiepruster langsam die Augen zu und sein Blubbern ging in ein sanftes Schnarchen über.

„Ich würde sagen, das ist ein deutliches Signal, jetzt

weiter nach dem Buch zu suchen", flüsterte ich und Jaron nickte.

Möglichst selbstbewusst traten wir aus der Grotte wieder zurück in einen der gläsernen Tunnel, die in mehreren Spiralen die einzelnen Häuser der Unterwasserstadt miteinander verbanden. Es erinnerte mich vage an die Stadt der Zuversicht im Vertrauensland, aber im Gegensatz dazu war hier alles viel verspielter und die einzelnen Räume hatten ausnahmslos die Form von überdimensionalen Seeschnecken oder Riesenmuscheln.

Auf dem Weg durch die gläsernen Tunnel fühlte ich mich wie auf dem Präsentierteller und versuchte, mich nicht ständig umzublicken. Auch Jarons Haltung war angespannt, als wir uns durch die gluckernde Unterwasserstadt bewegten.

Unterwegs begegneten uns jede Menge Sinnträger, die mehr oder weniger starke Züge verschiedener Wasserbewohner angenommen hatten. Manche unterhielten sich leise und ich hörte überdurchschnittlich oft den Namen „Frank" fallen, der hier anscheinend wie ein Gott verehrt wurde.

„Manche haben es echt übertrieben mit den magischen Veränderungen", bemerkte Jaron leise, als wir einem Mann begegneten, dessen eine Gesichtshälfte über und über mit pockennarbigen Pusteln bedeckt war und der wie ein Pinguin durch die Gänge watschelte.

„Das ist wahr. Manche wissen einfach nicht, wann es genug ist", ertönte die Stimme von Frank neben uns. Ich zuckte zusammen, denn ich hatte ihn nicht kommen gehört. Offenbar hatten hier die Wände Ohren, selbst wenn sie aus Glas waren.

„Und? Wo ist euer Sekret?", fragte Frank und hängte

sich zwischen Jaron und mir ein.

„Der Magiepruster ist leider eingeschlafen", sagte ich.

Frank stutzte und blieb kurz stehen, während sich seine rechte Hand verkrampfte. „Wie bedauerlich", meinte er nach einer kurzen Pause und lächelte gezwungen. „Aber macht euch keinen Kopf. Es dauert ein bisschen, bis man den Dreh raus hat. Leider kann ich auf diese Weise aber keine Magie für euch wirken."

„Das ist klar", erwiderte ich. „Kannst du uns dennoch ein bisschen herumführen? Habt ihr vielleicht so etwas wie eine Bibliothek?"

„Bibliothek? Nein. Bücher haben hier bei uns nichts verloren", sagte er mit einem Anflug von Verärgerung in der Stimme. „Ich bin kein Freund der Bücher. Sie wollen dir meist etwas aufzwingen und dich in eine Richtung drängen. Dir sagen, was du zu tun oder zu lassen hast. Ich war schon immer ein Macher und kein Befolger. Dies ist eine freie Gesellschaft und wir tun, was uns beliebt. Wir legen unsere eigenen Regeln fest."

„Klingt gut", sagte Jaron und warf mir einen schnellen Blick zu.

Frank lächelte. „Heute Abend gibt es übrigens einen Maskenball. Ich kann euch dafür ein wunderbares Kostüm zaubern, dafür müsst ihr mir nur etwas Magieextrakt gewinnen."

„Okay", antwortete Jaron, „wir werden es uns merken."

„Und verlasst unter keinen Umständen die Stadt", warnte uns Frank. „Ihr könntet von den Lachquallen erwischt werden oder euch in den Wunschhöhlen selbst vergessen. Für Unerfahrene ist das Unterwasserreich ganz schön gefährlich."

„Danke für die Warnung", sagte ich, während eine dickliche Trauerträgerin an uns vorbeiglitt. Sie atmete schwer und ich sah, dass sich an beiden Seiten ihres Halses blasse Kiemen befanden, die hektisch auf- und zuklappten.

„Clara, was machst du hier?", sprach Frank sie lächelnd an und die Trauerträgerin zuckte zusammen.

„Ich … ich habe meine heutige Ladung Magieextrakt noch nicht gewonnen", flüsterte sie mit gesenktem Kopf.

Frank ging zu ihr und legte ihr die Hand mit den Schwimmhäuten auf die Schulter.

„Aber Clara, weißt du nicht mehr, was ich dir gesagt habe?"

Sie blickte noch immer zu Boden und sagte kein Wort.

„Das ist Clara", stellte Frank uns die Trauerträgerin vor und wies auf ihre Kiemen. „Ich habe ihr heute diese wunderhübsche Verbesserung gezaubert, damit sie sich so frei und ungezwungen im Wasser bewegen kann, wie sie es sich schon lange wünscht. Leider", seine Stimme wurde deutlich kälter, „hat Clara sich nicht an die Regeln gehalten."

Claras Kopf ruckte hoch und ihre mitternachtsblauen Augen füllten sich mit Tränen.

„Doch, natürlich habe ich mich an die Regeln gehalten", stotterte sie drauflos.

„Schhhh, so beruhige dich doch", meinte Frank und schob ihr eine Haarsträhne aus dem Gesicht. „Hast du eben nicht, Clara. Wie lautet die Regel nach einer magischen Verbesserung?"

„Ausruhen?", flüsterte Clara.

„Genau", lächelte Frank. „Nach jeder Verwandlung musst du dich eine Stunde ausruhen. Nur auf diese Weise kann garantiert werden, dass sie sich auch manifestiert. Es wäre doch jammerschade, wenn du unabsichtlich auftauchst und deine Kiemen, für die du so lange

Magieextrakt gesammelt hast, sich wieder zurückbilden würden, nicht wahr?"

„Aber der Magiepruster ...", stammelte Clara. „Ich habe heute noch keinen Magieextrakt gesammelt."

„Ich erlaube dir, heute auszusetzen", erwiderte Frank freundlich.

„Wirklich? Vielen Dank, Frank", hauchte Clara und neue Tränen traten ihr in die mitternachtsblauen Augen.

„Schon gut", lächelte Frank. „Du kannst die entgangene Ration bis Ende der Woche nachreichen. Und nun ruh dich aus, damit du auf dem Maskenball heute Abend schön aussiehst."

Sie nickte rasch und verschwand durch den Gang.

„Und ihr könnt euch hier noch etwas umsehen", sagte Frank an uns gewandt. „Aber bleibt im Inneren der Glasröhren, nicht, dass euch am Ende noch etwas zustößt." Er lächelte. „Wir sehen uns heute Abend." Vergnügt pfeifend verschwand er in einer der gläsernen Röhren.

„Ich habe bei Frank kein gutes Gefühl", sagte Jaron düster, als der Freudemagier verschwunden war. „Der ist mindestens genauso undurchsichtig wie der achte Raum im Zentrum der Bruderschaft."

Ich nickte.

„Wir müssen diese Wunschhöhlen finden", sagte ich zu Jaron.

Er blickte mich an. „Warum?"

„Ich kann es dir nicht sagen, es ist nur so ein Gefühl." Ich sah ihn eindringlich an. „Und mehr haben wir im Moment einfach nicht."

Jaron und ich hatten uns in ein blaues Zimmer geschlichen, von dem eine magische Barriere in das

Wasserreich führte. Ich zog das Päckchen mit der salzigen Zuckerwatte hervor und steckte mir den letzten Rest davon in den Mund. Sogleich erfüllte wieder der ekelhaft fischige Geschmack meinen Mund und die Masse begann sich auszudehnen, bis sie mir in Hals und Rachen kroch. Jaron kaute ebenfalls, nickte mir zu und dann stürzten wir uns gemeinsam durch die Barriere ins Wasserreich.

Schillernde Fische und neonorange leuchtende Lachquallen kreuzten unseren Weg, denen wir großräumig auswichen, um nicht für den Rest unseres Lebens hysterisch zu lachen.

„Was machen die da?", fragte Jaron blubbernd, nachdem er einen Blick über die Schulter geworfen hatte. Seine Worte waren schwerer zu verstehen, da sie vom Wasser verzerrt wurden. Ich drehte mich ebenfalls um und sah, wie zwei Sinnträger mit Fischschwänzen ein orangefarbenes Fass aus der Unterwasserstadt hinauf zur Wasseroberfläche brachten.

„Keine Ahnung", gab ich zurück. Die Sinnträger warfen einen kurzen Blick in unsere Richtung und wir versteckten uns rasch hinter einer großen Seeanemone. „Lass uns besser weiterschwimmen", raunte ich Jaron zu und er nickte.

Schließlich erreichten wir tieferes Gewässer und die Gestalten hier waren weniger schön anzusehen. Sinnträger mit fahlen Gesichtern und bleichen Schuppenschwänzen schwammen an uns vorüber. Einige bewegten sich ruckartig und sahen aus, als seien sie mitten in einer Verwandlung von Frank stecken geblieben. Immer mehr deformierte Gesichter wandten sich uns bitter zu und ein beklemmendes Gefühl wuchs in meiner Brust.

Was war mit ihnen geschehen? Hatten sie nicht mehr

genug Magiesekret gewinnen können, um sich weitere Schönheitszauber zu leisten?

„Hier sieht man die Schattenseite von Franks Utopia", blubberte Jaron neben mir. Ich nickte.

Vor uns tauchten mehrere algenbewachsene und halb zerfallene Säulen auf, die mich an einen versunkenen Tempel erinnerten. Ich hatte das Gefühl, dass sie nach uns riefen, und Jaron und ich steuerten darauf zu.

„Schwimmt nicht dorthin", erklang ein tiefes Blubbern neben uns. Ein Sinnträger mit einem langgezogenen Körper, der mich an einen Aal erinnerte, schlängelte sich näher.

„Dort hinten liegen die Höhlen. Sie erfüllen dir jeden Wunsch und sind gefährlich." Mit diesen Worten tauchte er in eine tiefere Zone hinab und ich sah, wie sich sein grauer Körper zwischen dem Seegras hindurchschlängelte.

Ich blickte Jaron an und sah in seinen Augen dieselbe Entschlossenheit, die auch ich fühlte.

Wir würden jetzt nicht mehr umkehren.

Eine sanfte Strömung führte uns direkt zu einem dunklen Höhleneingang und wir glitten widerstandslos durch das ruhige Wasser. Einzelne Glühfische durchsetzten wie Lichtpunkte das dunkle Gewässer und leiteten uns zu einem sanften Schimmer im Inneren der Höhle. Wir schwammen auf das Licht zu und durchbrachen mit den Köpfen den Wasserspiegel. Endlich strömte wieder richtige Luft in unsere Lungen. Der unterirdische See hatte uns in eine Salzgrotte geführt, dessen Wände orange glommen. Am Ufer lag feiner Kies, der sich bei genauerer Betrachtung als Milliarden und Abermilliarden von Süßwasserperlen erwies. Ich kletterte an Land und atmete tief ein. Die Höhle war angenehm warm und das leise Tröpfeln von Wasser war zu hören.

„Was fühlst du?", fragte ich Jaron.

„Nichts als Freude", antwortete der orange Träger. „Ich habe ein gutes Gefühl, Lee. Ich glaube, dass das Orangefarbene Buch der Macht ganz in der Nähe ist. Ich kann es quasi schon in meinen Fingerspitzen fühlen."

Ich nickte. „Dennoch sollten wir auf der Hut sein." Die Warnung des deformierten Sinnträgers ging mir nicht aus dem Kopf und ich ließ meinen Sinn durch mich hindurchströmen, um mögliche Gefahren schneller zu erkennen.

„Dort scheint es noch einen Raum zu geben", sagte Jaron und deutete auf einen Durchgang. Wir durchschritten die schmale Passage und ich blieb erschrocken stehen. Dutzende Gerippe lagen auf dem Boden und in den Totenschädeln meinte ich, noch die Andeutung eines Lächelns zu erkennen.

„Anscheinend sind sie glücklich gestorben", bemerkte Jaron leise.

„Sieht so aus", erwiderte ich und legte vorsichtshalber meine Hand auf den Wächterstab.

Die Wunschhöhle kam mir mit einem Mal gar nicht mehr so freundlich vor.

„Sieh mal", sagte Jaron und deutete auf das gegenüberliegende Ende des Gewölbes. Ich kniff die Augen zusammen und ging vorsichtig weiter.

An der Wand stand eine reichverzierte Truhe, die so aussah, als würde sie einen Piratenschatz beherbergen.

„Meinst du, dass das eine Falle ist?", fragte Jaron.

Ich zog meinen Wächterstab und ließ ihn mit etwas Abstand vorsichtig über das Holz der Truhe gleiten.

„Mein Stab kann keine versteckten Fallen entdecken",

sagte ich. „Ich schätze, wir müssen es einfach darauf ankommen lassen."

Jaron sah mich ernst an und nickte.

„Mach dich auf alles gefasst. Bereit?"

Jaron nickte abermals und ich hob langsam den Deckel an. Innerlich erwartete ich schon das Schlimmste, doch stattdessen erblickte ich ein dickes, in Leder gebundenes Buch, das mit goldenen Wellen verziert war, und darauf stand in verschnörkelter Schrift: *Buch der Freude.*

Ein unbeschreibliches Glücksgefühl durchflutete mich. Ich nahm das Buch ehrfürchtig an mich und Jaron lachte erleichtert auf.

„Endlich! Wir haben es gefunden!"

„Wir dürfen es nicht öffnen", erwiderte ich. „Und nicht darin lesen. Von den Büchern geht eine Gefahr aus."

„Keine Sorge", beruhigte mich Jaron. „Ich werde es nicht anrühren. Lass es uns rasch zu Quirin bringen."

Ich nickte und schloss kurz die Augen.

Die Freude darüber, das Buch geborgen zu haben, ließ all die schrecklichen Erfahrungen von mir abfallen. Endlich war einmal etwas geglückt und die Erleichterung, das Buch gefunden zu haben, umspülte mich wie eine warme Welle. Ich spürte die Zuversicht in mir wachsen, auch die restlichen Bücher der Macht zu finden. Ich sah die Möglichkeit, die Totaa ein für alle Mal zu besiegen und in einer friedlichen Welt zu leben – und ich sah Quirins Gesicht vor mir, das zum ersten Mal so etwas wie Anerkennung ausdrückte.

Wir würden normale Leben führen können, jeder so, wie er es für richtig hielt. Ich könnte wieder als Wächterin arbeiten und dem Geheimnis meiner Vergangenheit auf die Spur kommen. Das alles schien in greifbarer Nähe zu liegen und ich spürte, dass die Macht dazu in diesem Buch lag – im Buch der Freude. Zärtlich strich ich über den Einband.

Es war nicht böse. Es war gut. All diese Gefühle waren gut. Keine Schadenfreude wie in Lorellas Haus erwartete mich hier, sondern nur reine, pure, unverfälschte Liebe.

„LEE!" Ein heiseres Krächzen riss mich aus meinem Wunschtraum und ich riss erschrocken die Augen auf. Vor mir kniete Jaron, das Gesicht abgekämpft und die Lippen bleich. Er sah aus, als hätte er mindestens zwei Tage nicht geschlafen.

Ich versuchte mich aufzurappeln, war aber so schwach, dass ich wieder auf die Seite fiel.

„Wo ist das Buch?", krächzte ich.

„Es ist nicht hier. Es war niemals hier", flüsterte Jaron. „Es ist die Höhle. Sie erfüllt -", er hustete, „sie erfüllt uns unsere Wünsche."

Eine eiskalte Hand griff nach meinem Herzen und drückte zu.

„Wir haben es nicht gefunden?", keuchte ich.

Jaron schüttelte den Kopf. „Ich weiß nicht, wie lange wir schon hier sind."

„Aber wir sind doch eben erst gekommen", widersprach ich, obwohl mir meine körperliche Verfassung zeigte, dass das nicht wahr sein konnte. Ich lag zusammengekauert auf dem Perlenboden in einer ähnlichen Haltung, in der auch die anderen ihre letzte Ruhe gefunden hatten.

„Wie hast du dich aus dem Bann befreit?", fragte ich, während ich mir mit der Zunge über meine trockenen Lippen fuhr.

„Mein Sinn hat mich gerettet", erklärte Jaron. „Es hat lange gedauert, aber irgendwann erkannte ich, dass es sich bei der Freude, die ich empfand, nur um eine Täuschung handelte. Ich weiß, wie sich echte Freude anfühlt."

Er hielt mir die Hand hin und half mir auf die Beine.

„Wir sollten diese Höhle so schnell wie möglich verlassen."

„Warte, Jaron!" Ich packte ihn am Oberarm. „Die Truhe dort – siehst du sie auch?"

Er nickte und ich stemmte mich mit seiner Hilfe in die Höhe. Vielleicht hatte mir meine Wunschvorstellung ja einen Teil der Realität gezeigt, vielleicht war das Buch der Freude tatsächlich darin versteckt?

Bevor ich nachsehen konnte, hörte ich ein leises Knirschen hinter uns und drehte mich um. Frank war aus dem Wasser geklettert und schritt nun über den Perlenstrand auf uns zu. Seine Miene war freundlich, doch jeder seiner Schritte ließ die Höhle tief vibrieren.

„Hier seid ihr also", sagte er. „Hat ganz schön lange gedauert, euch zu finden." Er machte eine beiläufige Handbewegung und ich fühlte ein Zerren und Reißen in meinen Gliedern, das mich laut aufschreien ließ. Jaron neben mir stöhnte ebenfalls und ich sah entsetzt zu, wie sich unsere Arme und Beine in schuppige, unansehnliche Flossen verwandelten.

„Ts, ts, ts, hängt hier in der Wunschhöhle herum", fuhr Frank seelenruhig fort. „Ich hatte euch doch klar und deutlich untersagt, die Stadt zu verlassen."

„Wir wussten nicht, dass wir deine Gefangenen sind", gab ich so beherrscht wie möglich zurück, während der Schmerz der Verwandlung noch immer durch meinen Körper zuckte.

„Gefangenen? Aber darum geht es doch überhaupt nicht", erwiderte Frank lächelnd. „Es geht um Regeln. Und darum, dass jede Leistung eine Gegenleistung erfordert. Selbst in einem Paradies wie diesem hier."

„Paradies?", spuckte ihm Jaron schmerzverzerrt entgegen. „Das hier nennst du ein Paradies?"

„Nun, ihr seht wahrhaft nicht gerade paradiesisch aus", gab Frank kichernd zu und strich sich über seinen glänzenden Schuppenkopf. „Aber ihr habt es auch nicht besser verdient. Zuerst stiftet ihr Unfrieden in Madame Lorellas Tempel und dann hier bei mir. Wir mögen es beide nicht gerne, wenn unsere Regeln missachtet werden."

„Du kennst Madame Lorella?", stieß ich hervor. Die Schmerzen in meinen neu entstandenen Flossen waren noch immer unerträglich.

„Natürlich kenne ich Madame Lorella", gab Frank ruhig zurück. „Wir haben ein Abkommen mit klaren Regeln. Ihr gehört das Anwesen, ich darf den See nutzen. Dafür erhält sie von mir regelmäßig ein Fass Magieextrakt, um ihren Wein der Schadenfreude zu verfeinern. Umgekehrt wirft sie mir jene Sinnträger, die aus der Reihe tanzen, in den See. Ich setze sie für die weniger angenehmen Aufgaben hier unten ein. Falls ihr euch nun fragt, welche das sind: Ihr werdet es schon bald am eigenen Leib erfahren."

„Nein", schrie ich und versuchte, nach meinem Wächterstab zu greifen, doch mit meinem neuen Fischkörper war das nicht möglich. Ich fiel nur auf die Seite wie ein gestrandetes Walross.

Frank sah mir zu und seine Zeichnung begann, orange zu glitzern.

„Kämpf nicht dagegen an, es hat ja doch keinen Sinn." Er bewegte seine Finger, womit er die Höhle erneut zum Vibrieren brachte und ein Kreis aus bleichen Walfischknochen rund um uns mit einem lauten Klacken aus dem Boden fuhr. Die spitzen Knochen waren so eng angeordnet, dass sie ein undurchdringliches Gefängnis bildeten. Jaron warf sich mit seinem neuen, pummeligen Fischkörper dagegen und schrie auf, als die spitzen Knochen orange aufleuchteten.

„Das würde ich an deiner Stelle nicht mehr tun", sagte Frank. „Die Schmerzen werden bei jedem Kontakt schlimmer und können im schlimmsten Fall sogar zum Tod durch Herzstillstand führen. Und das wäre jammerschade, schließlich habt ihr mir bisher ja noch gar keinen Nutzen gebracht." Er trat einen Schritt näher und schob mit dem Fuß achtlos ein Geripppe mit Fischschwanz zur Seite, unter dem ein schmales orangefarbenes Buch mit gewellten Seiten zum Vorschein kam. Bei dem Anblick des Buches verzog Frank geringschätzig den Mund und gab ihm einen Tritt, der es bis ans andere Ende der Höhle beförderte. Dann verschränkte er die Hände hinter dem Rücken. „Ich lasse euch nun hier, bis die Verwandlung vollstreckt ist. Aber keine Sorge, sobald die Metamorphose sich manifestiert hat, komme ich euch wieder holen, um euch eure neuen Pflichten zu erklären. Wir sehen uns in einer Stunde."

Mit diesen Worten wandte er sich pfeifend ab und schritt zurück zum Wasser.

Kapitel 6

„Was sollen wir nun tun?", fragte Jaron und wälzte sich schwerfällig zu mir herum. Der Freudeträger sah grotesk aus. Sein Körper war von dunkelbraunen bis violett schimmernden Schuppen bedeckt und erinnerte stark an eine aufgeschwemmte Seerobbe. Ich wollte lieber keinen zu genauen Blick auf meine Extremitäten riskieren, denn ich sah nicht viel besser aus.

„Hast du das Buch gesehen?", fragte ich und nickte mit dem Kinn in Richtung des orangefarbenen Buches, das halb aufgeschlagen am anderen Ende der Höhle lag.

Jaron nickte müde. „Welch eine Ironie, dass wir es jetzt gefunden haben, wo Frank uns in diese … Fischfreaks verwandelt hat."

„Ich bin noch nicht bereit, aufzugeben", murmelte ich und wälzte mich herum, um an meinen Wächterstab zu kommen. Er hing noch immer an meiner Hüfte, auch wenn diese jetzt unförmig und schwabbelig war und ich mit meinen kurzen Flossen keine Chance hatte, daran zu gelangen.

„Hilfst du mir mal?", stieß ich angestrengt hervor, während ich mich bemühte, ihn doch irgendwie zu fassen zu bekommen. Jaron wälzte sich herum und grapschte mit seinen Flossenhänden nach meinem Stab. Dabei stieß er mit seinem Unterteil gegen unser Gefängnis und brüllte vor Schmerz, als die Walfischknochen erneut orange aufleuchteten.

„Ein bisschen noch", flüsterte ich und Jaron biss die Zähne zusammen, bevor er es erneut probierte und den

Stab schließlich mit seinen deformierten Extremitäten packen konnte.

„Und jetzt?", keuchte er.

„Jetzt musst du ihn mir geben", ächzte ich und hoffte, dass mein Plan aufging. Jaron streckte mir den Wächterstab entgegen und ich robbte in seine Richtung und griff danach, doch es war so ungewohnt ohne Hände, dass er mir durch die Flossen glitt und zu Boden fiel.

„Nein!", schrie ich, als er zu den Walfischknochen kullerte.

„Ich hätte niemals gedacht, als Fisch zu enden", sagte Jaron neben mir. „Ich dachte immer, ich würde mal ein berühmter Künstler werden, vielleicht sogar ein Gestalter – aber doch kein deformiertes Walrossfischdings."

„Hör auf, so zu reden, als wäre schon alles vorbei!", zischte ich ihn an und ließ mich auf die Seite fallen, um zu meinem Stab zu robben.

Diese Welt hatte uns schon in so viele aussichtslose Situationen gebracht und ich weigerte mich, daran zu glauben, dass mein Leben als deformierte Dienerin eines verrückten Freudemagiers in einer bunten Unterwasserwelt enden würde.

„Ja!", keuchte ich, als meine Mini-Flossen sich um den Stab schlossen. Jaron riss die Augen auf und neuer Elan war in seinem Gesicht abzulesen.

„Kannst du ihn aktivieren?"

„Ich versuche es", schnaufte ich und konzentrierte mich. Die Verbindung zu meinem Stab war da, ich spürte seine Magie noch immer, aber sie war deutlich schwächer geworden. Vielleicht lag es an meiner Verwandlung, vielleicht lag es an den Flossenhänden, Fakt war, ich hatte das unwiderrufliche Gefühl, dass uns nicht mehr viel Zeit blieb.

Ich hielt meinen Stab so fest an mich gedrückt, wie ich konnte, und konzentrierte mich auf das orangefarbene Buch, das halb aufgeschlagen am Ende der Höhle lag. Es sah so unscheinbar aus, dass ich mir sicher war, dass es sich dabei um das echte Buch der Macht handeln musste. Flimmernd schloss sich eine dünne Energiehülle darum und ich bewegte die Wächterkugel mit dem Buch darin über unser Gefängnis hinweg zu uns, wo ich es Jaron in den Schoß fallen ließ.

„Du bist der Wahnsinn!", schrie der Freudeträger und ich lächelte stolz. Im selben Moment begann die Höhle zu vibrieren und das Wasser am Ufer schlug Wellen.

„Oh nein", murmelte Jaron. „Ich glaube, er kommt zurück."

„Aber das war doch nie im Leben eine Stunde", flüsterte ich erstickt.

„Das scheint ihm egal zu sein!", rief Jaron. „Mach etwas, mach irgendwas, aber mach schnell!" Ich spürte mein Herz hämmern und sah im nächsten Augenblick Franks Kopf aus den Fluten auftauchen.

„Verdammt", zischte ich und versuchte mich zu konzentrieren.

„Ich war schon auf dem Weg zur Stadt, da habe ich einen seltsamen Ausstoß von Magie gespürt", sagte Frank und stieg mit schief gelegtem Kopf aus den Fluten. „Ihr habt doch nicht unerlaubt Magie eingesetzt, oder?"

Meine Gedanken rasten, während Frank Schritt für Schritt näher kam.

„Das war ich, ich bin nämlich auch ein passabler Zauberer", sagte Jaron schnell und ich sammelte meine ganze Konzentration, um eine neue Wächterkugel zu erschaffen. Die Verbindung zu meinem Stab wurde immer schwächer und ich wusste, dass ich nicht mehr als eine Kugel halten konnte, und das nicht mehr lange.

„Jetzt!", flüsterte mir Jaron zu, doch statt Frank einzusperren, erschuf ich eine Kugel um das Wasser des Sees und ließ sie so schnell wie der Wind zu uns schweben.

„Was wird das?", fragte Frank, als die mit Wasser gefüllte Kugel an ihm vorbeizischte, doch ich beachtete ihn nicht, ich rief Jaron nur zu, sich an mir festzuhalten, bevor ich die knisternde Energiehülle über unseren Köpfen zum Platzen brachte.

Das Wasser rauschte in einem Schwall auf uns herunter und ich wusste, dass mir nur ein Augenblick blieb, bevor es in den Uferperlen versickern würde. Ich wälzte mich in Jarons Richtung und nutzte meine Wächterfähigkeit, um in die entstandene Pfütze zu tauchen. Jaron hielt sich an mir fest und gemeinsam reisten wir durch das Wasser, während ich mit aller Kraft an meinen Springbrunnen zu Hause dachte. Mit jedem Meter, den wir zurücklegten, spürte ich, wie mein Körper wieder mehr mir gehörte, und als wir schließlich prustend in einer Fontäne aus dem Becken tauchten, bildeten sich gerade die letzten Schwimmhäute zwischen unseren Fingern und Zehen zurück.

„Bei allen Magieprustern dieser Welt", fauchte Jaron und spuckte Wasser aus. „Das war ja ein Höllentrip."

Ich steckte meinen Wächterstab zurück an meine Hüfte und war mit einem Schritt bei ihm.

„Du hast es doch, oder? Sag mir, dass du es hast."

Jaron hob triefnass eine Hand, in der das schmale orangefarbene Buch lag, und grinste mich an. „Ja, *wir* haben es."

***

Die gewaltigen Sandfälle tosten donnernd über die Bergkämme hinab, als Jaron und ich uns den geheimen Schwur der Bruderschaft ins Gedächtnis riefen, um durch das stillgelegte Portal Zugang zu dem langen, schmalen Tunnel zu erhalten.

Der Ort war mit alter und neuer Magie gesichert, die unsere Wünsche und Vorsätze erkennen ließ – eine wirkungsvolle Sicherheitsmaßnahme, die Sinnträger mit negativer Gesinnung sofort identifizierte.

Mein Wunsch war einfach.

Ich wollte das Orangefarbene Buch der Macht der Bruderschaft übergeben, ich wollte endlich ein weiteres Buch in sicherem Gewahrsam wissen, ich wollte endlich diesen kleinen Triumph genießen.

Am Ende des dunklen Stollens gelangten wir zu einer runden Steingrotte, die von acht verschiedenfarbigen Lichtsteinen erhellt wurde. Jaron und ich stellten uns in zwei der acht Bodenkreise und warteten auf den magischen Transport. Einen Herzschlag später fanden wir uns in der achteckigen Halle mit der gläsernen Kuppel wieder, von der acht dunkle Korridore in verschiedene Richtungen abzweigten.

Casimir erwartete uns bereits.

„Wo ist es?", frage er unwirsch. Ich wusste nicht, warum, aber irgendwie hatte doch ein Teil von mir die unsinnige Hoffnung gehabt, so etwas wie ein „Dankeschön" zu hören. Ich kramte die Schutzhülle mit dem Buch aus meiner Umhängetasche und übergab sie dem Templer.

„Das hat ganz schön lange gedauert", zischte er.

„Es war auch ganz schön schwierig, da ranzukommen", entgegnete Jaron kalt.

Casimir quittierte seinen Konter mit einem abfälligen

Blick. „Wir haben nun insgesamt drei Bücher der Macht. Fünf sind verschwunden und könnten sich schon im Besitz unserer Feinde befinden. Seid ihr wirklich so töricht, das als Anlass der Freude zu werten?"

Ich schüttelte den Kopf. „Nein, aber wir haben wieder einmal unser Leben aufs Spiel gesetzt, um das Buch der Bruderschaft zu übergeben. Etwas Anerkennung wäre nicht zu viel verlangt", erwiderte ich bestimmt, weil mir die mürrische Art des schwarzen Trägers gehörig auf die Nerven ging.

„Ich werde Quirin von deinem Wunsch berichten", spie mir der Alte ins Gesicht, drehte sich um und verschwand mit dem Buch in einem der dunklen Korridore.

„Seine Stimmung ist auch nicht die beste", meinte Jaron und seine Gesichtszeichnung begann, orangefarben zu glimmen.

„Sie war noch nie die beste", korrigierte ich ihn.

„Also *ich* werde mir jetzt erst einmal eine heiße Dusche gönnen und mich dann ein wenig aufs Ohr hauen, bevor wir uns wieder versammeln müssen, um ein Update zu Perxes' Tagebuch zu erhalten – auch wenn es uns nicht viel weiterbringt", sagte Jaron und hielt kurz inne. Dann lächelte er mich an. „Und auch, wenn es nicht so gut wie Quirins Wort ist: Ich finde, wir haben unsere Sache heute echt gut gemacht."

Nach der heißen Dusche las ich noch ein wenig in dem Buch über Magnus & Ani, bis mich der bekannte Schwindel zwang, eine Pause einzulegen, und ich erschöpft die Augen schloss. Ich hatte das Gefühl, gerade erst eingeschlafen zu sein, als mich das Klopfen aus dem Schlaf riss. Es war ein rhythmischer Laut, dessen Regelmäßigkeit gefährlich und einschüchternd wirkte.

Atemlos lauschte ich in die Dunkelheit. Obwohl das Klopfen leise war, hatte es einen boshaften Klang, der mir durch Mark und Bein ging.

Angespannt fuhr ich herum und richtete mich auf. Ich war allein, von Jaron und den anderen fehlte jede Spur. Mit einer raschen Bewegung griff ich nach meinem Wächterstab und schlich hinaus in die achteckige Ankunftshalle.

Die Korridore lagen dunkel und verlassen vor mir. Das Klopfen war noch immer zu hören und es wunderte mich, dass niemand sonst darauf reagierte. Wo waren die anderen?

Irgendetwas stimmte hier nicht. Irgendetwas stimmte hier ganz und gar nicht.

Ein schriller Schrei hallte durch die Gänge, mein Puls schoss in die Höhe und ich folgte dem Geräusch bis zur Hinweiskammer. Davor lag eine zusammengekrümmte Gestalt auf dem Boden und ich wusste, auch ohne den Puls zu fühlen, dass sie tot war. Entsetzt starrte ich den Sinnträger an. Es handelte sich um einen der Templer, die mit Edomir in Perxes' Tagebuch gelesen hatten. Sein Gesicht war zu einer Fratze der Angst verzerrt und seine Augen … seine erstarrten Augen waren komplett schwarz geworden.

Keuchend wich ich an die Wand zurück. Wer hatte die Macht, so etwas zu tun? Die Finsternis schien voller bedrohlicher Schatten zu sein, und während ich noch überlegte, was ich als Nächstes tun sollte, hörte ich einen weiteren Schrei, der aus der Bibliothek drang. Gleichzeitig begann meine Notfallbrosche violett zu leuchten.

„Edomir!", flüsterte ich, als ich den Angstträger neben einem der Bücherregale auf dem Boden entdeckte.

Er hatte das Gesicht in den Händen vergraben und wimmerte leise vor sich hin.

„Hör auf!", flehte er. „Bitte, hör auf!"

Ich lief geduckt zu ihm und sah erst im letzten Moment die dünne Gestalt, die einen Meter von ihm entfernt im Schatten stand. Ihr Anblick war so furchterregend, dass ich mitten in der Bewegung erstarrte. Sie war in einen dunklen Umhang gehüllt und schien nur aus einem Kopf und einem langen Korpus zu bestehen. Das Gesicht lag hinter einer grotesken weißen Maske verborgen, deren Nase wie ein langgezogener Schnabel aussah und mich an die Pestmasken aus der anderen Welt erinnerte. Völlig bewegungslos stand die Kreatur neben Edomir und blickte auf ihn herab. Obwohl sie einfach nur dastand, verbreitete sie so eine Aura der Angst, dass ich mich am liebsten umgedreht hätte und davongelaufen wäre. Wenn da nicht Edomir gewesen wäre, der zitternd auf dem Boden kauerte.

„Halt, lass ihn in Ruhe!", schrie ich.

Die Kreatur reagierte nicht.

Ich zückte meinen Wächterstab, obwohl ich das Gefühl hatte, dass er mir hier nicht helfen würde. „Lass ihn in Ruhe!", brüllte ich erneut.

Das Wesen, das beinahe doppelt so groß war wie ich, drehte sich mit einer langsamen Bewegung zu mir um. Ich spürte die Leere, die in ihr herrschte, und ich spürte, dass sie zu Schrecklichem fähig war.

Die Kreatur legte ihren Kopf schief und blickte mich eindringlich an. Unter ihrer weißen Maske konnte ich zwei pechschwarze Augen erkennen, die mich starr fixierten. Ein hypnotischer Bann ging von ihnen aus und ich hatte das Gefühl, nie wieder wegsehen zu können. Mein Instinkt schrie mir zu, mich umzudrehen und zu rennen, aber meine Füße bewegten sich keinen Millimeter. Mit weit aufgerissenen Augen sah ich zu, wie sich dunkle, rauchende Kettenfäden aus dem Torso der langgezogenen Gestalt schälten, deren vorderstes Ende einem spitzen Eispickel glich.

Ohne den Blick von den rauchenden Kettenfäden abzuwenden, betätigte ich meinen Wächterstab, doch er ließ sich nicht aktivieren. Ich versuchte es immer wieder, doch er reagierte nicht.

Eine unheimliche Stille spannte sich über den Raum. Es war, als ob die Kreatur sämtliche Geräusche absorbieren würde, selbst Edomir, der sich vorhin zumindest noch bewegt hatte, wirkte wie festgefroren. Ich konnte nicht einmal mehr meinen eigenen Herzschlag hören.

Die spitzen Fäden krochen langsam auf mich zu und es gab nichts, was ich dagegen tun konnte. Mein Körper bewegte sich einfach nicht, so als hätte jemand meine Zeit angehalten.

Im nächsten Moment spürte ich, wie sich die Spitzen der Fäden in mich bohrten, ich spürte, wie sie durch mein Fleisch hackten, immer tiefer und tiefer, auf der Suche nach meinem Innersten, ich spürte den brennenden Schmerz, den ihre tastenden Werkzeuge verursachten. Es war, als würde diese Kreatur versuchen, meine innersten Mauern einzureißen, als würde sie etwas Stück für Stück aus mir herausbrechen wollen. Durch meine Haut, durch mein Fleisch und noch tiefer gruben sie, so weit es nur ging. Mit jeder Hackbewegung wurde es kälter und ich spürte, wie ich langsam zu Eis gefror. Alles in mir wehrte sich dagegen, ich sah, wie die Konturen vor mir verschwammen, sah, wie ich in mir verschwand, und kämpfte, kämpfte gegen die Kälte und den Angriff der Kreatur.

In einem letzten Versuch der Gegenwehr sammelte ich all meine Kräfte, wollte aufbegehren, wollte es aufhalten und aus mir herausreißen, doch das Wesen war zu stark, es grub weiter und weiter und ich fühlte meine schwindende Kraft und diese ungeheure Ohnmacht, eine tiefe Hilflosigkeit, die mich in meinem Inneren zurückließ.

„Stopp. Das reicht", drang Quirins Stimme an mein Ohr.

Die Kreatur zog sich mit einem Ruck aus mir zurück und ich fiel auf die Knie.

Ich brauchte einen Augenblick, um von mir selbst wieder ins Hier und Jetzt zu gelangen, ich brauchte einen Moment, bis ich meine Umgebung wieder scharf sah und die Wärme zurück in meinen Körper kam. Das Wesen stand noch immer an derselben Stelle, aber die Rauchfäden waren verschwunden. Edomir rappelte sich langsam auf, blieb jedoch mit gesenktem Kopf an der Bücherwand stehen.

„Du hast mir zu gehorchen, dem Gestalter der Wachsamkeit. Ich werde euch mit der Suche nach den verschwundenen Büchern beauftragen, aber du und deine Gefährten werden in den Räumlichkeiten der Bruderschaft bleiben. Es ist euch untersagt, diese zu verlassen. Hast du mich verstanden?"

Die Kreatur legte den Kopf schief.

„Gut", sagte Quirin und sog einmal tief die Luft ein. „Ich werde mit weiteren Anweisungen auf dich zukommen. Und jetzt suche deine Gefährten."

Die Kreatur setzte sich in Bewegung, aber sie ging nicht, sie schwebte an mir vorbei, ohne mich auch nur eines Blickes zu würdigen.

„Was ... was war das?", fragte ich schwach. Ich spürte

noch immer, dass das Wesen in mich eingedrungen war, ich spürte, dass es versucht hatte, mein Innerstes aufzubrechen, um unbarmherzig und unerbittlich etwas darin freizulegen.

„Das werde ich euch gleich erklären, aber du bekommst von den Templern zuerst einen Trank", sagte Quirin mit eisiger Stimme, „denn wir haben ein noch größeres Problem."

Als wir uns wenig später in der kreisrunden Halle unter der Glaskuppel in einer Linie versammelt hatten, lag eine düstere Atmosphäre über uns. Bis auf Thaya, die sich nach dem Angriff der Totaa noch immer im Weißen Sanatorium befand, waren alle anwesend. Die anderen Auserwählten wirkten ebenso verwirrt wie ich und ich versuchte, nicht an den toten Templer zu denken. Hätte mein Leben ebenso geendet, wenn Quirin nicht erschienen wäre? Ich spürte noch immer den widerlichen Geschmack des Trankes auf meiner Zunge und hatte dein Eindruck, dass man mich nur ansehen musste, um zu erkennen, wie schwach und angegriffen ich mich fühlte.

Quirin baute sich vor uns auf. „Ich bin ein Wachsamkeitsträger", begann er zu sprechen und Casimir, der neben ihm stand, nickte ihm zu. „Mein Sinn ist die Wachsamkeit und nicht das Vertrauen. Dennoch", er machte eine kurze Pause und ließ seinen Blick über jeden von uns gleiten, „habe ich euch vertraut. Genau hier, an diesem Ort, habe ich euch mit eurer Aufgabe vertraut gemacht, habe euch erklärt, dass das Schicksal der Welt in euren Händen liegt. Die Prophezeiung hat von euch gesprochen." Er deutete auf die Glaskuppel, die den Blick auf den pechschwarzen Nachthimmel freigab. Die dort funkelnden Sterne formierten sich mit glühenden Bewegungen zu dem Symbol der bedrohlichen Schlangenaugen, deren Augäpfel wie unheilvolle Pyramiden wirkten und das Zeichen der Bruderschaft bildeten. Einen Herzschlag später erschien genau dort die Prophezeiung, die uns damals zusammengeführt hatte.

Die Prophezeiung des Großen:
In einer Linie werden sie stehen
acht Monde am Nachthimmel gesehen
die Dunkelheit sie durchbrechen
und die Auserwählten versprechen
das Schicksal in Woge zu halten
die Seiten der Welt zu entfalten
auf Leben und Tod es wird kommen
Vernichtung und Leid genommen

Quirin senkte den Blick zu Boden. „Ich habe mich dem Wohl dieser Welt verpflichtet, so wie wir alle." Er hob den kahlen Kopf und sein Gesicht war eine einzige Maske des Zorns. „Und ihr, ihr habt mein Vertrauen missbraucht!", brüllte er mit einer Stimme, die nicht mehr zu ihm gehörte. Sie war viel tiefer und dunkler, als ein normaler Sinnträger jemals schreien konnte, und wurde von einem enormen Luftzug begleitet, der meine Haare hochwirbelte. Entgeistert starrten wir Quirin an.

„Was ist heute Nacht passiert?", fragte Caprice schließlich.

„Die Bücher der Macht wurden entwendet", zischte Casimir und seine Augen funkelten gefährlich. „Und nur einer von euch kann es gewesen sein."

Edomir entrann ein erstickter Laut und Caprice' Augen huschten über die Anwesenden.

Es brauchte einen Moment, bis ich das Gesagte verinnerlichte.

„Aber wie? Und warum sollte einer von uns die Bücher stehlen?", setzte ich an, doch Casimir deutete mir mit einer kurzen Handbewegung, still zu sein.

„Ich wüsste schon, wer zu solch einer Tat fähig ist", sagte Jesper und warf Ben einen bezeichnenden Seitenblick zu. Ben reagierte mit einem abfälligen Schnauben und Caprice betrachtete die anderen Auserwählten skeptisch.

„Ihr wisst nicht, welch großes Verderben ihr über unsere Welt geschickt habt", sagte Quirin wieder mit seiner normalen Stimme, die nicht minder böse klang. „Doch wer auch immer hier zum Verräter wurde, wird seine Tat bereuen. Das verspreche ich hiermit. Ich werde nicht eher ruhen, bis ich den Verräter gefunden und zur Verantwortung gezogen habe." Quirin schritt auf uns zu und musterte uns argwöhnisch.

„Die Bücher der Macht wurden im achten Raum aufbewahrt. Und das aus gutem Grund. Der, der sie gestohlen hat, verfügt entweder über mehr Macht, als ich dachte, oder er hatte Hilfe von außen", erklärte er und ich hörte Jaron husten.

„Dunkle Zeiten erfordern dunkle Maßnahmen", fuhr Quirin fort und ließ keinen von uns aus den Augen. „Wer den achten Raum geöffnet hat, hat auch die Verdrängten freigelassen."

„Die Verdrängten? War das die Kreatur? Ein Verdrängter?", wollte Edomir wissen.

Quirin nickte.

„Die Verdrängten sind uralte Wesen der Sinnlichen Welt", zischelte Casimir und die Art, wie er es sagte, zeigte, dass selbst er Respekt vor ihnen hatte. „Sie sind imstande, uns das zu rauben, was uns zu Sinnträgern macht. Und damit meine ich nicht unser Leben, wie das des toten Templers, und ich meine auch nicht unseren Sinn, ich meine unser Innerstes. Denn die Verdrängten graben nach unseren tiefsten Geheimnissen und hören erst auf, wenn sie gefunden haben, was sie suchen. Vor Urzeiten, lange bevor es euch jämmerliche Existenzen gab, wurden die Verdrängten dazu benutzt, um Gefangene zu foltern und an die Geheimnisse des Feindes zu gelangen. Sie sind eine sehr effektive Waffe", Casimir machte eine ehrfürchtige Pause, "aber auch eine sehr gefährliche. Viele der Gefangenen verstarben während der Befragungen, denn die Verdrängten kennen kein Erbarmen. Sie suchen nach dem, was versteckt wurde, selbst wenn sie dabei das Innerste des Sinnträgers zerstören, selbst wenn sie das vernichten, was ihn bestimmt. Sie kennen keine Gnade und deshalb wurden sie schon vor Jahrzehnten aus unserer Welt verdrängt. Nur die Bruderschaft hat die letzten acht von ihnen eingesetzt, um die Bücher der Macht zu beschützen."

Quirin ergriff das Wort. "Wem auch immer es gelungen sein mag, die Tür des achten Raumes zu öffnen, an den Verdrängten vorbeizukommen und die Bücher an sich zu nehmen, dem sei gesagt: Wir werden schon bald wissen, wer du bist. Denn die Verdrängten werden euch ihren Befragungen unterziehen."

"Das könnt ihr nicht machen", platzte es aus Jaron heraus.

"Was können wir nicht machen?", fragte Quirin.

"Diese Kreaturen auf uns loslassen. Was ist, wenn sie jemanden von uns umbringen?"

Quirin nickte. "Du hast recht, das könnte passieren. *Wenn* du ein tiefes Geheimnis in dir trägst, Freudeträger. Alle, die nichts in ihrem Inneren versteckt halten, müssen nichts befürchten. Nur jene Geheimnisse, die man möglichst tief in sich vergräbt, nur diese sind gefährlich. Je länger die Verdrängten das Verdrängte suchen, desto mehr Schmerz fügen sie zu und desto stärker wird das Leid. Wer also sofort gestehen möchte, nur zu …" Quirin machte eine herausfordernde Handbewegung, doch keiner reagierte.

„Ich verstehe. Dann gehe ich davon aus, dass ihr nichts zu befürchten habt."

„Und was ist mit den Templern?", fragte Caprice aufgebracht. „Sie arbeiten in der Hinweiskammer an Perxes' Tagebuch, sie befinden sich seit Wochen in diesen Räumlichkeiten – werden sie denn nicht befragt?"

Casimirs Augen verengten sich. „Du wagst es, meine Templer zu verdächtigen?", wisperte er. „Einer von ihnen musste sein Leben lassen, weil die Verdrängten freigelassen wurden."

Quirin hob beruhigend die Hand und blickte uns scharf an. „Die Templer waren bei ihrem abendlichen Ritual, das hat unsere Sicherheitsüberwachung verzeichnet. Alle, bis auf Edomir."

Edomir zuckte bei der Erwähnung seines Namens zusammen.

„Wir wissen", fuhr Quirin fort, „dass nur ihr sieben zugegen wart, als der Diebstahl geschah und die Verdrängten freigelassen wurden – und aus diesem Grund steht ihr ab sofort unter Arrest." Er schnippte mit den Fingern und acht riesenhafte Gestalten schälten sich aus den dunklen Korridoren, die von der achteckigen Halle in die verschiedenen Bereiche der Bruderschaft führten.

Bei ihrem Anblick setzte mein Herzschlag für einen Moment aus. Es waren die größten Sinnträger, die ich jemals gesehen hatte, und auch die furchterregendsten. Sie trugen schwarze Kutten und ihre Gesichter waren komplett von Narben entstellt. Jeder von ihnen trug ein glühendes achteckiges Amulett auf der Brust, von dem eine dunkle Magie auszugehen schien.

„Dies sind die Schutztempler", stellte Casimir die düsteren Gesellen zischend vor. „Sie werden ab sofort jeden eurer Schritte überwachen. Versucht nicht, sie zu täuschen, denn das wird üble Konsequenzen für euch haben."

Ben schnaubte und vergrub seine Hände in den Hosentaschen. „Wir sind also ernsthaft Gefangene?"

„Das seid ihr", erwiderte Quirin kalt. „Die Schutztempler werden dafür sorgen, dass ihr die euch zugewiesenen Bereiche in der Bruderschaft nicht verlasst."

„Die uns zugewiesenen Bereiche?", knurrte Jesper. „Ich habe mich für das Amt des Gestalters beworben, ich habe Verpflichtungen und kann nicht einfach in der Bruderschaft bleiben."

„Du kannst und du wirst", korrigierte ihn Quirin. „Ab sofort werdet ihr euch im Gemeinschaftsraum aufhalten, es sei denn, ihr besitzt eine Sondergenehmigung von Casimir oder mir."

„Und wie erhält man so eine Sondergenehmigung?", fragte Caprice forsch.

„Das erfährst du zu gegebener Zeit", stellte Quirin klar und einer der zweieinhalb Meter großen Schutztempler ließ seine Fingerknöchel knacken. „Das waren genug Fragen für heute", sagte der Gestalter der Wachsamkeit mit dunkler Stimme und wandte sich an die acht Schutztempler. „Bringt sie nun in die Gemeinschaftskammer."

Die Hünen nickten und ich sah, wie sich aus jedem

von ihnen ein Ebenbild herausschälte, das dem Original bis ins kleinste Detail glich. Nur die glühenden Amulette fehlten den Ebenbildern der Schutztempler, die nun einen lockeren Kreis um uns bildeten.

„Die Befragungen durch die Verdrängten starten in Kürze", ließ sich Quirin harsch vernehmen. „Geht in euch, ob ihr nicht doch lieber freiwillig gesteht."

Ich wusste nicht, ob das, was sie hier mit uns machten, überhaupt legal war. Irgendetwas sagte mir, dass es das ganz und gar nicht war, und ich wollte nicht irgendeiner Kreatur Zugang zu meinen tiefsten Erinnerungen und Empfindungen gewähren. Es fühlte sich falsch an, was Quirin von uns verlangte. Seit der Begegnung mit der Kreatur spürte ich auch noch immer eine gewisse Leere in mir und ich wollte hier nicht gefangen sein.

„Die Verdrängten sind gefährlich", flüsterte Edomir, nachdem wir von den Ebenbildern der Schutztempler zur Schlafkammer eskortiert worden waren. Zu siebt war es unglaublich eng hier und ich fühlte mich wie ein Tier, das mit anderen in einem Käfig zusammengepfercht worden war. „Selbst Casimir hat Angst vor ihnen." Er starrte dabei ins Nichts.

Ben lehnte sich lässig an die Wand und betrachtete Edomir abfällig. „Soll uns das etwa aufbauen?" Dabei wirkte selbst er beunruhigt, während ihm die dunklen Haare in die Stirn fielen und er sich über seinen Dreitagebart rieb. Unwillkürlich erinnerte ich mich daran, wie er Tara sanft berührt hatte, als sie verwundet worden war.

Caprice tigerte im Raum herum. „Das können sie nicht machen. Sie können uns doch nicht einfach einem Verhör unterziehen." Sie strich sich über ihre hellblonden

Haare, die sie zu einem langen Zopf gebunden hatte.

„Du siehst doch, dass sie es können", fauchte Jesper und seine Gesichtszeichnung begann rot zu glimmen. „Ich glaube nicht, dass die Macht der Acht darüber informiert ist. Ich bezweifle, dass sie überhaupt etwas über die Verdrängten wissen. Vielleicht haben sie nicht einmal Ahnung von dem Kreis der Auserwählten?" Seine Gesichtszüge verhärteten sich und er blickte uns mit seinen stahlblauen Augen herausfordernd an.

Simeon schüttelte den Kopf. „Was soll das?", fragte er und streckte seine Arme aus. „Diese paranoiden Verschwörungstheorien helfen uns auch nicht weiter. Als Nächstes willst du uns weismachen, dass Quirin die Bücher gestohlen hat und in Wirklichkeit ein Totaa ist."

Jesper machte einen bedrohlichen Schritt auf Simeon zu. „Hast du mich soeben paranoid genannt?"

Simeon zuckte nur mit den Schultern und ich fragte mich, ob das eine Art Todesmut war, der kurz vor der Begegnung mit den Verdrängten noch hochpoppte. Ich wollte gar nicht daran denken, wie eine Befragung durch die Verdrängten ablaufen würde, denn selbst die kurze Begegnung mit dieser stillen Kreatur hatte gereicht, um mich furchtbar zu fühlen.

„Wie war es?", fragte plötzlich Edomir, der mit angezogenen Beinen auf seinem Bett saß. „Dieses Ding hat doch etwas mit dir gemacht?"

Ich nickte und spürte die Blicke der anderen auf mir ruhen und sah gleichzeitig, wie Ben seine Hand zu einer Faust ballte.

„Hast du die spitzen Kettenfäden nicht gesehen?", fragte ich Edomir.

„Nein", gab er erstickt zurück und fuhr sich mit seinen dünnen Fingern über die Wangen. „Ich habe aber auch nicht hingesehen. Dieses Wesen. Es machte mir so unglaubliche Angst. Und es war so still. Wie die Stille, die dich vor deinem Tod ereilt."

Ich rieb mir über die Augen und atmete tief ein. „Ich weiß nicht genau, wie sie es machen, aber sie dringen in dich ein, sie graben nach deinen Erinnerungen und Gefühlen, sie versuchen das aufzudecken, was tief in dir verborgen liegt. Es tut weh und ihr Graben verursacht einen unglaublichen Schmerz und eine Kälte, ich weiß nicht einmal, ob er körperlicher oder psychischer Natur ist, ich weiß nur, dass mir schon allein der Gedanke an die Verdrängten kalte Schauer über den Rücken jagt."

Einen Moment lang war es still und es war, als wären alle gedanklich bei ihren tief vergrabenen Geheimnissen, die es zu beschützen galt.

„Wir müssen hier raus", sagte Ben irgendwann in die Lautlosigkeit hinein und sah uns mit seinen dunklen Augen an. „Wir müssen das nicht tun."

„Das erste Mal muss ich dem Ekelträger zustimmen", erklärte Jesper und verschränkte die Arme vor der Brust. „Quirin hat kein Recht, uns dieser Art von Folter zu unterziehen."

„Ist es denn Folter?", fiel ihm Jaron ins Wort. „Ich meine, was passiert, wenn man nichts zu verbergen hat?"

Edomir schnaufte und stand auf. Er strich eine rote Haarlocke aus dem Gesicht. „Jeder von uns hat doch irgendetwas zu verbergen." Sein Blick glitt über alle Anwesenden und haftete einen Herzschlag länger an Caprice. „Egal, wie groß oder klein es sein mag, jeder von uns hat irgendein Geheimnis, das er nicht teilen möchte."

Ein leises Klopfen ertönte. Es war der rhythmische Laut, den ich bereits vor einigen Stunden vernommen hatte, und mein Magen krampfte sich zusammen.

Es war also so weit.

Ich wurde von den Ebenbildern zweier vernarbter Schutztempler in die Waffenkammer gebracht, die vollständig ausgeräumt worden war und mich mit bedrückender Stille erwartete.

Kurz überlegte ich, ob es Sinn machte, über eine Flucht nachzudenken, verwarf den Gedanken aber gleich wieder. Ich hatte nichts zu verbergen, zumindest nichts, was mit dem Diebstahl der Bücher in Zusammenhang stand.

Es dauerte nicht lange, bis vier der grotesken Wesen in den Raum schwebten. Sie sahen vollkommen identisch aus und ich fühlte ein namenloses Grauen, als ich in ihre weißen Masken sah.

Sie umringten mich und ich hoffte, dass es so schnell wie möglich wieder vorbei sein würde.

Mit nur einer fließenden Bewegung legten alle vier Verdrängten ihre Köpfe schief und ich sah die Kettenfäden, die sich aus ihren Körpern schlangen und sich nacheinander in mich bohrten.

Ich schrie auf, mein Körper bog sich nach hinten und es gelang mir nicht, den Schmerz, den sie zu viert verursachten, zu unterdrücken. Ich spürte, wie sie nach meinen Erinnerungen und dem Verborgenen gierten, wie sie immer tiefer und tiefer zu meinem Innersten vorstießen und sich daran labten. Es fühlte sich an, als würden sie mich langsam, Stück für Stück verzehren, und obwohl ich meine ganze Kraft darauf verwendete, um sie nicht weiter zu lassen, hatte ich keine Chance. Sie waren unersättlich, steigerten sich in ihrer Gier in eine Art Rausch, und während sie mich langsam zerpflückten, spürte ich, wie sie zu meinen tief vergrabenen Erinnerungen vordrangen, zu den Erinnerungen an Ben.

Als ich aufwachte, saß Simeon neben mir. Er hielt meine Hand und seine grünen Augen sahen mich besorgt an.

„Was ist passiert?", fragte ich.

„Du bist ohnmächtig geworden", erklärte er mit belegter Stimme. „Einige von uns sind ohnmächtig geworden. Andere stecken es ganz gut weg." Er sah sich kurz um. „Caprice scheint es überhaupt nichts auszumachen", flüsterte er dann. „Entweder hat sie keine Geheimnisse oder sie ist für diese Art von Folter trainiert worden."

Ich zog eine Augenbraue hoch und richtete mich schwerfällig auf. „Wer von uns ist jetzt paranoid?"

Simeon deutete ungläubig auf sich. „Ich? Niemals. Wenn hier einer paranoid ist, dann ist es Quirin." Er sog die Luft ein. „Denn das war nur die erste Runde der Befragungen. Gerade eben ist Edomir drin und ich habe ihn durch die ganze Bruderschaft schreien hören." Ein dünnes Rinnsal Blut sickerte aus seiner Nase und er wischte es schnell weg. „Und nach dem, was mir mein Gefühl sagt, wird es in den nächsten Runden nicht angenehmer."

Kapitel 7

„Hast du gesehen, was sie aus der Trainingshalle gemacht haben?", fragte mich Simeon ein paar Tage später und fuhr sich nervös durch seine weißblonden Haare. Sein Gesicht wirkte hohlwangig und er hatte wieder Nasenbluten, was er inzwischen gar nicht mehr zu bemerken schien.

Müde zuckte ich mit den Schultern. „Ist es denn wichtig?", antwortete ich matt und ließ mich mit geschlossenen Augen auf dem Bett zurücksinken. Seit Tagen saßen wir nun in der Bruderschaft fest und wurden regelmäßig zu den Befragungen der Verdrängten abgeholt. Ich fühlte mich verletzlich und ausgelaugt, so als hätten sie sich einen Teil meiner Selbst einverleibt, der nun unwiederbringlich verloren war. Außerdem setzte mir die Gefangenschaft in der Bruderschaft zu, denn die Bedingungen, unter denen Quirin uns festhielt, waren alles andere als angenehm. Ich sog tief die Luft ein. Aber wenn es stimmte … wenn wirklich einer von uns die Bücher der Macht gestohlen hatte, dann sollte ich darüber nachdenken, wem ich noch mein Vertrauen schenken wollte.

Mir wurde klar, dass ich nach wie vor zu wenig über die anderen wusste. Nur Simeon konnte ich ausschließen, er würde die Bücher nicht stehlen … oder doch? Mein Blick huschte zu seinen hellgrünen Augen und seinen Händen, die nervös am Saum seiner Magierrobe herumspielten. Simeon wirkte verändert, aber damit war er nicht der Einzige. Die Bedingungen, unter denen wir festgehalten wurden, waren mit jedem Tag ohne Ergebnis der Verdrängten schlimmer geworden.

Zuerst hatten sie uns noch schlafen lassen, wann wir wollten, doch dieser Luxus war schon am zweiten Tag aufgehoben worden. Nun gab es fixe Schlafzeiten und wer sich nicht daran hielt, wurde zu einer extra Befragung geholt.

Edomir war in der Hinweiskammer auf Dauer von uns getrennt worden und ich verstand nicht, warum Quirin das angeordnet hatte. Irgendwie schien jedoch alles, was derzeit passierte, nur darauf hinzuzielen, uns mürbe zu machen.

„Also die Trainingshalle", nahm Simeon den Faden von vorhin wieder auf. Er sprach mit schleppender Stimme und ich konnte ihm ansehen, dass es ihm schwerfiel, sich zu konzentrieren.

„Was haben sie denn damit gemacht?", fragte ich mit rauer Stimme, während auch meine Gedanken in verschiedene Richtungen drifteten. Die Wasserkaraffe im Gemeinschaftsraum war gestern zum letzten Mal gefüllt worden und ich hatte Durst.

„Sie ist weg", sagte Simeon leise und wischte sich mit dem Ärmel seiner Robe das Blut unter der Nase fort. „Stattdessen sind da jetzt drei Kammern."

„Drei Kammern?", wiederholte ich stirnrunzelnd. „Wollen sie uns jetzt auch noch gleichzeitig befragen?"

Caprice bewegte sich leicht im Schlaf und ich warf einen kurzen Blick auf das Bett der Vertrauensträgerin.

Ich verstand nicht, was Quirin genau vorhatte. Bislang waren wir immer einzeln zu den Befragungen geführt worden, die uns jedes Mal noch kälter und in uns gekehrter zurückkommen ließen. Sollte sich das nun ändern?

Ich schloss die Augen und merkte, dass es mir in Wahrheit schon egal war und ich mir einfach nur wünschte, der wahre Dieb würde endlich gefasst werden. Vielleicht lag es an dem wiederkehrenden Kontakt mit den Verdrängten, vielleicht lag es aber auch an der Tatsache, dass wirklich ein Verräter unter uns war. Fakt war: Ich fühlte mich hintergangen. Und es bereitete mir Übelkeit, dass die ganze Zeit, während wir unser Leben riskiert hatten, um die Bücher der Macht sicherzustellen, jemand nur auf einen günstigen Moment gewartet hatte, um sie zu stehlen. Denn selbst wenn wir nicht die besten Freunde geworden waren, so hatten wir doch gemeinsam gekämpft. Das hatte ich zumindest gedacht.

Simeon schluckte trocken. „Keine Ahnung, wofür sie nun genau drei Kammern benötigen, aber es muss Quirin rasend machen, dass es bisher noch keine Ergebnisse gibt."

„Was genau muss wen rasend machen?", fragte ich, weil ich nicht wirklich zugehört hatte. In meinem Kopf spielte ich die verschiedenen Varianten durch. Wäre Caprice zu einem Verrat fähig? Immerhin wusste ich nicht viel über sie, denn sie teilte kaum etwas aus ihrem Privatleben. Aber eine Verräterin? Und was war mit Jaron und Edomir? Jaron hatte sich verändert und ich hatte mich schon des Öfteren insgeheim gefragt, ob er nicht doch im Schwarzen Buch der Macht gelesen hatte. Aber wäre er imstande, uns alle zu hintergehen? Edomir konnte ich mir beim besten Willen nicht als Verräter vorstellen … aber konnte ich mir sicher sein? Und Ben, was wusste ich denn schon über Ben? Er war mir inzwischen vollkommen fremd. Ich dachte auch an Jesper, aber Jesper wollte Wutminister werden – würde er dann ein solches Risiko in Kauf nehmen? Und wie war es dem Dieb überhaupt gelungen, den achten Raum zu öffnen?

Bislang hatte ich mich nicht viel mit dem achten Raum beschäftigt, da die Bücher der Macht im Mittelpunkt meiner Aufmerksamkeit gestanden hatten.

„Sinnliche Welt an Lee … hörst du mir überhaupt zu?", hörte ich Simeon müde fragen, während ich mir aus irgendeinem Grund Caprice am ehesten als Verräterin vorstellen konnte.

„Entschuldige, ich … die Sache hier ist nur so verwirrend. Ein Verräter unter uns, das fühlt sich einfach nur schrecklich an."

Simeon nickte und wischte sich mit dem Ärmel über das Gesicht, da er schon wieder Nasenbluten bekommen hatte.

„Ich weiß. Aber wenn du der Verräter wärst, dann würdest du es mir doch sagen, oder?"

„Na klar", murmelte ich, als das muskulöse Ebenbild eines Schutztemplers den Raum betrat. Es waren immer die Ebenbilder, die uns zu den Befragungen eskortierten. Die Originale mit den glühenden Amuletten bewachten ausschließlich die achteckige Eingangshalle; den einzigen Weg in die Bruderschaft hinein oder wieder hinaus.

„Quirin möchte dich sehen", sagte das Ebenbild mit dunkler Stimme.

Simeon schwang schwerfällig die Beine vom Bett.

„Nicht dich", erklärte er streng und zeigte auf mich. „Die Wächterin."

Quirin befand sich in der mittleren Kammer des Raumes, der früher einmal die Trainingshalle gewesen war. Die aus Stein gehauene Kammer war nicht besonders groß und erinnerte mich an eine Art Verlies.

Der Minister der Wachsamkeit saß auf einem dunklen Stuhl vor einem Tisch. Ihm gegenüber befand sich ein identischer Sessel.

„Nimm Platz", wies er mich an.

Zögernd setzte ich mich hin und versuchte, meine Kopfschmerzen, die der Dehydration geschuldet waren, zu ignorieren.

„Du heißt meine Maßnahmen nicht gut", begann Quirin. „Du zweifelst, ob es der richtige Weg ist, und fragst dich, was die anderen Gestalter dazu sagen würden."

Ich nickte. „Ich glaube, es ist unrecht, uns hier festzuhalten."

Quirin rieb sich über sein Kinn. „Glaubst du auch, dass die Totaa eine Bedrohung für unsere Welt darstellen?"

„Ja", antwortete ich, „aber wenn wir uns ihrer Maßnahmen bedienen, wenn wir auch zu foltern beginnen – sind wir dann besser als sie?"

Der Minister lachte hart auf. „Du hast keine Ahnung, Wächterin, wozu diese Bücher fähig sind." Er machte eine kurze Pause und stand auf. „Gäbe es andere Mittel und Wege, ich würde sie einschlagen, dessen kannst du versichert sein."

Ich presste die Lippen aufeinander. „Was ist mit den Verdrängten?", wollte ich wissen und verlieh einem Gefühl, das mich die ganze Zeit über begleitet hatte, Ausdruck. „Werden sie – wenn sie den Verräter entdeckt haben – wieder verschwinden? Und was ist, wenn sie den Verräter nicht finden?"

Quirin zog missbilligend die Augenbrauen zusammen. „Die Verdrängten finden, was sie suchen." Mehr sagte er nicht.

„Oder der Befragte stirbt zuerst", antwortete ich und

dachte daran, wie sich die Wesen in eine Art Rausch gesteigert hatten, um zu bekommen, was sie wollten.

Zu meiner Überraschung nickte Quirin. „Das könnte passieren", sagte er etwas leiser, „daher brauche ich deine Hilfe."

„Meine Hilfe?", wiederholte ich.

Er schnippte mit den Fingern und ein Glas mit Wasser erschien vor mir auf dem Tisch. Ich starrte es an.

„Nur zu", sagte Quirin und setzte sich wieder hin, während ich nicht anders konnte, als das kühle Nass hinunterzustürzen. Er beobachtete mich dabei und faltete dann die Hände vor seiner Brust. „Mich nur auf die Ergebnisse der Verdrängten zu verlassen, ist mir zu ungewiss. Du hast richtig erkannt, Wächterin, dass sie jemanden töten könnten, bevor wir die Informationen aus ihm herausbekommen würden. Ein durchschnittlicher Sinnträger hat keine Chance, sich dem Willen der Verdrängten zu widersetzen, sie werden seinen Geist und seine Empfindungen umwühlen, bis sie finden, wonach sie suchen. Aber", er stockte kurz und es fiel ihm sichtbar schwer, seine Annahmen mit mir zu teilen, „aber jener, der den achten Raum geöffnet hat, der die Bücher trotz Anwesenheit der Verdrängten an sich nehmen konnte, der verfügt über eine große Macht. Oder hatte zumindest Hilfe von außen."

„Warum erzählt Ihr mir das alles?", fragte ich.

Quirin schnaubte. „Weil wir keine Zeit zu verlieren haben. Ihr seid zu viele, um die sie sich kümmern müssen. Die Verdrängten regulieren sich, daher sind sie immer zu viert. Ein Verdrängter allein gerät schnell außer Kontrolle. So wie bei dir und Edomir in der Nacht, als die Bücher gestohlen wurden."

Ich dachte kurz an die Begegnung mit dem Wesen in

der Bibliothek und ein kalter Schauer rann mir über den Rücken.

„Wenn sie alleine sind oder zu schnell vorgehen", fuhr Quirin fort, „werden sie euch töten. Jeder von euch hat seine Geheimnisse und die Vertrauensträgerin sowie der Freudeträger sind sehr geschickt darin, diese zu verstecken."

Mit einer abrupten Bewegung stand er auf und strich mit der Hand über eine der Felswände, die sich in Glas verwandelte. Dahinter befand sich Jesper, der von vier Verdrängten umzingelt wurde. Ich sah ihre schief gelegten Köpfe und die rauchenden Kettenfäden, mit denen sie in Jespers Innerstem wühlten. Es war furchtbar, seine Schmerzen mit anzusehen, Jespers zusammengekniffene Augen, seine angespannte Körperhaltung und das unendliche Leid, das sich in seinem Gesicht widerspiegelte. Ich wollte das nicht sehen. Es war falsch.

„Vielleicht liegt es auch daran, dass ihr die Auserwählten seid", kommentierte Quirin Jespers Zustand ohne einen Hauch des Mitgefühls. „Die Verdrängten kommen viel zu langsam voran."

Quirin klopfte mit seinen Fingern an die Glasscheibe und plötzlich erschien ein verzerrtes Bild darauf. Es sah aus wie ein Ausschnitt aus der Menschenwelt und es musste sich um eine von Jespers Erinnerungen handeln. „Ich wollte mir doch nur meinen Herzenswunsch erfüllen", stöhnte er, „um mich auch mit meiner Vergangenheit zu vereinen und stärker zu werden."

Ich drehte den Kopf zur Seite, denn eigentlich wollte ich das nicht sehen. Es kam mir zu intim vor, Jespers Geheimnisse zu betrachten.

„Was wollt Ihr von mir?", fragte ich an Quirin

gewandt.

„Ich möchte, dass du der Sinnlichen Welt hilfst."

„Wie meint Ihr das?" Mein Tonfall war kalt.

„Du bist eine von ihnen, sie vertrauen dir."

„Ihr wollt, dass ich sie ausspioniere?", fragte ich entrüstet.

Quirins Blick wurde ernst und er tippte mit den Fingern an die Glasscheibe, bis sie sich wieder zu der Felswand verdunkelte. „Ich will, dass du hilfst, unsere Welt zu retten", erklärte er hart. „Das ist deine Pflicht."

„Und wieso ich? Ich könnte doch auch eine Verräterin sein", sagte ich schroff. Ich wusste, dass es nicht klug war, sich mit Quirin anzulegen, aber ich verabscheute zutiefst, was er uns antat, und wünschte mir sehr, dass einer der Verdrängten mal ihm begegnete.

„Du hast schon einmal geholfen, einen Anschlag der Totaa zu verhindern. Außerdem bist du eine Wächterin und mein Instinkt sagt mir, dass du zwar nicht immer das tust, was man dir sagt, dass du aber nach Gerechtigkeit strebst. Deswegen missfällt es dir, dass ich mich gezwungen sehe, euch alle den Befragungen zu unterziehen – wo doch nur einer schuldig ist. Außerdem bist du einem Verdrängten begegnet und hast anscheinend nicht viel zu verbergen, außer diese Sache mit dem …"

„Was genau soll ich tun?" unterbrach ich ihn schnell.

„Berichte mir, wie sich die Sinnträger nach den Befragungen verhalten. Belausche ihre Gespräche, nutze deinen Sinn, um den Verräter zu entlarven. Derjenige, der die Bücher an sich genommen hat, hat auf irgendeine Weise Zugang zu starker Energie. Daher wird er seine Erinnerungen nach dem Diebstahl schützen, er wird sie verstecken, verdecken und uns etwas anderes weismachen wollen. Aus diesem Grund habe ich auch diese drei Kammern errichten lassen." Er holte tief Luft. „Wir werden eure Erinnerungen abgleichen, um jegliche Art der Differenz herauszufiltern, jede Art von Unstimmigkeit wird uns dem Dieb näher bringen."

Jetzt endlich verstand ich, was die Kammern bedeuteten. Die mittlere Kammer diente dem Zweck, die Erinnerungen aus den beiden Befragungszellen abzugleichen und Abweichungen festzustellen. Und obwohl ich nachvollziehen konnte, warum Quirin dies alles machte, fühlte es sich nicht richtig an.

„Gut", sagte ich. „Ich werde alles mir Mögliche tun, um den Verräter zu entlarven und diesem Zustand hier ein Ende zu bereiten. Aber dafür möchte ich zuerst den achten Raum sehen."

Quirins Blick machte deutlich, dass er es für unnötig hielt, wenn ich den achten Raum inspizierte. Wahrscheinlich wog er innerlich ab, ob er mir diesen Wunsch gewähren sollte, damit ich ihm half, den Täter zu fassen.

„Wenn du das unbedingt möchtest", sagte er schließlich. „Die Schutztempler werden dir Zugang gewähren."

Ich fühlte mich seltsam, als ich nach dem Gespräch mit Quirin durch den dunklen Korridor in Richtung der Eingangshalle schritt. Zum ersten Mal wurde ich nicht vom Ebenbild eines Schutztemplers eskortiert und dieses kleine bisschen Autonomie machte mir deutlich, wie viel Freiheit mir in den letzten Tagen bereits genommen worden war.

Als ich zu dem Schutztempler kam, der das Ende des Korridors bewachte, fuhr er mit übernatürlicher Geschwindigkeit zu mir herum und starrte mich aus seinen leuchtenden Augen an. Sie strahlten heller als normale Augen und ich fragte mich, warum das so war. Edomir hatte uns flüsternd erzählt, dass die Schutztempler besondere Fähigkeiten hatten und gegen die meisten Arten von Magie immun waren. Unwillkürlich blickte ich auf das dunkel glühende Amulett auf seiner Brust. Die Macht, die davon ausging, war deutlich spürbar.

Der Schutztempler starrte mich noch immer an und ich fühlte die Kälte, die in mir hochkroch – aber sie ging nicht von dem Schutztempler aus, das eisige Gefühl näherte sich von hinten an. Ein kalter Schauer rann mir über den Rücken.

Vorsichtig drehte ich mich um und sah einen Verdrängten auf mich zuschweben. Die pechschwarzen Augen unter der weißen Vogelmaske waren unverwandt auf mich gerichtet und mein Herz hämmerte schwer gegen meine Brust. Diese Kreatur war allein – und damit viel gefährlicher als bei den Befragungen.

Eine unglaubliche Stille spannte sich über den Korridor, während der Verdrängte sich langsam auf mich zubewegte und mich mit seinen tiefschwarzen Augen in seinen Bann zog. Ich wollte rennen, wollte weg von ihm, aber meine Füße waren wie festgefroren. Immer näher und näher kam der Verdrängte, während mir die Angst die Kehle zuschnürte. Mein ganzer Körper wurde eiskalt, doch die Kreatur schien kein Interesse an mir zu haben, denn sie glitt einfach an mir vorbei. Auch der Schutztempler stellte sich ihr nicht in den Weg – im Gegenteil, er ließ sie in den achteckigen Raum schweben. Als der Verdrängte unter der Glaskuppel der Ankunftshalle angekommen war, versperrte der Schutztempler vor mir wieder den Korridor, indem er seinen Posten einnahm.

Ich beobachtete die Szene über seine Schulter hinweg. Was würde der Verdrängte jetzt machen? Würde er auf alle Schutztempler losgehen?

Mit einer synchronen Handbewegung fassten sich die Schutztempler an ihre glühenden Amulette. Schlagartig entfesselten sie damit eine unsichtbare Macht und der Verdrängte erstarrte mitten in der Bewegung. Sein ganzer Körper schwebte reglos über dem steinernen Boden und es war, als hätte man ihm die Kontrolle entzogen.

„Geh zurück in die Kammer!", befahl Quirin laut, der mit schnellen Schritten hinter mir aufgetaucht war. „Du hast eine Aufgabe zu erledigen, erfülle sie!"

Der Verdrängte sackte kurz zusammen, es war, als hätte man ihm sämtliche Energie geraubt. Dann gehorchte er Quirins Befehl und schwebte an uns vorbei zu den Befragungszellen. Der Minister der Wachsamkeit folgte ihm, ohne ein Wort an mich zu verlieren. Aber als er sich umgedreht hatte, hatte ich das Gefühl, so etwas wie Angst in seinen Augen erkannt zu haben.

Der Schutztempler richtete seine Aufmerksamkeit wieder auf mich und ich versuchte das, was passiert war, zu verarbeiten, während ich Anstalten machte, an ihm vorbei in die Halle zu treten. Er beobachtete jeden meiner Schritte und ich hörte das allgemeine Zischen aller acht Wachposten, als ich mich nicht zu dem Korridor wandte, der zur Schlafkammer führte, sondern auf den Durchgang zuging, der zum achten Raum führte.

Der Schutztempler davor knurrte gefährlich.

„Ich habe die Sicherheitsfreigabe von Quirin", sagte ich mit fester Stimme und hob das Kinn. Meine Hände hingen locker neben meinen Hüften herab und ich hätte mir gewünscht, meinen Wächterstab bei mir zu tragen, aber den hatte Quirin schon am ersten Abend konfisziert.

Der Schutztempler, der ein wildes Aussehen hatte und dem ein Stück von seiner Nase fehlte, legte mir die Hand auf die Stirn, als würde er meine Aussage überprüfen. Seine Berührung war eiskalt und ich fragte mich, ob das an ihm oder an dem eisigen Hauch lag, der aus dem Korridor drang.

Er schwieg eine Weile und nickte mir schließlich widerwillig zu, bevor er zur Seite trat.

Ich ging an ihm vorbei in den dunklen Korridor und fragte mich unweigerlich, wieso ich diesen Gang vorher nie betreten hatte. Warum war ich mit dieser bloßen Selbstverständlichkeit durch die anderen Korridore gelaufen, hatte die Waffenkammer, die Bibliothek, die Hinweiskammer, die Trainingshalle, die Schlafkammer, das Labor und den Kommunikationsraum ausfindig gemacht, aber kein einziges Mal versucht herauszufinden, was sich im achten Raum befand? Das entsprach so gar nicht meinem Naturell und mir wurde bewusst, dass es sich dabei wieder um einen Schutzzauber der Bruderschaft handeln musste. Anders war mein Verhalten nicht zu erklären.

Es war kalt. Es war eiskalt hier drinnen und ich konnte meinen eigenen Atem sehen, als ich ein paar Schritte gegangen war. Aber es war nicht die Art von Kälte, die man in den roten Eislandschaften der Wut oder im weißen Gebirge des Selbstvertrauens erfuhr, es war jene Art von Kälte, die sich durch den ganzen Körper fraß und das Innerste zum Vereisen brachte. Es war die Kälte der Verdrängten.

Ich beschloss, mich zu beeilen, und zählte 491 Herzschläge, bis ich das dunkle Tor erreichte, das leicht geöffnet war.

Ich quetschte mich durch den Durchgang und sah

zum ersten Mal den achten Raum.

Hier drinnen war es noch kälter als im Korridor und ich begann zu zittern, als ich den gewölbeartigen Raum betrat. Acht identische nischenhafte Grotten verliefen um die kreisförmige Kammer, deren Wände mit scharfkantigen schwarzen Zacken, die nach außen ragten, verziert worden waren. Die Verdrängten mussten sich in diesen langgezogenen Höhlen aufgehalten haben.

Mein Blick schweifte nach oben. Das Rippengewölbe in der Decke traf sich in der Mitte des Raumes und fand zu einer langen Säule zusammen, die in den dunklen Steinboden brach. Die Säule hielt acht Ausbuchtungen bereit, in denen jeweils ein Lichtstein der acht Sinnesfarben leuchtete – Quirin musste die Bücher dort aufbewahrt haben. Am Boden lagen vereiste Ketten, die anscheinend dem Zweck gedient hatten, die Verdrängten festzuhalten.

Ich zuckte zusammen, als ich erkannte, dass eine dunkle Gestalt in einer der Grotten stand.

„Was machst du hier?", fragte ich argwöhnisch und schlang meine Arme um mich. Seine Körperhaltung hätte ich überall erkannt.

„Das Gleiche könnte ich dich fragen", erwiderte er und machte einen Schritt aus der Dunkelheit heraus.

„Ich habe Quirins Erlaubnis, hier zu sein. Und wie sieht es bei dir aus?" Es war seltsam, wieder mit Ben zu reden.

„Ich wollte mich nur ein wenig umsehen", entgegnete er gelassen und seine dunklen Augen sahen mich herausfordernd an, während ihm die Haare wild ins Gesicht fielen. Trotz seines betont ruhigen Auftretens fiel mir auf, dass etwas mit ihm nicht stimmte. Seine

155

Haut war ungewöhnlich fahl und unwillkürlich fragte ich mich, ob das an den Befragungen oder an seinem Aufenthalt in diesem Raum lag.

„Und wie ist dir das gelungen?", fragte ich misstrauisch, während ich durch das Gewölbe ging und mein Licht zu leuchten anfing. Dieser Raum hatte eine dunkle Ausstrahlung. Es war, als würde es hier nichts außer Stille und Dunkelheit geben – und als hätte man hier jegliche Art von Hoffnung, Vertrauen und Freude zerstört. „Es wundert mich, dass dich die Schutztempler einfach so vorbeigelassen haben."

Ben zog etwas aus seiner Tasche und hielt es in die Höhe.

„Ein Unsichtbarkeitselixier. Hat mir Simeon gegeben."

„Warum hätte er das tun sollen?", fragte ich schroffer als beabsichtigt.

Ben verengte die Augen und steckte das Elixier zurück in seine Hosentasche. „Du kannst ihn ja fragen."

„Warum wolltest du dich umsehen?", drängte ich zu wissen.

Er warf mir einen abfälligen Blick zu. „Vielleicht, weil ich diese Befragungen verabscheue?" Dann machte er einen Schritt auf mich zu. „Genauso, wie ich *diese* Befragung gerade eben verabscheue."

Ich ignorierte ihn und ging von Höhle zu Höhle. Dabei versuchte ich jede Unebenheit auszumachen, um einen Hinweis auf den Verräter zu finden. Mein Licht half mir und so erkannte ich nach wenigen Herzschlägen in einer der Grotten eine graue Markierung am Boden, die nicht hierhergehörte. Ich hockte mich nieder, um sie näher zu betrachten, und fuhr vorsichtig über die kreisrunde Stelle, die an Farbe verlor, aber noch warm war. Graue Asche blieb an meinen Händen kleben und ich spürte, wie ein geschenktes Wissen an die Oberfläche drängte. Es handelte sich dabei um ein Portal, eine alte, halb vergessene Magie.

„Du warst hier nicht alleine", schnaufte ich und stand auf. Mit wenigen Schritten stand ich Ben gegenüber und blickte ihm direkt in die dunklen Augen. „Was genau machst du hier? Warum lügst du mich an?"

Er erwiderte meinen Blick und sein unverkennbarer Duft nach Kräutern mit der holzigen Note drängte sich mir in die Nase.

„Man kann nicht wissen, wem noch zu trauen ist", sagte er kalt. „Merkwürdige Dinge passieren hier, Wächterin."

„Und deine Anwesenheit ist eine davon", entgegnete ich. „Wem bist du hierher gefolgt?"

Er reagierte nicht auf meine Frage und ich dachte, dass er gar nicht mehr antworten würde, als er mir schließlich direkt in die Augen sah.

„Caprice", knurrte er leise. „Ich habe sie in der Eingangshalle gesehen. Sie hat ihre magische Fähigkeit angewandt, um die Schutztempler dazu zu bringen, ihr den Rücken zuzuwenden. Hörst du, was ich sage, Wächterin? Sie hat *alle acht* dazu gebracht, sich umzudrehen und in eine andere Richtung zu sehen. Ihre Fähigkeit ist viel größer, als wir dachten. Viel größer, als sie uns in der Trainingshalle hat glauben lassen. Sie könnte die Verräterin sein."

„Aber …", flüsterte ich, „warum sollte sie die Bücher der Macht gestohlen haben?"

Ben zuckte mit den Schultern. „Vielleicht ist sie eine Totaa." Die Emotionslosigkeit in seiner Stimme ärgerte mich.

„Ich werde ihr folgen", sagte ich und blickte auf das Portal. Ich wusste, dass diese Entscheidung

Konsequenzen nach sich ziehen würde, aber ich fühlte in meinem Inneren, dass es trotzdem richtig war.

„Das ist ein verkehrt-verkehrtes Portal", sagte Ben. „Es ist nicht einfach zu durchschreiten."

„Ich weiß", sagte ich und sah ihm direkt in die Augen, „aber ich werde es trotzdem tun."

Kapitel 8

„Als du sagtest, du würdest dieses Portal durchschreiten … meintest du da noch in diesem Leben?", fragte Ben, der mit verschränkten Armen hinter mir an einer Wand lehnte.

„Gnirb hcim reih suar", flüsterte ich und trat auf die graue Markierung. Nichts passierte.

„Das Portal wird immer schwächer", sagte Ben.

„Danke, das fühle ich selbst", zischte ich. „Man muss sicher etwas Verkehrtes tun. Namen haben Macht, sonst würde es nicht so heißen, wie es heißt."

„Etwas Verkehrtes? Du meinst, etwas Falsches?", fragte Ben und seine Augenbraue wanderte in die Höhe.

Ich blickte ihn an und nickte langsam. „Vielleicht etwas, das sich falsch anfühlt. Gib mir deine Hand."

Ben rührte sich nicht von der Stelle und betrachtete mich kalt. „Dein Ernst?"

„Hast du eine bessere Idee?", schnappte ich.

Widerwillig löste er sich von der Wand und kam auf mich zu. Ich fühlte, wie mein Herz schneller schlug, als unsere Finger sich berührten. Es fühlte sich wirklich falsch an.

„Und jetzt?", fragte Ben unwillig.

„In Perxes' Tagebuch stand etwas von einem verkehrten Portal, das dich alles rückwärts denken lässt", ratterte ich herunter. „Deswegen habe ich den Satz „Bring mich hier raus" vorhin verkehrt gesagt."

„Hat aber nicht funktioniert", bemerkte Ben trocken.

„Es war vielleicht nicht verkehrt genug, lass es uns

nochmal gemeinsam probieren."

Wir machten einen Schritt in das Portal. Nichts passierte.

„Vielleicht müssen die Buchstaben *und* die Wörter verkehrt sein?", presste ich hervor. „Suar reih snu gnirb!" Rasch trat ich mit Ben auf die graue Markierung.

„Noch immer nicht verkehrt genug?", fragte er und betrachtete mich, als hätte ich nicht alle Beschwörungsformeln im Kopf.

Meine Augen weiteten sich. „Das ist es!", flüsterte ich. „Dreh dich um." Ben sah mich skeptisch an, gehorchte dann aber. Gemeinsam wandten wir dem Portal den Rücken zu. Dabei versuchte ich den Gedanken zu ignorieren, dass es vielleicht einfach zu spät war und das verkehrt-verkehrte Portal nicht mehr genug Kraft für einen Transport hatte.

„Suar reih snu gnirb", sagte ich laut und dann machten wir beide einen Schritt rückwärts und wurden in die Höhe gewirbelt.

Es fühlte sich an, als würden wir in mehreren Loopings durch einen Kaminschacht donnern. Alles war voller grauer Asche und als wir endlich auf eine grüne Wiese geschleudert wurden, schnappte ich gierig nach Luft. Der Abend dämmerte und das Licht der untergehenden Sonne sandte seine rotgoldenen Strahlen über uns.

„Du kannst mich jetzt wieder loslassen", erklärte ich unfreundlich, da sich Bens Berührung noch immer verkehrt anfühlte, wenn auch nicht verkehrt genug.

„Keine Sorge, das hatte ich auch vor", antwortete er hart und strich über seinen schwarzen Anzug, der mit Rußflecken bedeckt war. Selbst sein Gesicht war mit Asche verschmiert und ich nahm an, dass ich auch nicht viel besser aussah. Doch während Ben mit dem grauen Dreck im Gesicht noch verwegener als sonst wirkte, kam ich mir einfach nur schmutzig vor. Mit raschen Handbewegungen wischte ich mir die Reste des illegalen Transports vom Körper, die als grauer Sand auf die grünen Grashalme rieselten.

„Abscheulich", murrte Ben und spuckte Asche auf den Boden. „Diese Art zu reisen ist ja noch furchtbarer als die anderen."

„Du könntest auch einfach mal dankbar sein, dass es funktioniert hat", sagte ich und wusste sofort, wo wir uns befanden.

„Du weißt, wo wir sind", sagte Ben und fuhr sich durch die dunklen Haare.

Ich nickte.

„Also, wo sind wir?", drängte er zu wissen und ich fragte mich, warum ihn das alles hier überhaupt interessierte - nachdem er sich sonst weigerte, mit mir zusammenzuarbeiten. Aber anscheinend war ich ihm heute einfach einmal nützlich.

Ich band mir die Haare zu einem schlampigen Knoten zusammen. Meine Hände waren ganz grau und ich versuchte sie abzuputzen. „Finde es doch selber heraus", sagte ich schroff und folgte dem weiß funkelnden Pfad, der rechts von uns verlief. Ben schnappte nach meinem Arm und hielt mich fest.

„Du kannst das hier nicht alleine durchziehen", sagte er ernst.

Ich entwand mich seinem Griff.

„Ich kann das hier nicht alleine durchziehen?", wiederholte ich schroff. „Was haben die Verdrängten mit dir gemacht, Ben? Haben sie auf einmal deine Teamfähigkeit ausgegraben?"

Bens Mundwinkel zuckte. „Dann sind sie bei dir anscheinend auf eine Höflichkeitsader gestoßen", entgegnete er zynisch.

Ich sog scharf die Luft ein. „Du denkst, ich soll nach all dem, was passiert ist, noch freundlich zu dir sein? Du bist damals einfach abgehauen, hast keinen Wert auf Teamarbeit gelegt – obwohl es noch Fragezeichen in Bezug auf uns gibt."

„Fragezeichen?", wiederholte Ben und ich konnte nicht erkennen, ob er es ernst oder spöttisch meinte.

„Ja – falls du dich erinnern kannst, hat Coel alles unternommen, um uns als Menschen voneinander fernzuhalten. Der Grund interessiert dich nicht", sagte ich und verstand selbst nicht, warum mein Puls plötzlich in die Höhe schoss. „Aber mich interessiert es, weil hier alles eine Bedeutung hat. Nur dir ist mal wieder alles egal, du verschwindest lieber und haust einfach ab, zu Tara."

Ben zog eine Augenbraue hoch. „Geht es also um Tara? Ist das irgend so ein weiblicher Konkurrenzscheiß?"

Am liebsten hätte ich ihm jetzt mit meinem Wächterstab eins übergezogen.

„Sag, hörst du mir überhaupt zu?", fragte ich.

Bens Gesichtszüge verhärteten sich. „Lee, was auch immer passiert ist, ist jetzt nicht relevant", sagte er bestimmt. „Die Bruderschaft und Quirin haben die Kontrolle verloren und die Verdrängten hätten niemals freigelassen werden dürfen. Es gibt einen Verräter unter uns, der mit den Büchern der Macht sicher nichts Gutes vorhat – und wir sind wahrscheinlich die Einzigen, die ihn ausfindig machen können." Er machte eine kurze Pause. „Vielleicht ist es Caprice, vielleicht auch nicht. So oder so sollten wir herausfinden, woher sie dieses Portal hatte und was sie weiß."

Irritiert blickte ich in Bens dunkle Augen. Ich hätte viel von ihm erwartet, aber die Offenheit und Logik, mit der er argumentierte, überraschte mich. Auch wenn ich es nicht gerne zugab, hatte er recht.

„Gleich hinter der Anhöhe müsste das Weiße Sanatorium liegen", sagte ich knapp und setzte mich in Bewegung.

„Geht doch", hörte ich Ben antworten, und ohne mich umzudrehen, wusste ich, dass er grinste.

Das letzte Mal hatten wir Simeon im Weißen Sanatorium besucht und jetzt folgten wir wahrscheinlich einer Verräterin dorthin. Irgendwie schien sich der schnörkellose weiße Kubus, der weder Fenster noch Türen aufwies und einsam auf der grünen Wiese thronte, mit keinen positiven Erinnerungen verbinden zu lassen.

Als Ben und ich den quadratischen Bau erreicht hatten, schob sich die milchweiße Front lautlos zur Seite und führte uns direkt in die strahlend weiße Eingangshalle.

Hinter dem langen weißen Empfangstresen stand ein dicker Sinnträger mit Ziegenbart. Er trug eine hochgeschlossene weiße Uniform, die sich eng um seinen Körper schmiegte. Seine braunen Haare waren kurz geschoren und seine spiralförmige Gesichtszeichnung, die sich in dicken Linien über seine linke Wange erstreckte, entfachte sich in hellem Weiß.

„Was ist denn mit Ihnen passiert?", fragte er und sah uns erschrocken an. „Eine Explosion? Eine Granate?"

„Wir sind nur schmutzig", entgegnete Ben trocken.

Der Empfangstyp wich automatisch einen Schritt zurück. „Das ist ja furchtbar", sagte er. „Das ist ja fast noch schlimmer. Sehen Sie immer so aus?"

„Ja. Wieso?", antwortete Ben und der weiße Träger

hielt sich die Hand über den offenen Mund.

„Wir sind hier, um eine Freundin zu besuchen, sie heißt Thaya", erklärte ich ruhig, während meine Augen versuchten, sich an das klinische Weiß des Sanatoriums zu gewöhnen. Wohingegen der Empfangstyp sich erst an die graue Asche an uns gewöhnen musste. Er schien sichtlich nach Fassung zu ringen.

„Aber zuerst müssen Sie durch die Reinigungsstation", meinte er und musterte uns von oben bis unten. „Wahrscheinlich zwei Mal."

Nachdem wir die Reinigungsprozedur über uns hatten ergehen lassen und in frische weiße Besucheruniformen gekleidet waren, holte uns der Vertrauensträger vom Empfang ab und quittierte unseren sauberen Anblick mit einem erfreuten Lächeln. „Sehr schön", sagte er und ließ seine Hand über die weiße Wand gleiten, die sich sogleich zur Seite schob. Dahinter übergab er uns an eine junge Heilerin mit kurzen blonden Haaren. Ihr Name war Luna.

„Ihrer Freundin geht es bei uns sehr gut", erklärte sie, während wir durch die weißen Korridore schritten, die keine erkennbaren Türen aufwiesen. Ich nickte und war froh, dass wir Thaya als Vorwand benutzen konnten, um in den Besucherbereich zu gelangen.

„Was genau hat sie denn?", fragte ich. Nachdem die Bücher der Macht gestohlen worden waren und Quirin uns in der Bruderschaft eingeschlossen hatte, war ich so mit meiner eigenen Situation beschäftigt gewesen, dass ich mir über Thaya gar keine Gedanken mehr gemacht hatte. Im Nachhinein kam mir ihr Aufenthalt im Weißen Sanatorium aber ungewöhnlich lange vor.

„Das ist schwer zu sagen. Sie scheint einen

schwermütigen Charakter zu besitzen. Damit wird das Leben natürlich nicht leichter und die Grenzen zwischen natürlichen Gefühlsschwankungen", Luna bog um eine Ecke, „und einer schwerzunehmenden Depression sind fließend, genauso wie zu einer ausgeprägten Hysteritis."

„Ich fände hier ein paar Grenzen auch nicht schlecht, ob fließend oder nicht", warf Ben trocken ein und betrachtete die hellen Wände mit tiefer Abscheu.

Die Heilerin lächelte. „Diese klinische Umgebung mag im *ersten* Moment verstörend wirken."

Ben schnaubte abfällig. „Auch im zweiten."

„Es ist eine Vorsichtsmaßnahme gegen allerlei Arten von Infektionen. Die Wände reagieren bei Kontakt mit magischen Krankmachern, indem sie die Verunreinigung aufzeigen. Auf diese Weise sehen wir auf einen Blick, wo eine magische Kontamination stattgefunden hat."

„Und warum kann man keine Türen sehen?", hakte Ben nüchtern nach.

„Die Verschleierung der Türen ist ein effektives Sicherheitssystem", erklärte die junge Heilerin stolz. „Schließlich müssen wir die Patienten schützen."

„Eine gute Freundin von uns arbeitet hier beziehungsweise hat hier gearbeitet", sagte ich schnell und lächelte Luna an. „Ihr Name ist Caprice."

„Oh, ihr seid mit Oberheilerin Caprice befreundet?" Die weiße Zeichnung der Heilerin begann zu strahlen. „Ihr dürft euch über ihre Freundschaft sehr glücklich schätzen."

„Wieso?", fragte Ben.

Luna hielt kurz inne. „Ich meine ...", ihre Stimme klang ein wenig gehetzt, „eine Freundschaft zu so einer großen Heilerin ist doch etwas ganz Besonderes."

Ich kniff die Augen zusammen und sah mir die weiße

Trägerin genauer an. „Luna, was verheimlichen Sie uns?"

Die Heilerin blieb stehen und vergrub ihren Kopf in den Händen.

„Luna, sagen Sie es einfach", meinte Ben und seine Stimme klang ungewohnt sanft.

„Ich liebe meinen Sinn", erklärte sie erstickt und sah uns an. In ihren Augen lag ein Hauch Verzweiflung. „Ich vertraue anderen gerne, verstehen Sie? Ich finde es schön, nicht alles hinterfragen zu müssen, einfach loszulassen und den Trägern zu vertrauen. Man kann nicht von mir erwarten, dass ich etwas für mich behalte."

„Nein, das kann man wirklich nicht", pflichtete ihr Ben bei.

„Ich, ich … es ist ja auch nicht so, dass es etwas Schlimmes wäre", meinte sie und starrte Ben an. „Gute Geheimnisse darf man doch erzählen, oder?"

Ben nickte. „Mir können Sie auch die schlechten erzählen." Ich weiß nicht, wann ich in dem Gespräch genau beschlossen hatte, mich herauszuhalten. Aber Ben brillierte in seiner Rolle als Heilerin-Flüsterer und ich war selbst überrascht, wie empathisch er sich gab. Hätte ich ihn nicht besser gekannt, hätte ich es ihm fast abgekauft.

„Es gibt bei uns im oberen Geschoss einige Patienten, die sich nicht mehr an ihre Namen und ihre Vergangenheit erinnern können. Es sind sehr schwere Fälle mit wenig Hoffnung auf Heilung. Deswegen geben wir ihnen Namen, um eine Verbindung zu ihnen aufzubauen."

Ben und ich nickten.

„Und da gibt es den Patienten Lelas. Er ist ein sehr höflicher Sinnträger, sehr reizend … obwohl er leider nur wenige helle Momente hat." Sie hielt kurz inne und verschwand in ihren Gedanken.

„Und was hat das mit Caprice zu tun?", fragte Ben

und legte der Heilerin fürsorglich seine Hand auf die Schulter. Ich zog eine Augenbraue hoch. Ben musste der Ernst der Lage wirklich bewusst sein, um sich so zu geben.

„Caprice kümmert sich einfach rührend um ihn. Auch außerhalb ihrer Arbeitszeiten. Und obwohl sie vor einigen Monaten ihre Aufgaben als Heilerin drastisch reduziert hat, besucht sie ihn dennoch regelmäßig."

„Sie hat einfach einen guten Charakter", meinte Ben und in seinen Tonfall hatte sich wieder diese Prise Sarkasmus eingeschlichen, die für ihn so typisch war.

„Unsere Freundin Thaya ... auf welchem Geschoss befindet sich ihr Zimmer?", fragte ich Luna.

„Gleich hier, im Erdgeschoss. Sie gehört schließlich zu den einfacheren Fällen, wenn ich das so sagen darf."

„Das würde ich vielleicht nicht so ausdrücken", meinte Ben, als mir eine Idee kam.

„Ach, weißt du, wen wir schon immer mal besuchen wollten?", fragte ich Ben, der mich irritiert ansah. Luna betrachtete mich erwartungsvoll.

„Wir haben so einen hübschen Turm in der Schwarzweißen Stadt, Luna", erklärte ich, „und wir wollten uns schon immer bei unserer Vermieterin bedanken, dass sie uns das *Vertrauen* schenkt, dass wir dort wohnen dürfen." Bens Mundwinkel zuckte.

Luna legte die Stirn in Falten. „Und Ihre Vermieterin ist hier? Arbeitet sie hier?"

„Nicht direkt", sagte Ben.

„Ihr Name ist Nellina."

Luna nickte und ihre Augen weiteten sich. „Nellina kenne ich ... und Sie wollen wirklich zu ihr?"

„Ja, das wollen wir. In welchem Geschoss befindet sich denn ihr Zimmer?", fragte ich.

Luna sah Ben und mich an und ich unterdrückte mein erwartungsvolles Schmunzeln, als sie sagte: „Im oberen Geschoss."

Der Lift befand sich hinter einer der weißen Türen, die wie aus dem Nichts auftauchten, wenn man an der richtigen Stelle stehen blieb.

„Stellen Sie sich auf die leuchtenden Kreise", instruierte uns Luna und deutete auf die Bodenmarkierungen, die kurz aufleuchteten. „Wir benutzen im Weißen Sanatorium einen Wirbellift, bitte erschrecken Sie nicht."

Ben und ich stellten uns auf die Markierungen und einen Herzschlag später wurden wir nach oben gewirbelt. Meine Haare waren total zerzaust und ich brauchte einen Moment, um sie wieder zu richten.

„Nellina ist damit einverstanden, Sie zu sehen", empfing uns ein schlanker Heiler mit Glatze. „Folgen Sie mir."

Wir schritten durch einen Gang, der wie der untere Korridor nur weiße Wände aufwies. Nach 294 Herzschlägen blieb der Heiler stehen und eine Tür tauchte vor ihm auf.

„Sie betreten den Raum auf eigene Gefahr", informierte er uns. „Falls irgendetwas sein sollte, betätigen Sie bitte den Alarmknopf."

„Das werden wir tun", sagte ich und öffnete die Tür. „Willst du wirklich zu der Verrückten?", flüsterte mir Ben zu.

„Sie weiß vielleicht, wo sich das Zimmer von diesem Lelas befindet", erklärte ich leise, als wir Nellinas Raum betraten.

Einen Augenblick später war das klinische Weiß verschwunden. Wir befanden uns in einer weiten roten

Schneelandschaft, in der es nichts gab außer Schnee. Es war deutlich kühler hier und ich schlang die Arme um meinen Körper.

Nellina war gerade damit beschäftigt, sich eine Art Iglu zu bauen.

„Hallo", sagte ich, als sie herumfuhr. Ihre dunklen Haare klebten in ihrem Gesicht und ihr Blick flackerte.

„Du hast es dir ja schön eingerichtet", meinte Ben und sein Blick wanderte über die karge Schneelandschaft.

„Schön, dass es dir aufgefallen ist", entgegnete Nellina und lächelte.

Wir hatten die Wutträgerin nur zur Unterzeichnung des Mietvertrages gesehen und damals hatte sie weitaus normaler gewirkt als jetzt. Ich hatte nicht gewusst, wie schlimm es um sie stand.

„Das hier ist Blutschnee", sagte sie und vergrub ihre Hand in dem rötlichen Pulverschnee. Sie nahm eine Portion und leckte mit der Zunge darüber. Dann hielt sie uns die offene Hand hin. „Wollt ihr auch mal?"

„Nicht heute", sagte Ben gelassen. „Weißt du, wo wir Lelas finden?"

Ich drehte mich zu ihm um und funkelte ihn an. „Könntest du das auch ein bisschen einfühlsamer fragen?"

„Die Alte ist verrückt", entgegnete er. „Da hat einfühlsam keinen Wert."

„Ihr wolltet gar nicht zu mir?", fragte Nellina und ihr Gesicht verzog sich gekränkt. „Ich kenne euch doch, ihr seid meine Mieter."

„Ja", sagte ich, obwohl ich inzwischen nur noch allein in dem Turm wohnte.

„Seid ihr gute Mieter?", fragte Nellina und hüpfte plötzlich von einem Bein aufs andere. „Ich mag den Schnee, ich mag ihn so gerne. Und meine Pflanzen. Seid ihr gut zu meinem Garten?"

„Ja, das sind wir", bestätigte ich.

„Aber ihr dürft nicht alle Pflanzen essen und auch nicht mischen, vor allem nicht die schwarze Pflanze, haltet euch fern davon … oder esst sie und leistet mir Gesellschaft." Sie lachte laut auf. Es war ein Lachen, das einem Angst einjagen konnte.

„Siehst du, ich habe dir immer gesagt, dass der Dschungelgarten boshaft ist", raunte mir Ben ins Ohr.

„Aber wahrscheinlich haben sie die schwarze Pflanze schon entfernt." Nellina lachte und zeigte uns ihre Zahnlücken. „Illegal. Illegal, haben sie gesagt."

Ben verschränkte die Arme vor der Brust. „Also, weißt du jetzt, wo dieser Lelas sein Zimmer hat?", fragte er ungeduldig.

Nellina lächelte ihn an und verschränkte die Arme vor der Brust, genauso, wie er es getan hatte. „Also, weißt du jetzt wie man ein Iglu baut?"

„Das ist nicht dein Ernst", entgegnete Ben.

„Doch", antwortete Nellina, die nun völlig klar wirkte.

„Das Iglu ist wirklich sehr schön geworden", sagte ich und unterdrückte das Schmunzeln, als wir in dem weißen Korridor an der Stelle stehen blieben, die Nellina uns aufgezeichnet hatte.

Ben hielt mir seine Hände entgegen, die krebsrot von der Kälte und dem Blutschnee waren. „Rot", sagte er knapp. „Ich hasse Rot."

Ich zuckte nur mit den Schultern und war erleichtert, als die Tür vor unseren Augen auftauchte.

Caprice fuhr herum, als wir den Ort betraten, der wie der Innenhof eines Klosters wirkte. In der Mitte stand ein dreistöckiger Brunnen aus hellem Sandstein, um den eine perfekt gestutzte hüfthohe Hecke verlief. Dahinter führten Arkaden in das helle Klostergebäude.

Die Sonne ging gerade auf und Caprice saß mit einem blonden Mann an dem großen Springbrunnen und strich ihm zärtlich über die Hand.

„Was wollt ihr hier?", fragte sie und ihre Augen verengten sich.

Ich spürte, dass wir einen intimen Moment störten, aber für behutsames Vorgehen hatten wir keine Zeit. Meine Hand legte ich vorsichtshalber auf meinen Wächterstab.

„Du bist aus der Bruderschaft geflohen", sagte ich. „Glaubst du nicht, dass das ein schlechter Zeitpunkt war?"

„Ihr seid mir gefolgt? Das hättet ihr nicht tun sollen", entgegnete sie vorwurfsvoll und stand auf. Der Mann mit den sanften braunen Augen starrte auf das Wasser des Springbrunnens, das leise vor sich hin plätscherte. Dann schrie er plötzlich auf und Caprice wandte sich ihm zu und nahm ihn in den Arm, bis er sich beruhigte. Der Mann ließ sich hin und her wiegen, seine Schreie verstummten langsam und sein Blick verlor sich im Nichts.

„Was hat er?", fragte ich leise.

Sie warf mir einen eisigen Blick zu. „Er hat gute Tage. Und dann wieder ganz viele schlechte", erklärte Caprice nach einem Moment des Schweigens. Sie strich ihm eine Haarsträhne aus der Stirn und in ihrer Berührung lag eine ungewohnte Sanftmut.

„Du kümmerst dich um ihn?", fragte Ben.

Sie nickte. Ihr hellblonder Zopf hing ihr über die Schulter. „Ich weiß, dass ihr das nicht verstehen werdet, aber er ist etwas ganz Besonderes."

„Wieso ist er hier?", fragte ich und machte einen vorsichtigen Schritt auf die beiden zu.

Caprice presste die Lippen aneinander. „Er hat eine unheilbare Krankheit und wir wissen nicht, welche. Noch nicht."

„Du hast nach einem Heilmittel gesucht", stellte ich fest und setzte mich neben sie. „Deswegen hast du auch die Schriftrollen an dich genommen."

Caprice wischte sich schnell über die Augen und schluckte. „Eine Beziehung zu einem Patienten ist unprofessionell."

„Du arbeitest ja kaum noch hier", sagte Ben und betrachtete die sorgsam geschnittene Hecke.

Caprice schüttelte den Kopf. „Trotzdem. Es ist nichts, worauf ich stolz bin. Aber ich konnte nicht so lange weg von ihm bleiben und ich wollte diese Wesen auch nicht länger nach ihm graben lassen." Sie nestelte an ihrem Anzug herum und beförderte eine Pille zutage, die sie rasch hinunterschluckte.

„Was war das?", fragte ich.

„Nur etwas, um meinen Sinn zu stärken und mich gegen die Verdrängten zu wappnen", sagte sie ruhig. Lelas streckte ihr die Hand entgegen und Caprice ergriff sie. „Ich musste einfach zu ihm. Wenn ihr das der Bruderschaft berichten wollt, dann tut es. Und wenn man mich dann aus dem Kreis ausschließt, ist es mir egal." Sie machte eine Pause und sah mir tief in die Augen. „*Er* ist mir wichtig, mein Herzenswunsch ist, dass er gesund wird – das ist mir wichtiger als alles andere."

Nachdem uns Caprice in Thayas Zimmer geführt hatte und wieder zu ihrem Lelas zurückgekehrt war, empfand ich tiefes Mitgefühl für sie. Es war das erste Mal, dass die sonst so bestimmte und perfekte weiße Trägerin eine verletzliche Seite gezeigt hatte. Vielleicht lag es an meinem Instinkt, vielleicht lag es an ihrer Zuneigung zu dem kranken Lelas, aber ich konnte mir beim besten Willen nicht vorstellen, dass Caprice für den Diebstahl der Bücher verantwortlich war.

„Das sieht ganz nach Jaron aus", murmelte Ben, als wir Thayas Raum betraten. Und tatsächlich, wir befanden uns in einer runden Kammer mit unzähligen Skulpturen. Das ganze Zimmer erinnerte mich an das Zuhause des Freudeträgers, mit den farbenfrohen Mosaiken und den Buntglasfenstern.

Thaya nahm eine Büste in die Hand, die auf einem grünen Sockel stand, und schmetterte sie auf den Boden. Erst jetzt erkannte ich, dass es sich um eine Skulptur von Casela handelte.

„Da ist wohl jemand nicht gut drauf", bemerkte Ben trocken.

Thaya, die ein dunkelblaues Nachthemd trug, drehte sich zu uns um und ihre zarten Gesichtszüge sahen verbittert aus. „Lee, Ben. Möchtet ihr mir helfen, die Skulpturen zu zerstören?"

Ben schnaubte abfällig. „Sind denn alle hier drinnen verrückt?"

Ich hob bezeichnend eine Augenbraue. Dann wandte ich mich der Trauerträgerin zu. „Thaya, wir müssen mit dir sprechen. Es ist etwas Schlimmes passiert … und wir müssen wissen, ob dir vielleicht etwas aufgefallen ist. Du bist die Einzige, die noch nicht befragt wurde – und vielleicht weißt du etwas."

„Was ich weiß", begann sie und sah uns zornig an, „ist, dass ihr mich das erste Mal hier drinnen besucht, seit ich abgeschoben wurde – und dann wollt ihr natürlich etwas von mir. Kein: ‚Wie geht es dir Thaya?'", sie ging zur nächsten Büste, die auf einem blauen Sockel stand, und schmiss sie klirrend zu Boden, „kein: ‚Schön dich zu sehen, Thaya', nichts. Gar nichts."

Sie starrte uns an.

„Gut. Schön, dich zu sehen", sagte Ben.

Thaya verengte die Augen und nahm die nächste Skulptur in die Hand, um diese von ihrem schwarzen Sockel zu schmeißen. „Gerade habe ich mir vorgestellt, dass das du wärst", sagte sie an Ben gewandt und lächelte süß.

„Thaya, es tut mir leid", sagte ich versöhnlich. „Du hast recht. Wie geht es dir denn?"

Sie verschränkte die Arme vor der Brust. „Ich gehöre nicht hierher. Ich bin völlig gesund."

Ich warf Ben schnell einen scharfen Seitenblick zu und er hielt seinen Mund.

„Ehrlich, Lee", erklärte Thaya und strich eine dunkle, lange Haarsträhne aus ihrem zarten Gesicht, „ich glaube, dass man mich hier absichtlich festhält. Um mich aus dem Weg zu räumen."

Meine Stirn legte sich in Falten. „Wer hält dich hier absichtlich fest?"

„Na sie." Sie deutete auf die Büsten, die alle Caselas Kopf trugen. „Sie wollte mich aus dem Weg räumen. Sie nennt es Wahnsinn, aber ich nenne es Liebe."

„Wir verschwenden hier nur unsere Zeit", flüsterte mir Ben zu.

„Diese Casela", begann Thaya und steigerte sich in eine Art Rausch, „ja, die arbeitet im Ministerium der Wachsamkeit, na und? *Ich* bin eine Auserwählte, wer ist sie denn schon? Und Jaron, der empfindet nicht wirklich etwas für sie, mir kann er nichts vormachen, mir nicht. Der verbringt doch kaum Zeit mit ihr und wenn, dann fragt er sie doch nur aus." Thaya nestelte an ihrem Nachthemd herum und Bens Blick verdunkelte sich. „Er fragt sie aus? Worüber denn?"

Thaya schien einen Moment zu überlegen, ob sie Ben wirklich eine Antwort geben wollte, ließ sich dann aber dazu hinreißen, ihre Aussage zu bekräftigen. „Über alles Mögliche fragt er sie aus. Hauptsächlich irgendwelche Sachen über Quirin. Und irgendwelche alten Zauber." Sie machte eine kurze Pause. „Und über diesen seltsamen achten Raum."

Kapitel 9

„Es war also Jaron", sagte Ben, als wir aus dem Weißen Sanatorium kamen. „Er hat die Bücher gestohlen. Wieso sonst hätte er Casela auf die alten Zauber und den achten Raum ansprechen sollen?"

Ich blickte über das grasbewachsene Areal, das einige hundert Meter entfernt von einer düsteren Waldgrenze gesäumt wurde, und wusste nicht, was ich denken sollte. War Jaron tatsächlich der Dieb? Und wenn ja, wieso hatten die Verdrängten es nicht geschafft, ihm dieses Geheimnis zu entreißen?

„Ich muss mit ihm reden", sagte ich schließlich.

Ben hob eine Augenbraue. „Und was denkst du, von ihm zu erfahren? Hoffst du auf ein Geständnis?" Der Sarkasmus in seiner Stimme war unüberhörbar.

„Jaron hat sich verändert", erwiderte ich leise, „aber mein Instinkt hat mich nie auf ihn hingewiesen, irgendetwas stimmt hier nicht."

„Ach so. Hat dich dein Instinkt denn auf einen anderen aus der Bruderschaft hingewiesen?"

Ich schwieg. Tatsächlich hatte ich insgeheim Caprice verdächtigt. Aber da wir jetzt eine Erklärung für ihr merkwürdiges Verhalten bekommen hatten, schied sie wohl aus. Oder war es voreilig, das zu denken?

„Was geht in deinem Kopf vor?", fragte Ben.

„Dass wir wirklich mit Jaron reden müssen, um die Zusammenhänge zu verstehen", erwiderte ich. „Wir dürfen keinesfalls vorschnell urteilen."

Wir hatten den langen, schmalen Tunnel zur Bruderschaft kaum betreten, als mich das Gefühl befiel, dass irgendetwas nicht stimmte. Meine Wachsamkeitslinien erwärmten sich und ich lauschte angespannt in die Dunkelheit.

„Spürst du das auch?", fragte ich Ben, während wir in der kreisrunden Grotte auf den magischen Transport in die Eingangshalle warteten. Die Atmosphäre war anders – sie war kälter als sonst.

„Vielleicht ist ihnen aufgefallen, dass wir abgehauen sind", sagte Ben und fuhr sich über seinen Dreitagebart. „Es ist Wahnsinn, dass wir freiwillig zurückkehren."

Ich kam nicht dazu, zu antworten, denn in diesem Moment wurden wir in die achteckige Eingangshalle transportiert und der Anblick, der sich uns bot, war furchtbar.

Mir stockte der Atem und meine Gesichtszeichnung begann so hell zu leuchten, dass Ben seine Augen mit der Hand abschirmte. Das Adrenalin schoss durch meine Adern, während ich mich entsetzt im Kreis drehte.

Ich hatte erwartet, von den Schutztemplern empfangen zu werden, ich hatte erwartet, von ihren Ebenbildern zu Quirin gebracht und für das Verlassen der Bruderschaft zur Rechenschaft gezogen zu werden. Aber das hier hatte ich nicht erwartet.

Alle acht Schutztempler waren tot.

Bestialisch ermordet von den Verdrängten. Ich sah es an ihren schwarz gewordenen Augen und den klaffenden Wunden, jenen Stellen, wo die Verdrängten den Schutztemplern ihre geheimsten Geheimnisse entrissen hatten. Einem war der Bauch aufgerissen worden, einem anderen fehlte ein Teil der Schädeldecke und ich blickte schnell zur Seite, während Ben unterdrückt fluchte und sich vor mich schob.

„Kaum ist man mal fünf Minuten weg, schon passiert so was", fauchte er.

„Das waren die Verdrängten", flüsterte ich. „Sie müssen aus den Befragungszellen entkommen sein."

Ben nickte. Die Gesichter der Schutztempler waren im Tod zu grauenvollen Fratzen der Angst erstarrt und ich konnte den Schmerz in ihren Zügen sehen.

Fröstelnd drehte ich mich im Kreis. Irgendetwas störte mich an dem Bild, das sich mir bot, und ich erkannte es erst auf den zweiten Blick: Einer der Schutztempler trug kein achteckiges Amulett um den Hals.

„Sieh mal", sagte ich zu Ben und ging neben dem Leichnam in die Knie. Er lag vor dem Korridor, der zum Labor führte, und war noch immer warm.

„Scheint so, als hätte der Typ sein tiefstes Geheimnis mit eigenen Augen gesehen", sagte Ben, als er in das Gesicht des toten Templers blickte. Sein Mund war zu einem qualvollen Schrei aufgerissen und ich schluckte, als ich in die leeren Augenhöhlen blickte, aus denen Bäche von Blut geronnen waren.

„Offenbar sind die Verdrängten komplett außer Kontrolle geraten", sagte ich leise. Ich wies auf den Schutztempler, der vor uns auf dem Boden lag. „Er hat kein Amulett um den Hals – das muss der Grund sein, warum sie die Verdrängten nicht aufhalten konnten."

„Denkst du, dass die Verdrängten noch in der Bruderschaft sind?", fragte Ben ebenso leise zurück.

Ich sog die Luft ein und richtete mich kopfschüttelnd auf.

„Ich weiß es nicht."

In diesem Augenblick ging ein ohrenbetäubender Alarm los.

Erschrocken drehte ich mich um, als ich einen Luftzug im Rücken spürte. Casimir kam mit Jesper, Edomir und einem Templer im Schlepptau in die achteckige Halle gestolpert. Jesper wirkte völlig erschöpft und auch Edomir sah aus, als ob er sich kaum noch auf den Beinen halten konnte. Dennoch blitzten Jespers Linien rot auf, als er mich neben Ben stehen sah.

„*Wo wart ihr?*", zischte Casimir uns über den Krach des Alarms hinweg an. Seine Kutte war zerrissen und sein Gesicht ungewöhnlich bleich. Ben und ich tauschten einen kurzen Blick.

„Wir sind einer Spur gefolgt, um den Verräter zu finden", erwiderte ich schreiend. „Wo sind die anderen?"

Der hagere Ekelträger starrte mich aus seinen dunklen Augen an und ich versuchte den Gedanken, dass Simeon etwas zugestoßen sein könnte, mit Gewalt zur Seite zu schieben.

„Wo ist Simeon?", brüllte nun auch Ben und Casimir machte eine beiläufige Handbewegung, woraufhin die Lautstärke des Alarms abnahm.

„Er war bei der Befragung, als die Verdrängten von ihrer Gier übermannt wurden", zischte Casimir.

„Ist er tot?", stammelte ich.

„Bewusstlos", erwiderte der Ekelträger kalt, während Edomir neben ihm beim Anblick der Leichen ringsum leise wimmerte.

„Was ist mit Jaron?", fragte Ben und machte einen Schritt auf Casimir zu. „Wo ist er?"

„Verschwunden", spie ihm der hagere Templer entgegen und mir fiel auf, dass auf seiner Wange eine geschwungene, orange Färbung zu sehen war, die mich an den Freudeträger erinnerte. „Er hat uns getäuscht."

„Inwiefern?", fragte ich alarmiert, während ich schnelle

Schritte hörte. Im nächsten Moment tauchte Caprice aus dem Korridor auf, der zum achten Raum führte.

„Sieh an, noch eine Auserwählte, die es vorgezogen hat, die Bruderschaft zu verlassen", fauchte Casimir mit glühenden schwarzen Linien.

„Was ist hier passiert?", verlangte Caprice zu wissen und Casimir stieß ein Grollen aus, das die Glaskuppel über uns zum Zittern brachte.

„Die Verdrängten sind geflohen! Alle meine Schutztempler sind tot! Und das alles nur wegen des Zaubers dieses vermaledeiten Freudeträgers!", brüllte Casimir. Ich hatte ihn noch niemals so außer sich erlebt.

„Ich nehme an, dass unsere Gefangenschaft damit aufgehoben ist?", bemerkte Jesper. „Jaron ist weg, seine Magie hat den Verdrängten die Flucht ermöglicht. Damit ist wohl klar, dass er der Dieb ist. Warum hätte er das sonst machen sollen?" Obwohl Jesper von den Befragungen schwer gezeichnet war, war klar, dass er nur ein Ziel verfolgte: hier rauszukommen und sich zum Gestalter der Wut wählen zu lassen.

Casimir funkelte ihn an und ich sah, wie sich seine knochigen Hände zu Fäusten ballten.

„Sofern es mich betrifft, seid ihr nach wie vor *alle* verdächtig", fauchte er und blickte uns nacheinander an. „Dennoch hat die Einkerkerung der Verdrängten aktuell oberste Priorität. Ihr beide", Casimir starrte Ben und mich an, „werdet in die Pyramide der Wachsamkeit reisen und Quirin benachrichtigen, da der Gestalter nicht auf seinen Kommunikationskristall reagiert." Er richtete seinen Blick auf den verängstigten Templer, der neben ihm stand. „Du ziehst dich in die Hinweiskammer zurück und suchst nach einer Möglichkeit, wie man die Gefahr für die Sinnliche Welt so gering wie möglich halten kann, und der Rest von euch", er sah Caprice, Edomir und Jesper an, „wird den Spuren der Verdrängten folgen. Wutträger, ich erwarte von dir, dass du Kontakt mit den Beschützern aufnimmst. Sie müssen uns bei der Suche unterstützen." Casimir blickte beunruhigt auf die Leichen ringsum und spuckte aus. „Ich hätte nie gedacht, das mal sagen zu müssen, aber wir brauchen jede Hilfe, die wir kriegen können."

***

Ben und ich stiegen aus dem Wasserbecken im Inneren der Pyramide und die gelben Lichtsteine an den Wänden leuchteten hell auf. Ich atmete tief durch. Die Wasserreisen gelangen mir inzwischen völlig problemlos, selbst wenn ich einen Begleiter hatte.

Ben schüttelte sich das Wasser aus seinen Haaren und ich konnte die Sorge in seinem Gesicht sehen. In der letzten halben Stunde war so viel geschehen, mit dem wir nicht gerechnet hatten. Die Schutztempler waren tot, Jaron war geflohen und die Verdrängten bewegten sich frei durch die Sinnliche Welt. Doch das Schlimmste war, dass selbst Casimir besorgt ausgesehen hatte.

„Willkommen in der Pyramide der Wachsamkeit", sagte in diesem Moment eine melodische Stimme hinter uns. Ich drehte mich um und erblickte eine umwerfende Tierverbundene mit türkisblauen Augen und tiefschwarzen Haaren, die nicht mehr als ein paar Orchideenblätter am Leib trug. Ihre Augen glitten kurz über Ben und ein verführerisches Lächeln legte sich auf ihre tiefroten Lippen. Dann wanderte ihr Blick zu mir und ihr Lächeln erstarb.

„Was ist euer Begehr?", fragte sie deutlich kälter. Es war

Nasela, die mich mit unverhohlener Abscheu musterte. Hinter ihr erkannte ich ihren Zwilling Casela, die mich aus leicht geröteten Augen ansah und leise schniefte.

Nasela fuhr herum. „Jetzt reiß dich mal zusammen, du ruinierst noch alles, wofür wir so hart geschuftet haben!"

Die zweite Wachsamkeitsträgerin zuckte zusammen und senkte beschämt den Kopf.

Ich spürte, wie sich mein Wachsamkeitslicht entzündete. Wusste Casela etwas über Jarons Verschwinden? Hatte sie deshalb geweint?

„Wir müssen zu Quirin", sagte ich an Nasela gewandt.

Sie sah mich kühl an. „Gestalter Quirin befindet sich zurzeit in einer Besprechung …"

„… und darf deshalb nicht gestört werden", ergänzte Nasela schwach.

Ich setzte zu einer Antwort an, doch Ben kam mir zuvor. „Gestalter Quirin wird euch ohne Essen und Trinken in die Wüste jagen, wenn ihr uns nicht zu ihm lasst", sagte er ruhig.

Die Tierverbundenen starrten ihn an und ich sah, wie Casela ihrem Zwilling einen kurzen, unsicheren Blick zuwarf.

Naselas gelbe Linien, die mich an Orchideenblüten erinnerten, begannen zu leuchten. „Folgt mir", presste sie hervor.

„Danke, ich kenne den Weg", sagte ich und drängte mich an ihr vorbei.

Quirins Räume befanden sich in der gläsernen Spitze der Pyramide und da sein Büro keine Tür, sondern nur einen Sandvorhang hatte, traten wir, ohne zu klopfen, ein.

„Du überraschst mich", sagte Coel in diesem Moment

zu dem Gestalter der Wachsamkeit. Er saß auf einem gläsernen Stuhl vor Quirins Schreibtisch und trug eine grüne hochgeschlossene Robe, die seinen schlanken Körperbau betonte. Bei seinem Anblick begann mein Herz zu klopfen. Der Gestalter des Erstaunens unterbrach sich mitten im Satz und blickte uns mit hochgezogenen Augenbrauen an. Sein attraktives Gesicht mit den hohen Wangenknochen wirkte überrascht und ich starrte unbewegt zurück, während sich ein dumpfes Gefühl in meinen Magen schlich. Coel war es damals gewesen, der Ben und mich in der Menschenwelt auseinandergebracht hatte.

Warum hatte er das getan? Am liebsten hätte ich ihn einfach gefragt, aber ich wusste, dass jetzt nicht der richtige Zeitpunkt dafür war.

„Was tut ihr beiden hier?", schnitt Quirins eiskalte Stimme durch den gläsernen Raum. „Ich wollte doch nicht gestört werden." Von hier oben aus hatte man einen fantastischen Blick über die endlosen Weiten der Wüste, die sich rund um die Pyramide bis zum Horizont erstreckte.

„Wir müssen mit Euch sprechen", entgegnete ich und straffte die Schultern.

„Wir werden später sprechen", erwiderte der kahlköpfige Gestalter bestimmt. Er trug einen hellen Anzug aus Edelsand, dessen Körner sich leicht bewegten.

„Es ist sehr wichtig", setzte ich an, wurde aber von Ben unterbrochen.

„Jaron ist verschwunden. Und die Verdrängten ebenso, nachdem sie alle Schutztempler gekillt haben. Casimir hat Euch nicht erreicht, also sind wir hergekommen, um es Euch persönlich zu sagen."

Quirins Gesicht wurde bleich und er starrte uns an.

„Die Verdrängten?", wiederholte Coel fassungslos. „Die Verdrängten, diese Verdrängten?" Er wandte sich Quirin zu. „Was hast du getan?"

„Ich habe getan, was ich für notwendig befunden habe", erwiderte Quirin und stand auf. Ich konnte sehen, wie es hinter seiner Stirn arbeitete. „Wie lange ist es her, seit sie die Bruderschaft verlassen haben?"

„Ungefähr 47 Minuten", sagte ich. „Vielleicht etwas länger."

„Die Verdrängten waren sicher im achten Raum eingeschlossen, wie konntest du sie nur freilassen?", erregte sich Coel und erhob sich ebenfalls. „Ich kann es nicht glauben. Ich kann es einfach nicht glauben."

„Die Verdrängten haben von mir eine Aufgabe erhalten", entgegnete Quirin scharf. „Sobald sie das Rätsel, mit dem ich sie betraut habe, gelöst haben, werden sie in den achten Raum zurückkehren."

Coel fuhr sich durch sein braunes Haar mit den graumelierten Schläfen. „Und wenn sich dieses Rätsel nicht lösen lässt?"

„Jedes Rätsel lässt sich lösen", sagte Quirin.

„Nein, tut es nicht!", rief Coel. „Was tust du, wenn derjenige, der die Antwort auf die Frage in sich trägt, längst tot ist? Wie sollen sie ihre Aufgabe dann erfüllen, kannst du mir das verraten?"

„Ich habe die Sache im Griff", schnappte Quirin und rieb sich die Stirn. „Nasela!"

Die beiden Zwillinge traten wie Schatten durch den Sandvorhang, obwohl Quirin nur eine von ihnen angesprochen hatte.

„Was wünscht Ihr, Gestalter?", fragte Nasela ehrerbietig mit niedergeschlagenen Augen.

„Wir haben einen Notfall. Code sieben. Stell ein

Team zusammen. Und nimm Kontakt zu Casimir auf, er soll euch die entsprechenden Informationen zukommen lassen."

„Wie Ihr wünscht, Gestalter", sagte Nasela und verschwand wieder durch den Raum. Casela stolperte hinter ihr her und warf einen kurzen Blick zu uns. In ihren Augen konnte ich Angst sehen.

Aber wovor fürchtete sie sich? Vor den Verdrängten? Oder ging es um Jaron?

„Du glaubst also, die Sache im Griff zu haben?", wiederholte Coel beißend und machte einen Schritt auf ihn zu. „Du irrst, Quirin. Was bist du hochmütig geworden! Du denkst, du kannst alles *allein* machen, aber das kannst du nicht! Die Verdrängten, bei meinem Sinn, wir müssen es den anderen sagen."

Quirin schüttelte den Kopf. „Noch nicht. Lass uns erst -"

„Was?", fauchte Coel. „Was willst du erst noch tun? Wir müssen es den anderen sagen – jetzt sofort! Weißt du nicht mehr, was beim letzten Mal passiert ist? Hast du vergessen, warum wir die Verdrängten einsperren mussten?"

„Natürlich weiß ich es noch", erwiderte Quirin scharf. „Beruf eine Sitzung ein, wenn es dich befriedigt, aber Fakt ist, dass uns das Reden nicht weiterbringen wird. Die Totaa ziehen mordend durch die Länder, jeden Tag werden mehr Sinnträger getötet und die Leichen spiegeln unsere Unschlüssigkeit und unser lasches Verhalten wider. Ich habe keine Lust, länger zuzusehen, ich möchte Ergebnisse."

Ich wechselte mit Ben einen kurzen Blick. Es war mir unangenehm, hier zu sein und das Streitgespräch der beiden Gestalter mit anhören zu müssen.

„Was ist mit diesem Jaron?", wandte sich der Gestalter des Erstaunens an uns. „Welche Rolle spielt er?"

Ich zögerte, während ich den Blick von Quirin suchte, der nach einem kurzen Moment resigniert nickte.

„Wir befürchten, dass er die Bücher der Macht gestohlen hat", erwiderte ich, obwohl es mir sehr schwerfiel, diese Worte auszusprechen. Ich wollte nicht, dass einer aus unseren eigenen Reihen ein Verräter war, ich wollte nicht, dass Jaron mich derart hinters Licht geführt hatte. Jaron, dem ich während der Missionen mein Leben anvertraut hatte.

„Das wird ja immer schlimmer", stöhnte Coel.

„Ihr werdet nach dem Freudeträger suchen", befahl Quirin. „Ihr kennt ihn, denn ihr seid mit ihm erweckt worden. Ich dulde kein Versagen."

Neben mir hörte ich Ben leise schnauben.

„Vielleicht sollte ich diese Aufgabe mit einem Wächter übernehmen", sagte ich und versuchte den Blick, den Ben mir von der Seite zuwarf, zu ignorieren.

„Ihr werdet einen Wächter an der Seite haben", nickte Quirin. „Ich gebe euch Gabriel. Und außerdem …" Er schien einen Moment nachzudenken. Dann schnippte er mit den Fingern.

„Ihr wünscht, Gestalter?", fragte Casela und trat mit gesenktem Kopf durch den Sandschleier.

„Du warst mit dem Freudeträger liiert", sagte Quirin hart. „Sag mir, wo er sich jetzt aufhält."

Casela blickte auf und in ihre rotgeweinten Augen traten Tränen. „Ich weiß nicht, wo er ist", beteuerte sie. „Ich weiß es wirklich nicht. Ich habe seit Tagen versucht, ihn zu erreichen. Er ist wie vom Erdboden verschwunden! Er hat weder auf seinen Kommunikationskristall reagiert, noch ist er nach Hause gekommen!"

Ich sah sie an und wusste nicht, ob ich ihr glauben sollte. Da Jaron, so wie wir, ein Gefangener der Bruderschaft gewesen war, war es keine Überraschung, dass sie sich seitdem nicht mehr gesehen hatten. Aber wusste sie wirklich nicht, wohin er abgetaucht war?

Nasela trat durch den Sandvorhang und warf Casela einen nachdrücklichen Blick zu, der zu sagen schien, sie solle ab sofort besser den Mund halten.

„Das Team ist unterwegs", informierte Nasela Quirin.

Der Gestalter nickte ihr zu. „Gut. Mach dich reise-bereit, du wirst dich der Suche nach dem Freudeträger anschließen. Als ihr Zwilling verfügst du über dieselben Informationen wie sie, aber zum Glück ...", er warf Casela einen unfreundlichen Blick zu, „nicht über dieselben *Emotionen*."

„Na wunderbar", murrte Ben, als wir in der Pyramide der Wachsamkeit auf Gabriel und Nasela warteten, die unser Team verstärken sollten. „Nicht nur, dass er uns mal wieder auf eine Suche schickt, er schickt uns auch noch mit dem Idioten und der Tussi los."

„Gabriel ist kein Idiot", widersprach ich entschieden und nestelte an meinem Wächterstab herum. Die Aussicht, mit Ben nach Jaron suchen zu müssen, machte mich irgendwie nervös und ich war froh, den Vertrauenswächter an meiner Seite zu wissen. Erstens gab er mir ein Gefühl der Sicherheit und zweitens konnte ich dann noch mit jemand anderem reden als mit Ben, dessen Kommunikationskristall ständig aufleuchtete, seit wir die Bruderschaft verlassen hatten.

„Willst du nicht rangehen?", fragte ich.

Ben sah mich seltsam an und griff nach dem Kristall, als Gestalter Coel um die Ecke bog. Seine groß gewachsene

Gestalt steuerte direkt auf uns zu und ich fühlte, wie sich mein ganzer Körper versteifte.

„Ah, die Wundertruppe. Mal wieder unterwegs, um die Welt zu retten?" Eine feine Ironie schwang in Coels Worten mit, eine Ironie, die mir sauer aufstieß. Wir hatten schon so viel riskiert für die Sinnliche Welt, waren so viele Wagnisse eingegangen, da stand es ihm nicht zu, uns zu verspotten.

„Wieso habt Ihr verhindert, dass sich unsere menschlichen Ichs getroffen haben?", fragte ich freiheraus und sah Coel direkt in die Augen.

Der Gestalter blickte mich mit einem Hauch Überraschung im Gesicht an und seine grüne Zeichnung begann zu glitzern.

„Da hat wohl jemand seine Hausaufgaben gemacht."

„Das ist keine Antwort", sagte ich.

Coel lachte und in seinem schmalen Gesicht bildeten sich Grübchen. „Du gefällst mir, Wächterin. Nun, ich werde dir sagen, warum ich eure menschlichen Ichs getrennt habe – aber ich fürchte, die Antwort wird dich nicht befriedigen."

Ben richtete sich auf und seine Augen waren unverwandt auf den Gestalter gerichtet. Ich warf ihm einen kurzen Seitenblick zu und wusste nicht, ob er diese Information überhaupt haben wollte.

„Es war meine Bestimmung", antwortete Coel leichthin.

„Eure Bestimmung?", wiederholte ich ungläubig.

„Überrascht es dich?", grinste der Gestalter des Erstaunens. „Dachtest du, andere Sinnträger haben keine Bestimmungen? Keine Prophezeiungen?" Er beugte sich ein Stück zu mir herunter und flüsterte mir zu: „Ich war auch am Dunklen Ort, weißt du."

Sein Atem streifte mein Ohr und ich wich automatisch einen Schritt zurück. Coel lächelte unbeeindruckt und richtete sich wieder zu seiner vollen Größe auf.

„Der Dunkle Ort war damals den Neuerweckten noch nicht verboten. Meine Prophezeiung sagte mir voraus, dass ich es zu großem Ruhm und Ansehen bringen würde, wenn ich die Liebe zwischen euch in der anderen Welt verhindere. Natürlich", er ließ seine Halswirbel knacken, „war ich sehr erstaunt über die seltsame Forderung der unsichtbaren Mächte. Aber wer war ich, die Prophezeiung in Frage zu stellen? Und seht, was es mir gebracht hat." Er breitete die Arme aus.

„Ihr seid also Gestalter geworden, weil Ihr Eure Prophezeiung erfüllt habt?", fragte ich skeptisch.

Coel zuckte mit den Schultern. „Ja, das ist wohl richtig."

„Und was macht Euch da so sicher?", hakte Ben nach.

„Nun, es bot sich mir kurz nach der … Intervention bei euch die Möglichkeit, an der Wahl eines Gestalters teilzunehmen. Und es hat mich ausnahmsweise nicht überrascht, dass ich gewonnen habe."

Er blickte prüfend auf den Zeitmesser an seinem Handgelenk. „Nun muss ich aber weiter, die Sitzung der Acht ruft."

„Das ist alles?", fragte ich fassungslos. „Mehr habt Ihr nicht dazu zu sagen?"

Coel zog eine Augenbraue hoch. „Was wünschst du dir denn zu hören? Dass es mir leidtut? Dass ich es bereue? Dass ich ein schrecklicher Sinnträger war, der nur seinen eigenen Interessen gefolgt ist? Über dieses Alter sind wir doch hinaus, Wächterin." Er lächelte nachsichtig. „Zumindest ich bin es."

Die Zeiten sind düster. Helligkeit und Dunkelheit streiten sich um die Vorherrschaft in der Sinnlichen Welt. Dabei begreifen sie nicht, dass wir nichts ohne den anderen sind.

Wie können wir Hellen uns über die Dunklen stellen?

Wie können wir glauben, besser zu sein?

Was auf den ersten Blick gut und erstrebenswert wirkt, verwelkt im nächsten Augenblick. Mein Sinn, der Sinn des positiven Vertrauens, gibt Kraft und Selbstvertrauen, doch führt er auch zu Arroganz und einem zu starken Glauben an sich selbst. Keiner ist davor gewappnet, seinen Sinn intensiv und bis zur Grenze zu leben – und bin ich besser, wenn ich Überheblichkeit in die andere Welt bringe? Ist jener, der das negative Vertrauen in sich trägt – mein dunkles Pendant –, schlechter, weil er zu viel vertraut? Was auf den ersten Blick als naiv und verachtenswert erscheint, blüht bei genauerer Betrachtung auf und ich empfinde tiefen Respekt für meine dunklen Freunde.

Denn was wäre eine Welt ohne Vertrauen in die anderen? In einer solchen Welt möchte ich nicht leben.

Nur die Facetten unseres Daseins, die Vielfältigkeit, die Balance zwischen den Sinnen ermöglichen Harmonie und Frieden. Wir werden nicht glücklicher sein, wenn wir die Dunklen vertreiben, misshandeln und töten. Wir werden dabei einen Teil unserer Selbst verlieren und dabei die wahre Dunkelheit in unsere Herzen kriechen lassen.

Quelle: aus dem Tagebuch der Vertrauensträgerin Ani

Kapitel 10

Coels Offenheit beschäftigte mich auf dem ganzen Weg zu Jarons Haus und auch die anderen beiden Wächter waren ungewöhnlich still. Gabriel hatte mich bei unserem Wiedersehen einfach nur kurz in die Arme geschlossen und bei Bens Anblick leise gegrunzt. Offenbar hatte sich an seiner Meinung über ihn nicht viel verändert, auch wenn sie im Kampf gegen Ruwen zusammengearbeitet hatten.

Nasela hatte ihr exotisches Orchideenkleid, das mehr enthüllte als bedeckte, gegen einen weich gewebten Reiseanzug getauscht, der jede Kontur ihres makellosen Körpers nachzeichnete.

Obwohl ich eine Frau war, fiel es mir schwer, die Augen von ihren Kurven zu nehmen, und ich rechnete es Ben und Gabriel hoch an, dass sie sich von dem Reiseoutfit unserer Begleiterin völlig unbeeindruckt zeigten. Nasela indessen war ihre Unzufriedenheit darüber, von Gestalter Quirin zu dieser Mission eingeteilt worden zu sein, deutlich anzumerken. Mit gerümpfter Nase marschierte sie ein Stück entfernt zu unserem ersten Ziel und sprach kein Wort.

Das bauchige Vasenhaus empfing uns mit gespenstischer Stille und es war seltsam, in Jarons Privatsphäre einzudringen. Vielleicht lag es daran, dass ich mit ihm zusammen in einem Team gewesen war, oder vielleicht lag es auch an meiner Erinnerung an ihn, wie er früher gewesen war – Fakt war, ich wünschte, wir wären hier schon fertig, als ich langsam von Raum zu Raum ging.

„Seid wachsam", sagte Gabriel mit seiner tiefen, bedächtigen Stimme. „Wenn der Freudeträger ein Anhänger der Totaa ist, könnte dieser Ort mit Fallen gesichert sein."

Ich zog meinen Wächterstab und hielt ihn locker in der Hand. Bisher zeigte er keine Fallen, ganz im Gegenteil. Alles sah genau so aus, wie man sich das Domizil eines Künstlers vorstellte: Es herrschte kreatives Chaos, fertige und noch unfertige Skulpturen bevölkerten jeden freien Platz, die Wände waren voller Gemälde und ein angefangenes Bodenmosaik in der Küche zeigte Jarons Drang, sich selbst zu verwirklichen.

Naselas gelbe Linien leuchteten hell, während sie sich durch die Räume bewegte und ihre Augen wie ein Adler über die Umgebung streifen ließ. Ben stieß die Tür zum Garten auf und warf einen kurzen Blick nach draußen, während Gabriel seine Hand auf eines von Jarons Gemälden legte und dabei die Augen schloss.

„Was tust du da?", fragte ich ihn.

Er wog seinen großen Schädel bedächtig hin und her.

„Ich versuche Kontakt aufzunehmen", antwortete er langsam.

„Kontakt mit wem, mit dem Bild?", ließ sich Ben spöttisch vernehmen, der hinter uns aufgetaucht war.

„Nicht mit dem Bild, mit dem Künstler", sagte Gabriel. „Auch ich bin ein Künstler."

„Ich dachte, du bist ein Wächter", warf Ben trocken ein.

Gabriel knurrte leise. „Ja, ich bin ein Wächter. Aber ich bin auch ein Künstler."

Ich dachte an Gabriels Sandadler und nickte.

„Die Kunst ist mehr als das, was man mit bloßem Auge sieht, Ekelträger", fügte Gabriel hinzu. „Jedes Kunstwerk gibt auch etwas über den preis, der es erschaffen hat."

Ich fühlte, wie ein tief verborgenes Wissen in mir an die Oberfläche drang, und legte behutsam meine Fingerspitzen auf eine von Jarons Skulpturen.

Ein Gefühl durchzuckte mich und ich hätte vor Schreck beinahe die Verbindung getrennt.

Da war Freude gewesen, als er sie erschaffen hatte. Freude über eine … List, die ihm gelungen war.

Ich spürte sein Hochgefühl, als er die Skulptur bearbeitet hatte. Sie zeigte eine schlanke, zerbrechliche Sinnträgerin, die verlangend die Hand nach jemandem ausstreckte. Der unbändige Drang, voller Hohn zu lachen, durchzuckte mich und ich fuhr keuchend zurück.

„Du hast es gefühlt, Wächterin", sagte Gabriel und nickte mir zu.

„Jaron hat Thaya manipuliert. Und sie war nicht die Einzige", flüsterte ich.

„Ist das jetzt euer Ernst?", schnaubte Ben. „Ihr legt eure Hand auf einen Stein und spielt Orakel?"

„Urteile nicht vorschnell, Ekelträger", knurrte Gabriel. „Es ist wie Magie. Wenn ein wahrer Künstler von der Inspiration ereilt wird, kann er gar nicht anders, als etwas von seiner Kraft in sein Kunstwerk fließen zu lassen."

Ben schüttelte den Kopf und wandte sich ab. Ich ging zu einem der Bilder und sah es mir genauer an. Es zeigte eine konturlose Schneelandschaft.

„Da war ihm wohl gerade kalt", bemerkte Ben trocken. „Das hat er wahrscheinlich reinfließen lassen."

Sanft berührte ich mit den Fingerspitzen das Bild und versuchte eine Verbindung herzustellen. Ich lauschte in mich hinein, aber da war nichts.

„Manchmal ist ein Bild auch einfach nur ein Bild, ohne tiefe Bedeutung, ohne Energie", sagte Gabriel und ging zur nächsten Skulptur. Sie war nur grob behauen und sah so aus, als wäre sie noch nicht fertiggestellt. Zu sehen war ein Sinnträger, der nachdenklich mit dem Zeigefinger über seine Augenbraue strich und in die Ferne blickte.

Als ich meine Hand auf den Stein legte, durchfuhr es mich wie ein elektrischer Schlag. Ich sah das Bild von Eden, dem Urgestalter des Ekels, aufblitzen. Und ich sah Jaron. Die beiden Gestalten schoben sich übereinander, der pummelige Freudeträger und der charismatische Eden verschmolzen miteinander und griffen beide voller Gier nach dem Schwarzen Buch. Mein Herz hämmerte wie wild, als ich die Verbindung löste.

„Jaron nähert sich Eden an", stieß ich hervor. „Und er hat mich die ganze Zeit über angelogen, er hat tatsächlich in dem Schwarzen Buch gelesen – er scheint besessen davon zu sein." Ich atmete tief durch. „Das Buch nimmt ihn ein, deswegen verändert er sich."

„Bist du sicher?", fragte Ben. „Er könnte doch auch einfach ein bisschen mehr Sport gemacht haben. Ich meine, neue Freundin und so – da nimmt man schon mal ab."

Ich schüttelte den Kopf. „Es war mehr als das." Entschieden griff ich nach Bens Hand und legte sie auf die Skulptur. „Spürst du das nicht?"

Ben sah mich skeptisch an, ließ die Finger aber auf dem grob behauenen Stein ruhen und zog sie plötzlich zurück, als hätte er sich verbrannt.

„Er hat mit sich gerungen", sagte Gabriel, der vor einem Bild stehen geblieben war, das die Farben Schwarz und Orange in einem wilden Kampf zeigte. Es war wie ein Strudel und ich spürte die tiefe Sehnsucht und innere Zerrissenheit, die Jaron empfunden haben musste, während er sich nach dem Schwarzen Buch sehnte und dabei gleichzeitig seine Freudenatur aufgab.

„Ich habe hier etwas gefunden", unterbrach Nasela meine Gedanken. „Es lag im Schlafzimmer, in einem Geheimversteck."

Mit spitzen Fingern hielt sie ein orangefarbenes Herz hoch, das mit Goldfäden durchwoben war.

„Was ist das?", fragte Gabriel und runzelte die Stirn.

„Ein Liebestattoo", sagte ich und trat näher. „Ich habe so etwas mal bei Otto im Magischen Laden gesehen."

„Das hier ist aber kein normales Liebestattoo", erwiderte die Wachsamkeitsträgerin. „Es ist viel, viel stärker. Und sieh, was im Herz steht." Sie hielt es mir hin und ließ es wie einen toten Fisch in meine Hände fallen.

„Casela und Thaya", murmelte ich, als ich die mit Goldfäden gestickten Wörter entziffert hatte. „Vielleicht wurde Thaya deshalb nicht aus dem Weißen Sanatorium entlassen."

„Aber warum sollte er sie dort festhalten wollen?", fragte Gabriel langsam.

„Vielleicht", überlegte ich laut, „hat er Thaya zuerst nur benutzt, um den Liebeszauber zu testen – den er später bei Casela eingesetzt hat. Und als ihm Thaya zu aufdringlich wurde und plötzlich zu viel über ihn wusste, musste er sie aus dem Weg schaffen. Die Gefahr war zu groß, dass sie jemandem von uns unwissentlich Informationen weitergab, die den Verdacht auf ihn lenken würden."

„Ich wusste es", ließ sich Nasela vernehmen. „Ich wusste, dass Magie im Spiel ist. Niemals wäre Casela sonst diesem *Freudeträger* verfallen."

„Wahrscheinlich hat Jaron gehofft, von Casela Informationen über das Versteck des Schwarzen Buches zu erlangen", sprach ich weiter. „Niemand sonst ist Quirin näher, als ihr es seid."

„Mistkerl", schnaubte Nasela und gab einer marmornen Skulptur, die eine lachende Trägerin darstellte, einen Tritt mit dem Fuß.

Ich fing sie gerade noch auf, während ich mir im Geiste eine Notiz machte, das Weiße Sanatorium über Jarons Liebeszauber an Thaya zu informieren.

„Aber wie ist Jaron in den achten Raum gekommen? Der Schutzzauber des Raumes war groß", sagte Ben.

Ich zuckte mit den Schultern, während ich meinen Wächterstab zückte und das Liebestattoo mit einem gezielten Schuss in Staub verwandelte. „Ich weiß es nicht, aber wir werden es herausfinden."

Die nächsten Minuten verbrachte ich damit, mich mit Jarons Kunstwerken zu verbinden. Bei einigen spürte ich gar nichts, bei anderen kamen Gefühle oder Bilder hoch – aber sie alle bestätigten nur das, was wir bereits wussten. Jaron hatte eine unbändige Sehnsucht nach dem Schwarzen Buch empfunden und er hatte sich verändert. Er nahm die Eigenschaften von Eden an – dem Urgestalter des Ekels, der das Schwarze Buch erschaffen hatte.

Durch einen Wintergarten gelangte ich schließlich in einen runden Raum, der wohl sein Atelier gewesen war. In der Mitte lag ein bunter Flickenteppich auf dem Boden und darauf stand eine Staffelei, auf der mit dunklen Pinselstrichen eine Sumpflandschaft skizziert worden war. Das Bild hatte einen düsteren Sog und ich hatte das Bedürfnis, näher zu treten und es mir ganz genau anzusehen. Meine Augen tauchten in das Kunstwerk ein und folgten jedem einzelnen Farbverlauf. Je länger ich es ansah, umso mehr Details entdeckte ich, die mich dazu verleiteten, noch tiefer einzusteigen. Ich wollte nie wieder etwas anderes als dieses Bild ansehen und als mir der Gedanke bewusst wurde, wandte ich verwirrt den Blick ab. Es erinnerte mich an das Gefühl, das ich bei Perxes' Tagebuch empfunden hatte, und es war definitiv nicht gesund.

Stattdessen ließ ich meine Augen durch den Raum schweifen. Dabei fielen mir leichte Kratzspuren auf dem Boden auf, die von ihrem Abstand exakt zu den Füßen der Staffelei passten. Rasch schob ich die Staffelei mit einem Ruck zur Seite und schlug den bunten Teppich zurück. Darunter befand sich eine Geheimtür.

„Ich habe hier etwas gefunden!", rief ich den anderen zu und zog an dem Griff. Die Holztür ließ sich mühelos anheben und offenbarte eine Treppe, die in die Dunkelheit hinunterführte. Ich aktivierte das Licht an meinem Wächterstab und stieg hinab. Sobald ich die letzte Treppenstufe erreicht hatte, wurde es ringsum hell und ich steckte den Wächterstab zurück.

Ich befand mich in einer runden Kammer mit Backsteinwänden, die von orangefarbenen Lichtsteinen erhellt wurden. In der Mitte der Geheimkammer stand ein schwerer Holztisch, auf dem jede Menge Bücher und Schriftrollen verstreut lagen. Ein angefangenes Gemälde von einem Ekelträger, dessen Gesicht halb im Schatten lag, lehnte an der Wand. Ich trat an den Tisch heran und betrachtete die Unterlagen. Auf einem vergilbten Pergament stand „Was geschah wirklich mit Magnus?" und ich überflog die Zeilen.

Es ist kein Geheimnis, dass Magnus der Auslöser für den Beginn des Ersten Sinnlichen Krieges war. Doch was geschah danach mit dem Dunklen, der aus Hass so viel Leid –

Hier wurde die Aufzeichnung so blass, dass man nicht weiterlesen konnte. Daneben lag ein Buch und ich griff mit zitternden Fingern danach. War es ein Zufall, dass es sich dabei um ein Duplikat genau desselben Buches handelte, das Simeon mir „geschenkt" hatte? Vorsichtig schlug ich es in der Mitte auf und fühlte ein leichtes Prickeln, als meine Augen über die Zeilen flogen.

Magnus starrte sorgenvoll hinunter auf die Schneelandschaft. Sein Haar war länger geworden und seine Züge härter. Die untragbare Situation mit den Hellen hatte auch bei ihm ihre Spuren hinterlassen und ihn verändert.

„Wie geht es dir, alter Freund?", fragte ich und ließ mich neben ihm auf der Hügelkuppe nieder. Es war der einzige Fleck, der nicht von Schnee bedeckt war. Dennoch fühlte ich die Kälte bis in meine Knochen dringen und zog den dicken Wollumhang fest um meine Schultern.

„Ich bin an diesen Ort zurückgekehrt", erwiderte Magnus leise. „Ist das nicht Antwort genug?"

Ich nickte stumm. „Und wie geht es … ihr?", murmelte ich, obwohl mich die Frage Überwindung kostete. Ich wollte mich nicht mit ihr beschäftigen, aber ich wusste, dass sie für ihn wichtig war.

„Sie kämpft", sagte Magnus leise und Schmerz schob sich in seine Augen. „Sie versucht den Glauben an das Gute in sich zu bewahren, während ich versuche, mich nicht von der Dunkelheit in mir mitreißen zu lassen. Inzwischen gelingt es mir nur noch an Orten wie diesem."

Der eiskalte Wind fuhr uns durch die Glieder und ließ die Blätter des Setzlings hinter uns leise klingen.

„Du hast einen Goldapfelbaum gepflanzt", sagte ich. „Sollen diese Bäume nicht Glück bringen?"

Magnus seufzte. „Ich habe ihn zu einer anderen Zeit gesetzt. Damals brannte die Sonne des Erstaunenslandes unbarmherzig auf mich nieder und ich sehnte mich nach einem schattenspendenden Baum. Nun weiß ich nicht, ob er diese Witterung überstehen wird." Er schwieg eine Weile und fuhr dann leiser fort. „Anis und meine Liebe füreinander gleicht diesem Setzling. Ich weiß nicht, ob sie dem Kältesturm trotzen kann, der um uns tost."

Ich wusste nicht, was ich sagen sollte, und legte Magnus einfach nur meine Hand auf die Schulter.

„Wir können uns nur noch in der anderen Welt treffen", fuhr er mit gebrochener Stimme fort. „Jeder meiner Schritte wird überwacht und sie warten nur darauf, dass ich einen Fehler mache. Dieser … dieser Tubalt", seine Augen verdüsterten sich, „er hat mich im Visier, er hasst mich und er will sie für sich."

„Tubalt ist einer der schlimmsten Sorte", stimmte ich ihm zu. „Du musst vorsichtig sein."

„Das bin ich doch!", fuhr Magnus mich an. „Findest du mich nicht vorsichtig? Ich habe mich an den einzigen Ort in der Sinnlichen Welt zurückgezogen, wo ich keinen fremden Gefühlen ausgesetzt bin, es ist der letzte neutrale Ort, an dem ich sein kann, ohne mir zu wünschen, sie alle mit bloßen Händen umzubringen. Meine Gefühle sind so stark, Gwydion, und sie verzehren mich von innen. Es ist wie ein dunkles Feuer, das in mir wütet, es ist Chaos, Hoffnungslosigkeit und Hass, es ist eine schwarze Spirale, die sich nur nach unten dreht und noch mehr Hoffnungslosigkeit und Hass mit sich nimmt."

„Du solltest sie nicht mehr sehen", sagte ich leise.

„Ich kann nicht ohne sie leben." Er strich über die Blätter des Setzlings. „Ich versuche mich mit anderen Dingen zu beschäftigen. Ich pflanze Bäume. Ich meditiere. Ich tue alles, um keine Hellen zu töten. Aber ich will sie töten, Gwydion. Das Verlangen, sie zu töten, wütet in mir und es wird von Tag zu Tag größer."

Er atmete schwer und ich verstärkte den Druck auf seiner Schulter.

„Magnus", sagte ich, „du musst nicht leiden. Schließe dich uns an."

„Was liest du da?", fragte Nasela und ich klappte

das Buch langsam zu. „Eine Geschichte aus der Vergangenheit. Ich habe das gleiche Buch zu Hause. Allerdings gibt es in meiner Fassung keinen Hinweis auf einen neutralen Ort im Erstaunensland."

Sie zog eine Augenbraue hoch und kam die Treppe herunter.

„Dann ist diese Information vielleicht entscheidend. Wenn du eine zensierte Version des Buches besitzt, sollten wir den Hinweis auf den neutralen Ort ernst nehmen."

Während ich nickte, leuchtete ihr Kommunikationskristall gelb auf und sie aktivierte ihn mit einer schnellen Bewegung.

„Es ist gut …"

„… dass du dich meldest", ergänzte ihr Zwilling Casela den Satz. „Ich fühle mich …"

„… befreit?", fragte Nasela neben mir. „Ich weiß. Der Freudeträger hatte dich …"

„… verhext", flüsterte Casela.

„Du musst Quirin Bescheid geben …"

„… dass der Zauber von mir genommen wurde", ergänzte Casela. „Das werde ich. Und dann …"

Nasela lächelte. „… wird er uns wieder mit jener Hochachtung betrachten, die …"

„… uns zusteht", seufzte Casela.

„Ich tue alles dafür, dass unser Ruf wiederhergestellt wird, meine Schwester", sagte Nasela. „Denk immer daran …"

„… dass das Band, das uns verbindet, stärker ist, als Magie sein kann."

Nasela schloss kurz die Augen und drückte den Kristall fester. „So ist es."

„Ich danke dir", sagte Casela. „Es ist mir eine Ehre …"

„… mit dir erweckt worden zu sein." Naselas Augen schimmerten und sie steckte den Kristall rasch wieder ein.

„Ihr steht euch sehr nahe", sagte ich.

Nasela straffte die Schultern und nickte. „Es ist sehr selten, dass Zwillinge erweckt werden", sagte sie steif. „Es legt den Schluss nahe, dass wir auch schon in der anderen Welt Zwillinge waren … und gemeinsam gestorben sind."

Ich blickte sie interessiert an. „Und in eurem Kreis waren wieder acht Sinnträger? Oder neun?"

„Wir waren zu acht", sagte Nasela. „In unserer Runde wurde dafür kein Freudeträger erweckt, aber so wie ich das sehe, war das kein großer Verlust." Sie blickte sich rasch auf dem Tisch um. „Was ist das?" Mit spitzen Fingern griff sie nach einer Schriftrolle, die mit einem schwarzen Band zusammengebunden war, und entrollte sie. Darauf stand:

Die Prophezeiung vom Anfang und Ende der Bücher

Wenn Hell und Dunkel aufeinander treffen
wenn der Tod einen Tod muss rächen
werden Acht sich zusammenfinden
ihre starke Gesinnung aneinander binden

Wenn die Seiten der Welt sich entfalten
wird das Schicksal in Händen gehalten
von einem, der Magnus sich nennt
dessen Schmerz die Welten verbrennt

Was in Liebe begonnen
wird in Hass genommen

und das neue Leben
ihm Allmacht geben

Nasela runzelte die Stirn und wühlte sich weiter durch die Dokumente. Ich starrte auf die Prophezeiung und versuchte die einzelnen Puzzleteile zusammenzusetzen. Warum hatte Jaron sich so intensiv mit der Geschichte von Magnus beschäftigt? Warum tauchte dieser Name immer wieder auf?

„Ein Geheimzimmer. Hätte ich Jaron nicht zugetraut“, sagte Ben, der gemeinsam mit Gabriel eben die schmale Holztreppe heruntergeklettert kam.

„Seht euch das an“, sagte ich und schob ihnen die Schriftrolle mit dem schwarzen Band hin. Ben nahm sie und las mit gerunzelter Stirn die Prophezeiung durch.

„Was soll das bedeuten?“, fragte er schließlich, bevor er die Schriftrolle an Gabriel weitergab.

„In all diesen Schriften hier“, ich wies auf den Tisch mit den Pergamenten und Büchern, „taucht immer wieder ein Name auf: Magnus. Was ist, wenn er tatsächlich Allmacht erlangt – und zwar durch die Bücher der Macht? Was ist, wenn *er* der geheimnisvolle Fremde ist, der Sinja getötet hat?“

Nasela wandte mir ihr Gesicht zu und ihre Augen wurden schmal.

„Und was hat Jaron mit Magnus zu tun?“, fragte Ben.

„Ich weiß es nicht“, erwiderte ich. „Aber wer auch immer die Bücher aus dem achten Raum gestohlen hat, muss Hilfe von außen gehabt haben. Wenn Magnus wirklich so mächtig ist, hat er Jaron vielleicht geholfen und ihm im Austausch dafür das Schwarze Buch versprochen. Vielleicht hatte Jaron die Bücher auch die ganze Zeit in der Bruderschaft versteckt und bringt sie jetzt, nachdem die Schutztempler tot sind, zu Magnus?"

„Das heißt, Magnus könnte der Drahtzieher des Ganzen sein", fasste Ben zusammen.

Ich nickte. „Und deswegen sollten wir unbedingt versuchen, ihn zu finden."

Kapitel 11

„Hallo! Willkommen in …" Der Erstaunensträger mit dem geflochtenen Rauschebart, der in dem windschiefen Häuschen am grün funkelnden Stadttor saß, runzelte nachdenklich die Stirn.

„Hast du etwa den Namen deiner Stadt vergessen?", fragte Ben nüchtern.

„Gib mir noch einen Moment", erwiderte der grüne Träger angestrengt und strich sich über seinen glänzenden Bart. „Wir vergeben jede Woche einen neuen Namen, das sorgt immer wieder für heitere Überraschungen." Er blätterte ein paar Unterlagen durch. „Ach ja! Willkommen in Sürpris", rief der Torwächter dann erleichtert aus. „Ich bin überrascht, euch zu sehen."

Gabriel starrte ihn an und seine buschigen Augenbrauen zogen sich zusammen. „Wieso?"

„Nun, weil ich nicht mit euch gerechnet habe", erwiderte der Erstaunensträger und wippte auf seinem Stuhl auf und ab. Er hatte eine grünlich schillernde Warze auf der Wange und ich versuchte, nicht zu genau hinzusehen.

„Wie hättest du mit uns rechnen sollen?", fragte Gabriel. „Wir haben uns nicht angemeldet."

„Ihr habt euch nicht angemeldet?", wiederholte der Träger ungläubig.

Gabriel schüttelte den Kopf.

„Normalerweise meldet sich jeder an."

„Ist das so?", fragte Gabriel. Obwohl der riesenhafte Wächter ein Träger des Vertrauens war, hörte ich deutlich den Zweifel aus seiner Stimme.

„Natürlich nicht!", lachte der Erstaunensträger im Torhäuschen. „Was ist der Grund eurer Reise?"

„Geht dich nichts an", knurrte Ben.

Der Torwächter zwirbelte seinen Bart und hob beide Augenbrauen. „Diese Antwort aus deinem Mund ist wenig überraschend, Ekelträger."

„Es soll in der Nähe dieser Stadt einen neutralen Ort geben", sagte Nasela knapp. „Weißt du, wo er ist?"

Ihre hellgelben Linien begannen zu glitzern und sie legte die Fingerspitzen auf ihre Zeichnung.

„Nein, das weiß ich nicht", erwiderte der Erstaunensträger mit gerunzelter Stirn. „Was machst du da?"

„Ich prüfe, ob du die Wahrheit sagst", antwortete sie ungerührt.

„Natürlich sage ich die Wahrheit, ich sage immer die Wahrheit."

„Lüge", konstatierte Nasela.

„Na gut, ich sage meistens die Wahrheit. Es geht dich überhaupt nichts an, wie oft ich die Wahrheit sage."

„Besser wäre es, du würdest jetzt die Wahrheit sagen", sagte Gabriel und verschränkte die muskulösen Arme vor der Brust. Durch seine Körpergröße wirkte die Geste enorm imposant und der Erstaunensträger schluckte.

„Selbstverständlich sage ich die Wahrheit. Ihr könnt übrigens froh sein, dass ihr noch vor Sonnenuntergang angekommen seid, denn die Gegend rund um Sürpris ist in der Nacht erstaunlich kalt. Deshalb schließen wir in der Abenddämmerung auch alle Stadttore. Wer zu diesem Zeitpunkt noch draußen ist, könnte vor Kälte erstarren und erst beim nächsten Sonnensturm wieder auftsauen. Da der letzte Sonnensturm aber zu Zeiten der Sinnlichen Kriege stattgefunden hat, ist es ziemlich wahrscheinlich, dass man niemals wieder auftaut."

„Wahrheit", ließ uns Nasela wissen. „Es ist tatsächlich gefährlich."

„Korrekt", antwortete der Erstaunensträger mit einem nervösen Lächeln. „Und nun willkommen in der Stadt Sürpris. Ich wünsche euch viel Vergnügen und die eine oder andere schöne Überraschung."

„Lüge", zischte Nasela und rauschte an ihm vorbei durch das Stadttor.

Überraschenderweise war Sürpris eine unglaublich hässliche Stadt. Während ich von den anderen Ländern ausgefallene Architekturen und magische Spielereien gewohnt war, so erwartete uns hier nichts dergleichen. Ein graues Hochhaus reihte sich an das nächste und der einzige Hinweis darauf, dass wir uns im Land des Erstaunens befanden, waren die smaragdgrünen Straßen, die bei jedem Schritt einen leisen Ton von sich gaben, wodurch uns die Melodie unserer Schritte begleitete.

„Ich hatte es mir hier ganz anders vorgestellt", sagte Gabriel und blickte sich zwischen den grauen Betonklötzen um.

„Insofern hat dich die Stadt bereits überrascht und ihrem Namen alle Ehre gemacht", sagte Ben. Der riesenhafte Wächter nickte langsam.

„Wo sollen wir unsere Suche nach dem neutralen Ort beginnen?", fragte ich, während wir durch die belebten Straßen schritten. Es machte mich unruhig, dass wir nur so wenige Anhaltspunkte hatten. Ich klammerte mich an die zensierte Information, dass Magnus sich an einen neutralen Ort in der Sinnlichen Welt zurückgezogen und dort einen Goldapfelbaum gepflanzt hatte. Mein

Instinkt sagte mir, dass wir diese Spur verfolgen sollten, doch mein Verstand warnte mich davor, mir zu viel davon zu erhoffen. Schließlich war die Geschichte aus dem Buch schon sehr alt und bedeutete noch lange nicht, dass Magnus diesen Platz noch immer als Rückzugsort verwendete, geschweige denn, dass Magnus überhaupt noch lebte.

„Ich werde mich einfach durchfragen", sagte Nasela selbstbewusst und steuerte einen großen Platz an, der laut einem Straßenschild Guck-mal-Platz genannt wurde. Hunderte Sinnträger hatten sich darum versammelt und sahen zu, was in der Mitte des weitläufigen Platzes geschah. „Ihr könnt hier solange auf mich warten."

„Wir sollen hier warten?", fragte ich irritiert. „Hast du noch nichts von Teamarbeit gehört?"

Die Wachsamkeitsträgerin blickte mich hoheitsvoll an und strich sich durch ihr glänzendes schwarzes Haar. „Da ich als Einzige über die magische Fähigkeit verfüge, Lügen zu erkennen, macht es keinen Sinn, dass ihr mich alle begleitet. Außer ihr ertragt es nicht, fünf Minuten von mir getrennt zu sein." Sie lächelte knapp und ließ mich stehen.

Ich blickte ihr kopfschüttelnd hinterher, während Ben gelassen zu einem nahegelegenen Getränkestand schlenderte. Auch Gabriel schien mit der Vorgehensweise einverstanden zu sein, denn er stellte sich neben Ben und ließ sich einen Überraschungsdrink servieren.

„Schmeckt anders, als ich erwartet habe", brummte er nach einem Schluck davon. Ich seufzte und sah mich auf dem Guck-mal-Platz um. In seiner Mitte befand sich eine kleine, kreisrunde Fläche, die von leuchtend weißen Lichtsteinen eingefasst wurde.

Neugierig trat ich näher. In dem Kreis standen

zwei weiße Bäume und auf jedem Baum saß ein Vertrauensträger.

„Wir praktizieren eine Übung des Vertrauens!", rief der eine weiße Träger dem anderen zu. „Wir springen, obwohl keiner unten wartet. Lass uns darauf vertrauen, dass alles gut geht!"

Die Szene erinnerte mich stark an meinen ersten Besuch im Vertrauensland und ich schüttelte ungläubig den Kopf.

„Auf drei springen wir!", rief der eine weiße Träger dem anderen zu. „Eins, zwei, …"

Die Lichtsteine rund um den Guck-mal-Platz leuchteten rot auf und die Szene wechselte.

„Oh, wie schade, nun wissen wir gar nicht, wie dieser Wahnsinn ausgeht!", erklang eine gutgelaunte Stimme durch ein Megafon. *„Wir springen nun ins Wutland. Guck mal, was da gerade abgeht."*

Auf dem Guck-mal-Platz war nun eine verkohlte Stadt zu sehen und ich fragte mich, ob sie von den Totaa angegriffen worden war oder immer so aussah. Auf einer feuerroten Bühne erkannte ich Dieter, der jauchzend und jubelnd in die Luft sprang. Ein roter Blätterregen fiel auf ihn nieder und das Publikum skandierte: *„Dieter, du bist unser neuer Gebieter!"*

„Hat er die Wahl tatsächlich gewonnen?", fragte Ben.

Ich nickte. „Sieht so aus."

„Wunderbar, dann ist die Welt ja jetzt in sicheren Händen", meinte Ben trocken.

„Danke! Danke für eure Unterstützung!", rief Dieter mit überschnappender Stimme. Vereinzelt waren Buhrufe zu hören. „Und danke auch für euren Zorn! Lasst ihn nur heraus!" Dieter breitete die Arme aus. „Ich verstehe eure Frustration! Ich wäre auch wütend, wenn mir ein Beschützer erst versprechen würde, für mein Land zu kämpfen, und damit nur leere Sprüche von sich gibt!" Seine Stimme wurde immer lauter. „Doch lasst mich klarstellen, dass euch dies nicht länger belasten muss, denn nun habt ihr mich, Dieter, euren neuen Wut-Gebieter!" Frenetischer Applaus setzte ein und die Lichtsteine rund um den Guck-mal-Platz veränderten ihre Farbe zu Blau. Das Bild wechselte erneut und diesmal war eine öffentliche Tränenlesung zu sehen.

„Unglaublich, hättet ihr das gedacht? So wie es aussieht, ist dieser Dieter tatsächlich der neue Wutgestalter geworden!", erklang die Stimme aus dem Megaphon. *„Mit so einer schillernden Persönlichkeit habe ich nicht gerechnet. Aber sehen wir mal, was unsere Heulsusen im Land der Trauer so machen!"*

„Faszinierend", sagte Gabriel langsam. „Der Guck-mal-Platz zeigt Orte aus den anderen Ländern. So etwas habe ich noch nie gesehen."

In dem Moment kam Nasela zurück. Die Tierverbundene warf sich ihre langen schwarzen Haare über die Schultern und klimperte mit ihren langen Wimpern. „Teamarbeit wird überbewertet", hauchte sie. „Ich weiß jetzt, wo wir hinmüssen."

Das Gebäude, zu dem sie uns führte, sah genauso aus wie alle anderen. Ein betongrauer Klotz in einer ganzen Straße mit betongrauen Klötzen, jedes genau drei Stockwerke hoch.

„Da drin finden wir den Mann, der uns weiterhelfen kann", sagte Nasela mit einem zufriedenen Lächeln, während sie mit wiegenden Hüften auf den Eingang zuschritt.

„Wie bist du an diese Information gekommen?", fragte

ich. Es fühlte sich nicht gut an, der Wachsamkeitsträgerin dermaßen ausgeliefert zu sein, und ich wünschte mir zum wiederholten Male, dass Ben gewusst hätte, wo sich der neutrale Ort befand. Schließlich hatte er mit Caprice schon alle sieben anderen neutralen Orte in der Sinnlichen Welt erforscht. Nur der im Erstaunensland war erstaunlich schwer zu finden gewesen.

Nasela warf mir über die Schulter einen selbstzufriedenen Blick zu. „Ich habe einfach ein paar grüne Träger gefragt, ob sie wissen, wer in der Stadt geheime Informationen beschaffen kann."

„Und da hat tatsächlich einer ‚Ja' gesagt?", fragte Gabriel ungläubig.

„Nein", antwortete Nasela betont langsam. „Aber dank meiner magischen Fähigkeit wusste ich, wer lügt. Und für diesen besonderen Fall hatte ich das hier." Sie zog ein kleines Fläschchen aus ihrer Kleidung, in dem noch die Rückstände eines glitzernden gelben Pulvers zu sehen waren.

„Was ist das?", fragte Gabriel stirnrunzelnd.

„Wahrheitsstaub", erwiderte ich überrascht. „Woher hast du das?"

„Also bitte." Ihre türkisblauen Augen blitzten mich an. „Wenn ich dir das verraten würde, wäre ich auch nicht besser als die Trägerin, die mir den Aufenthaltsort unseres Informanten genannt hat."

Nacheinander betraten wir das graue Gebäude. Drinnen war es überraschend kühl, fast wie in einer Bibliothek. Ein roter Läufer bedeckte den Boden und dunkle Polstermöbel verliehen der Eingangshalle eine antiquierte Atmosphäre. Gabriel blickte sich bedächtig um und sagte etwas, ohne dass ein Laut zu hören gewesen wäre. Auch Ben bewegte den Mund und schüttelte gleich darauf genervt den Kopf. Ich ging zu einem polierten Tresen, auf dem eine silberne Tischglocke stand, und klingelte. Das laute Geräusch war nach der Stille zuvor ziemlich unangenehm.

„Willkommen im Hotel der Überraschungen. Ihr habt einen Aufenthalt gebucht?", ertönte eine Kinderstimme und gleich darauf kletterte ein kleines Mädchen mit blonden Locken auf den Tresen.

Ich starrte das Kind an und wusste nicht, was ich sagen sollte. Das Mädchen war höchstens fünf Jahre alt – in Menschenzeit gemessen – und das alleine war schon unglaublich, da ich immer gedacht hatte, dass in der Sinnlichen Welt keine Kinder existierten.

Nasela setzte zu sprechen an, aber ihre Stimme war noch immer nicht zu hören.

„Ach so", rief das kleine Mädchen und klatschte in die Hände. „Jetzt sollte es wieder gehen."

Die Wachsamkeitsträgerin griff sich kurz an die Kehle. „Wir möchten zu Aston", sagte sie.

Das blondgelockte Mädchen seufzte theatralisch. *„Alle* wollen zu Aston. Was möchtet ihr von ihm?"

„Wir möchten ihm nur ein paar Fragen stellen."

„Natürlich. *Alle* wollen ihm nur ein paar Fragen stellen." Das kleine Mädchen verdrehte die Augen. „Ihr findet ihn im siebenundsiebzigsten Stock." Sie deutete mit ihrer kleinen Hand auf einen Paternoster.

„Im siebenundsiebzigsten Stock?", flüsterte mir Ben zu. „Bei drei Stockwerken?"

„Hier ist offenbar nichts, wie es scheint", flüsterte ich zurück und ging zu dem Aufzug. Die Fahrkabinen waren offen und ich stieg rasch ein. Ben und Nasela folgten mir, während Gabriel auf die nächste Kabine warten musste.

„Was weißt du über diesen Aston?", fragte ich Nasela, während wir nach oben fuhren und ich die Stockwerke mitzählte. Es stand zwar in jedem Geschoss eine Nummer, aber die waren anscheinend nur zur Verwirrung gedacht, denn sie wechselten sich wüst ab. Zuerst kam die 3, dann die 24 und danach eine 5.

„Ich weiß genauso viel, wie ich dir gesagt habe", gab Nasela kühl zurück. „Aston ist *die* Adresse in der Stadt, wenn es um Informationen geht."

„Dann kann ja nichts mehr schiefgehen", sagte Ben kalt.

„Exakt", erwiderte Nasela und ich war mir nicht sicher, ob sie das ironisch meinte.

Wir verließen den Paternoster im siebenundsiebzigsten Stockwerk und traten aus der Kabine direkt in eine riesige Hotelsuite. Sie war mit jedem erdenklichen Luxus ausgestattet und ich zählte dreizehn halbnackte Sinnträgerinnen, die sich auf den Polstermöbeln in ihren Negligés räkelten.

Ben grinste dreckig bei dem Anblick, der sich uns bot, während Gabriels Wangen feuerrot wurden, sobald er nach uns aus dem Paternoster stieg.

„Aston scheint ein Luxusleben zu führen", flüsterte ich den anderen zu, als ein tiefes, kehliges Lachen vom anderen Ende der Suite ertönte.

„Überlasst mir das Reden", flüsterte Nasela und drehte sich einmal rasch im Kreis. Vor unseren Augen verwandelte sich der Reiseanzug wieder in ihr hauchzartes Orchideenkleid, das der Fantasie wenig Spielraum ließ und den armen Gabriel in Verwirrung stürzte. Seine Wangen wurden noch röter und er wusste offensichtlich nicht, wo er hinsehen sollte. Nasela lächelte zufrieden und stolzierte hüftschwingend auf einen dunkelgrünen Seidenvorhang zu, der den vorderen Bereich der Suite vom hinteren abtrennte.

Ich wünschte, ich hätte gewusst, was sie vorhatte, als ich ihr zu dem Vorhang folgte, hinter dem sich ein riesiges Doppelbett befand. Und darauf … lag das kleine Mädchen von unten.

Sie trug einen seidenen Morgenmantel und hatte eine Zigarre im Mund, aber es war eindeutig das Mädchen von der Rezeption. Nasela blieb stehen und ihr klappte der Mund auf.

„Du bist Aston?", stammelte sie, sichtlich aus dem Konzept gebracht.

„Überrascht?", fragte das kleine Mädchen mit tiefer Männerstimme zurück und räkelte sich auf dem Bett. Dann winkte sie uns näher, wobei ich bemerkte, dass sie an jedem Finger einen dicken Goldring trug.

„Was wollt ihr?", fragte das Mädchen.

„Informationen", sagte ich rasch, da Ben, Gabriel und Nasela einfach nur glotzten.

Das blondgelockte Mädchen verzog schmollend den Mund. „Nun, das überrascht mich nicht. So könnt ihr das gleich wieder vergessen."

Nasela warf mir einen kurzen Blick zu und griff plötzlich nach meiner Hand.

„Wir beide möchten den neutralen Ort aufsuchen, um dort, frei von allen verwirrenden Gefühlen, unsere Liebe unter den Zweigen des Goldapfelbaumes zu feiern und den Bund fürs Leben zu schließen", sagte sie feierlich.

„Aha", sagte das kleine Mädchen mit der Männerstimme. „Und die beiden?" Es nahm einen Zug von seiner Zigarre und nickte in Richtung von Ben und Gabriel.

„Wollen dasselbe", antwortete Nasela wie aus der Pistole geschossen.

Das Mädchen schüttelte mitleidig den Kopf. „Das war schlecht, so schlecht. Denkst du wirklich, so eine kleine Lüge reicht, um mich zu überraschen? Das Einzige, was ich erstaunlich finde, ist der Umstand, dass ihr es überhaupt probiert."

Eine der leicht bekleideten Sinnträgerinnen im Zimmer lächelte spöttisch und begann langsam, ihre halterlosen Strümpfe über die schlanken Beine abzurollen. Darunter kamen Büschel voller meergrüner Haare zum Vorschein. Als sie die Strümpfe ausgezogen hatte, sah sie aus wie eine Ziege.

„DAS ist überraschend, nicht wahr?" Das Mädchen – Aston – kicherte. „Trotzdem ist es kein Grund, sie anzustarren." Die Kleine winkte mit ihrer beringten Hand. „Und ihr verschwindet jetzt. Ihr habt eure Chance gehabt." Sie pfiff durch die Zähne und zwei weitere kleine Mädchen, die genauso aussahen wie die Kleine vom Empfang und Aston, betraten das Zimmer durch eine Verbindungstür. Sie trugen grüne Uniformen und blickten uns böse an. Offenbar handelte es sich um einen Gestaltwandlungszauber, der dazu gedacht war, uns zu verwirren – beziehungsweise zu überraschen.

„Halt", rief ich. „Es ist wirklich wichtig! Wenn wir den neutralen Ort nicht finden, steht das Schicksal der Welt auf dem Spiel!" Ich legte theatralisch die Hand an die Stirn und hoffte, dass mein Verhalten für eine Wächterin überraschend genug war.

„Das ist so was von ausgelutscht!", seufzte Aston. „Damit willst du mich überraschen? Sorry, Süße, aber das habe ich alles schon hundertmal gehört. Ihr bringt mir hier nichts Neues. Wenn doch nur *einmal* jemand

214

käme und etwas täte, was mich WIRKLICH überra-"

Nasela machte eine blitzschnelle Handbewegung neben mir und das kleine Mädchen auf dem Bett stoppte mitten im Satz und blickte an seinem Körper hinunter. Eine feine goldene Klinge war direkt neben ihrem Herzen eingedrungen und wippte noch sanft nach.

Ich starrte entsetzt auf Nasela, die das Messer im Bruchteil einer Sekunde gezogen und auf Aston geschleudert hatte.

„Na, überrascht?", fragte sie eiskalt.

Das kleine Mädchen hob den Kopf und begegnete ihrem Blick voller Erstaunen. Ein dünner Blutfaden lief aus ihrem Mund.

„Ja", gurgelte es.

„Wie finden wir den neutralen Ort?", fragte Nasela hart.

„Ihr könnt ihn nicht finden. Nur wer ihn nicht finden will, findet ihn", flüsterte das Mädchen. Der rote Fleck, der sich auf dem seidenen Morgenmantel ausbreitete, wurde immer größer. Dann begann das Bild der Kleinen zu flimmern und plötzlich sah ich einen dicken, alten Mann auf dem Bett liegen. Das war also Astons wahre Gestalt.

„Chapeau", stieß er hervor. „Du hast mir die Überraschung meines Lebens beschert. Lass mich …", der Alte röchelte, „dir dasselbe Vergnügen bereiten."

Ich befand mich noch immer im Schockzustand, als seine wulstige Hand nach einer herabhängenden Kordel neben dem Bett tastete und daran zog.

Im nächsten Moment verschwand der Boden unter unseren Füßen und wir stürzten in die Dunkelheit.

Kapitel 12

Ich raste durch die Finsternis etwas Weißem entgegen. Neben mir hörte ich Nasela spitz schreien und dann presste mir der Aufprall auch schon die Luft aus den Lungen. Sekunden vergingen, in denen die Zeit einfach stillzustehen schien, und dann hörte ich Gabriel brüllen.

„Was hast du nur getan?", schrie der Wächter rechts von mir. Ich atmete tief ein und tastete über den Boden. Es war stockfinster und alles, was ich spürte, war, dass wir in weichem Schnee gelandet waren. Es war eisig kalt.

Neben mir stöhnte Ben und ich griff nach meinem Wächterstab und aktivierte sein Licht. Wir befanden uns auf einer weiten Ebene außerhalb der Stadt Sürpris und der Schnee fiel in großen Flocken vom Himmel.

„Wie konntest du das tun?", schrie Gabriel erneut. Sein Gesicht sah im Lichte meines Stabes aschfahl aus. „Du hast ihn ermordet!"

„Ich habe getan, was nötig war", erwiderte Nasela ohne jede Gefühlsregung. „Diese Mission ist wichtiger als das Leben eines Mörders und Zuhälters. Du kannst mir glauben, er hat es verdient." Mühsam kämpfte sie sich aus ihrer Schneewehe hoch und drehte sich einmal im Kreis, um sich wieder in ihren etwas wärmeren Reiseanzug zu hüllen.

„Das entscheidest nicht du!", brüllte Gabriel. „Ich bin ein Wächter. Ich hüte das Gesetz! Ich werde dich verhaften!" Er zog seinen Wächterstab und eine knisternde Energiehülle schloss sich um Nasela.

Die Wachsamkeitsträgerin warf ihr langes schwarzes

Haar zurück und verschränkte die Arme vor der Brust. „Und jetzt?", fragte sie. „Wie lange, glaubst du, hast du die Kraft, mich hier einzusperren? Quirin hat dich auf eine Mission geschickt und es geht hier um mehr als um das Leben eines kriminellen Erstaunensträgers. Die Stadt wird froh sein, ihn los zu sein."

Ich blickte mich um. Die Stadt schien mit jedem Atemzug noch weiter in die Ferne zu rücken und ich dachte mit Schrecken an die Warnung, die der Torwächter uns gegeben hatte. Wir sollten nach Einbruch der Dunkelheit nicht hier draußen sein.

Ben stellte sich neben mich und sein Geruch war das einzig Tröstliche in dieser Situation.

„Scheint, als hätten wir einen schlechten Zeitpunkt erwischt", sagte er leise.

Gabriel schnaubte noch immer wie ein wütender Sandbulle und ich legte dem Vertrauenswächter eine Hand auf den Unterarm. „Gabriel, dies ist nicht der richtige Zeitpunkt. Wir müssen sehen, dass wir aus dem Schnee herauskommen. Du weißt, was der Torwächter gesagt hat."

Gabriel nickte. „Wir müssen den neutralen Ort finden."

„Aber wir dürfen uns nicht wünschen, dort anzukommen", fügte Ben trocken hinzu.

„Wir versuchen einfach, gar nicht an ihn zu denken", schlug ich vor. Es war so kalt, dass meine Zähne jetzt schon zu klappern begannen. „Lass Nasela raus. Es kostet dich zu viel Kraft. Wir müssen einen Unterschlupf für die Nacht suchen. Es bringt nichts, jetzt über ihre Tat nachzudenken – aber sie wird sicher nicht ohne Konsequenzen bleiben."

Gabriel blickte mich an und seine weiße

Gesichtszeichnung in Form einer gezackten Feder leuchtete schwach auf.

„Ich vertraue dir, Wächterin Lee", sagte er mit klarer Stimme. „Doch ich werde nicht vergessen, was sie getan hat. Sie ist eine Mörderin, und Mörder vergesse ich niemals." Mit einem bitteren Zug im Gesicht löste er die Wächterkugel und Nasela fiel mit einem erschrockenen Laut in den Schnee. Dann drehte sich Gabriel um und stapfte davon.

Ich tauschte einen kurzen Blick mit Ben und wir folgten ihm.

Die Luft war bitterkalt, fast noch kälter als der Schnee, der in wunderschönen dichten Flocken zur Erde herabrieselte. Um uns herum war es ganz still, so still, dass nur das Stapfen unserer Füße und unsere keuchenden Atemzüge zu hören waren.

Immer wieder ertappte ich mich dabei, für den Bruchteil einer Sekunde an den neutralen Ort zu denken, auch wenn ich versuchte, meine Gedanken einzig und allein auf einen sicheren Unterschlupf zu richten.

Während unseres ganzen Weges sprachen wir kein Wort. Schon nach wenigen Schritten hatte ich das Gefühl, völlig durchgefroren zu sein, und schlang die Arme eng um meinen Körper.

Meine ganze Welt war weiß geworden und jeder Schritt durch die Schneemassen war schwerer als der vorangegangene. Die Nacht wurde immer kälter und es war, als würde ich von innen heraus zu Eis zu erstarren, während ich verzweifelt versuchte, nicht an Wärme und Schutz zu denken. Immer wieder tauchten große Schneeskulpturen in der Dunkelheit auf, denen wir auswichen, doch wenigstens schien von ihnen keine

Bedrohung auszugehen.

„Ich kann nicht weiter", keuchte Nasela irgendwann und ließ sich nach gefühlten Stunden mitten im Schnee auf die Knie fallen.

„Wir müssen weiter", drängte ich. „Wir müssen in Bewegung bleiben." Meine Lippen zitterten so sehr, dass meine Worte kaum zu verstehen waren.

„Nein, ich kann nicht", widersprach Nasela und schüttelte den Kopf.

„Aber es ist zu kalt, du wirst erfrieren, wenn du hierbleibst", stieß ich hervor.

„Wir müssen weitergehen", sagte Ben. Seine Lippen waren blau und seine Haare von Eiskristallen durchzogen. „Kommt jetzt."

Ich griff nach Naselas Arm, doch sie schüttelte nur stumm den Kopf.

„Ich glaube, ich sehe da vorne ein Licht", rief Gabriel und stapfte weiter.

„Gabriel!", rief ich hinter ihm her, doch er gab keine Antwort. Vielleicht hatte er mich nicht mehr gehört.

„Siehst du das Licht auch?", fragte ich Ben.

Er zögerte. „Lass uns noch ein Stückchen weitergehen. Vielleicht sehen wir es dann auch." Von dem Vertrauenswächter war inzwischen nichts mehr zu sehen, es war, als hätte ihn der Schnee verschluckt.

„Geht nur", sagte Nasela zitternd. „Ich komme gleich nach."

Ich schüttelte den Kopf. „Wir sollten uns nicht trennen."

Sie schloss für einen Moment die Augen. „Seht nach, ob ihr das Licht findet, es ist unsere einzige Hoffnung."

Ich weiß nicht, wie lange wir auf der Suche nach dem

Licht durch die Nacht irrten, aber irgendwann knickten meine Beine einfach unter mir weg und ich fiel in den Schnee. Und obwohl ich aufstehen und weitergehen wollte, blieb mein Körper einfach liegen. Die Kälte in mir war so groß geworden, dass ich das Gefühl hatte, als wäre jeder meiner Knochen aus Eis.

Ich fühlte Ben, der mich unter den Achseln packte und in die Höhe zerrte, doch mir war so kalt, dass ich nichts tun konnte, um ihm dabei zu helfen.

„Lee! Du darfst jetzt nicht aufgeben", keuchte er.

Meine Lippen waren längst zusammengefroren und ich starrte ihn nur an. Dichte Schneeflocken hingen ihm in den Haaren und sein Gesicht war vor Kälte schon fast ganz blau.

Ich schüttelte leicht den Kopf, um ihm zu signalisieren, dass ich nicht weiter konnte.

„Schon gut", flüsterte er und ich sah, wie er verzweifelt nach einer Lösung suchte, die es nicht gab. „Wir bleiben hier." Neben uns befand sich eine Eisskulptur und er ließ sich zu Boden sinken. „Hier haben wir etwas Schutz vor dem Wind", flüsterte er und zog mich auf seinen Schoß. „Schieb deine Hände unter mein T-Shirt", befahl er und ich schüttelte den Kopf.

„Na los, wir müssen uns gegenseitig wärmen. Es ist die einzige Chance, diese Nacht zu überstehen", meinte er mit leiser Stimme.

„Ich bin zu kalt", flüsterte ich, nachdem ich meine Lippen endlich voneinander gelöst hatte.

„Jetzt mach schon", knurrte er. „Oder stirbst du lieber, als mich anzufassen?"

Ich schob meine Finger unter sein Shirt und er zuckte, als ich seine Haut berührte. Die Wärme, die von ihm ausging, war das Beste, was ich seit langem gefühlt hatte, und ich ließ meinen Kopf erschöpft gegen seine Schulter sinken, während er mich fest umarmte und ich dem Drang, meine Augen zu schließen, endlich nachgab.

Helles Licht weckte mich und ich genoss für einen Moment die wärmenden Strahlen auf meiner Haut, bevor ich versuchte, die Augen zu öffnen. Es knirschte leise und ich spürte, dass mein Gesicht von einer dünnen Eisschicht überzogen war, die durch die Bewegung aufbrach.

Orientierungslos blinzelte ich. Ich hatte mich an Bens Brust gekuschelt, doch es fühlte sich an, als wäre er aus Stein.

„Ben", hauchte ich und versuchte meine Finger zu bewegen. Mein ganzer Körper krachte und knackte, als das Eis, das sich auf mir gebildet hatte, zersplitterte.

Bens Kopf ruhte auf der Schneefigur und sein Gesicht hatte längst keine Farbe mehr. Es sah aus, als wäre er völlig zu Eis erstarrt.

„Ben!", schrie ich und rüttelte an seiner Schulter, doch er reagierte nicht. Funkelnde Schneekristalle fielen aus seinen Haaren, doch sonst bewegte sich nichts.

Mit einem Schrei holte ich aus und ließ meine Faust auf seine Brust donnern. Ein lautes Krachen ertönte und der Eispanzer, der sich um Ben gebildet hatte, bekam Risse.

Ich schlug ein zweites und dann noch ein drittes Mal gegen seine Brust und beim letzten Schlag riss Ben die Augen auf und schnappte tief nach Luft.

Erleichtert ließ ich die Hand sinken.

„Was ist passiert?", fragte er mit heiserer Stimme.

„Wir wären fast zu Eis erstarrt", gab ich kraftlos zurück.

Die Sonne stieg jetzt immer höher und wir konnten

richtiggehend zusehen, wie das Eis auf unseren Körpern unter ihren warmen Strahlen schmolz. Langsam bekam ich auch wieder ein Gefühl in meinen Beinen.

„Lass uns aufbrechen", sagte ich und Ben nickte.

Mühsam rappelten wir uns auf und stolperten weiter.

„Was, glaubst du, ist aus Nasela und Gabriel geworden?", fragte ich, als die Stille zwischen uns immer lauter wurde.

„Ich weiß es nicht", gab er zurück. „Aber da wir diese Nacht schon beinahe nicht überlebt hätten, fürchte ich, dass ihre Chancen nicht allzu gut -" Er unterbrach sich mitten im Satz und ich sah, wie sich sein Profil verhärtete. Mit einer grauenhaften Ahnung folgte ich seinem Blick und schrie erstickt auf. Im Schnee vor uns stand eine riesenhafte Eisstatue und diese breiten Schultern konnten nur zu einem Sinnträger gehören.

„Gabriel!", keuchte ich und lief zu dem Wächter. Er hielt seinen Wächterstab wie eine Fackel in der Hand und war offenbar mitten in der Bewegung erstarrt. Ich berührte sein Gesicht, doch es handelte sich nicht um eine dünne Eisschicht wie bei mir und Ben. Er sah aus, als hätte er niemals gelebt.

„Er kann nicht tot sein", wisperte ich. Ich hieb auf den Brustkorb des Wächters ein. „Es kann nicht sein!"

Ben griff nach meinen Schultern. „Es ist zu spät, Lee."

„Nein! Ich hasse es, ich hasse das alles hier, ich hasse die Sinnliche Welt!", brach es aus mir heraus. „Ich hasse unser Leben, das von so viel Schmerz gezeichnet ist. Ich hasse es!"

Über uns schwebte ein Sandadler und ich sah mit Tränen in den Augen in den Himmel hinauf.

„Sieh nur", sagte Ben.

„Ich habe ihn schon gesehen", flüsterte ich und

blinzelte meine Tränen weg.

„Nein, nicht der Adler. Das dort." Er zeigte geradeaus.

Dort stand ein Goldapfelbaum und glänzte in der Sonne.

Er war viel größer, als ich ihn mir vorgestellt hatte.

„Wir haben ihn gefunden", flüsterte ich. Meine Gedanken waren so auf Gabriel gerichtet gewesen, dass ich den neutralen Ort nicht mehr hatte finden wollen.

Der Schmerz über seinen Verlust tobte noch immer in meiner Brust, als wir zu dem grasbewachsenen Hügel gingen, auf dem der riesige Goldapfelbaum stand und seine Zweige weit in alle Himmelsrichtungen streckte. An den Ästen hingen große goldene Äpfel, die so sehr glänzten, dass sie wie Schmuckstücke aussahen.

Als Ben die Wiese betrat, atmete er beinahe unhörbar auf und sein Herzschlag beruhigte sich. Ich folgte ihm auf das Fleckchen neutraler Erde und schloss kurz die Augen.

Das bedeutete es also.

Frieden. Meine Gefühle traten in den Hintergrund, mein Sinn und all meine Sorgen, meine Ängste, meine Trauer. Alles wurde schwächer, als hätte jemand eine dicke Decke über meine Gefühle gelegt. Ich fühlte mich im Einklang mit mir selbst. Eine endlose Ruhe und Entspanntheit hatte mich eingenommen und ich atmete erleichtert aus.

„Das hat Magnus hier gesucht", flüsterte ich. „Jetzt verstehe ich es."

„Ja", stimmte mir Ben zu. „Ich verstehe es auch."

Er trat an den Baum heran und pflückte einen Apfel.

„Und jetzt?", fragte er und biss von dem Goldapfel ab. Im nächsten Moment war er verschwunden.

„Ben!", schrie ich, während mein Herz für einen Schlag aussetzte. Fassungslos drehte ich mich im Kreis. Er war einfach weg.

Ein leises Zischen in den Ästen über mir ließ mich nach oben blicken. Eine goldene Schlange wand sich langsam über den Zweig, von dem Ben den Apfel gepflückt hatte, hielt kurz inne und züngelte in meine Richtung. Automatisch wich ich einen Schritt zurück. Die Schlange kroch weiter über den Ast, kringelte sich wie eine Kugel zusammen und verwandelte sich in einen neuen Goldapfel.

Ich starrte auf die Frucht und empfand einen Anflug von Ekel bei der Vorstellung, dass alle Goldäpfel mal Schlangen gewesen waren. Dennoch pflückte ich das verdammte Ding und biss hinein.

„Ah. Ich habe dich schon erwartet", sagte eine weiche Stimme hinter mir und ich fuhr herum. Die Schneelandschaft um mich herum verblasste und ich fand mich stattdessen in einer achteckigen Gletscherhöhle wieder. Ein angenehm warmes Licht strahlte von der Decke und warf schillernde Farbreflexe auf die acht Eiswände. Inmitten all dieser Herrlichkeit stand ein schlanker, hochgewachsener Sinnträger mit gelben Augen.

„Ich kenne dich", sagte ich zu ihm.

„Ich kenne dich auch", erwiderte er.

„Wo ist Ben?"

Ein leises Lächeln huschte über das Gesicht des Orakels. „Er wartet schon auf dich."

Ich folgte dem Orakel zu einer Eiswand, die zur Seite glitt, als er sich ihr näherte. Der nächste Raum, den wir betraten, war ebenfalls achteckig, sah aber wesentlich gemütlicher aus. Ein grünes Sofa mit weichen Kissen lud zum Hinsetzen ein. Davor stand ein kleiner Tisch mit einer dampfenden Kanne Tee und einem Teller mit duftenden Keksen. Ein schwebender Nachrichtenwürfel summte um den Tisch herum und suchte immer wieder die Nähe zu Ben, der angespannt auf dem grünen Sofa saß.

Bei meinem Anblick sprang er auf und fuhr sich erleichtert durchs Haar.

„Ich sagte dir doch, sie würde den Apfel essen", bemerkte das Orakel mit einem milden Lächeln und deutete auf das Sofa. „Setzt euch."

Ich ging zu Ben und blickte mich gleichzeitig wachsam in der Höhle um. An einer Wand des achtseitigen Raumes befand sich ein Tisch mit einem aufgeschlagenen dicken Buch. Daneben lag ein Federkiel, dessen Spitze feucht glänzte.

„Setz dich", wiederholte das Orakel. „Und iss einen Keks. Ich habe sie selbst gebacken. Sie werden dir schmecken." Er ließ sich auf einen bequem aussehenden Stoffsessel sinken und schlug die Beine übereinander.

Ich griff zaghaft nach dem Teller und nahm mir einen der Kekse. Auf halbem Weg zum Mund hielt ich inne.

„Sie sind nicht vergiftet", bemerkte das Orakel ruhig.

Ich blickte in die Eulenaugen und biss von dem Keks ab. Er schmeckte fantastisch und dennoch hatte ich das Gefühl, dass ein schwerer Klumpen in meinem Magen landete. Dieser Ort hier, das erschien mir irgendwie alles zu einfach. Wo war dieser Magnus? Konnte es sein, dass das Orakel derjenige war, der die Bücher der Macht für sich haben wollte? Und war das aufgeschlagene Buch dort auf dem Tisch womöglich eines davon?

„Nein", sagte das Orakel und schüttelte den Kopf. „Das sind nur meine Memoiren."

„Du weißt, was ich denke?", fragte ich erschrocken.

„Glücklicherweise nicht alles", gab das Orakel zu. „Das Wissen, über das ich verfüge, reicht mir."

„Mit ihr sprichst du also", knurrte Ben. „Mich hat er nur angesehen", fügte er in meine Richtung hinzu.

„Ich fand es unhöflich, eine Unterhaltung ohne deine …", das Orakel unterbrach sich, „ohne Lee zu beginnen."

„Du weißt, warum wir hier sind?", fragte ich.

„Ihr wollt die Bücher der Macht finden. Natürlich seid ihr nicht die Einzigen. Viele wollten das schon, zu vielen Zeiten. Wenigen ist es geglückt, doch keiner von ihnen ist damit glücklich geworden."

„Wir wollen die Bücher nicht für uns", sagte ich.

„Das spielt keine Rolle", erwiderte das Orakel. „Die Bücher wurden auch nicht geschrieben, um die Welt zu zerstören. Und dennoch tragen sie diese Macht in sich, wenn sie in falsche Hände geraten. Was ich verdeutlichen möchte: *Gute Absichten allein reichen oft nicht.*"

„Okay", sagte Ben. „Dann lass uns doch wissen, was wir tun müssen, damit unsere Absichten zu dem gewünschten Ergebnis führen – immerhin bist du das Orakel."

„Verzeih mir", sagte das Orakel. „Diese Information ist zu komplex, als dass ich sie dir zum jetzigen Zeitpunkt geben könnte."

„Welche Information kannst du uns zum jetzigen Zeitpunkt denn geben?", fragte ich.

„Ich mag die Fragen, die du stellst", sagte das Orakel lächelnd.

„Wunderbar. Vielleicht beantwortest du sie dann

auch?", fauchte Ben.

Das Orakel beugte sich vor und schenkte sich eine Tasse dampfenden Tee ein. „Lasst mich euch eine Geschichte erzählen", sagte es ruhig, während der Geruch der Kräuter die Höhle erfüllte. Ben sah etwas angespannt aus, widersprach jedoch nicht.

„Die Geschichte handelt von der Magie des Herzenswunsches. Dieses Buch, das du bei dir trägst, Tochter der Wachsamkeit – darin kommt auch ein Herzenswunsch vor."

Ich strich unwillkürlich über die Tasche, in der die unzensierte Fassung von Gwydions Erzählung steckte.

„Nein, bitte. Hol es nicht heraus", wehrte das Orakel ab.

„Wieso nicht?", fragte ich.

„Es reicht, dass ich gezwungen werde, mich daran zu erinnern", antwortete das Orakel schwermütig.

Meine Augen huschten wieder über das aufgeschlagene Buch mit dem feuchten Federkiel auf dem Tisch und ein Verdacht stieg in mir hoch.

„Bist du Gwydion?", flüsterte ich.

„Wer ist Gwydion?", fragte Ben.

Das Orakel schloss für einen Moment seine gelben Eulenaugen. „Wer ich war, tut nichts zur Sache", entgegnete es. „Auch nicht, wer ich jetzt bin. Alles, was zählt, ist, wer ihr sein werdet."

Plötzlich fühlte ich wieder diesen leichten Schwindel, der mich immer erfasste, wenn ich in dem Buch las. Und obwohl ich hier in der Höhle des Orakels saß, wusste ich mit einem Mal, wie es weiterging.

Als ich zurückkam, war das Erste, was mir auffiel, der Geruch. Es roch wie auf den Schlachthöfen der Menschen. Mein Herz schlug mir bis zum Hals, als ich über den weichen Waldboden lief. Ich öffnete den Mund, um nach ihnen zu rufen, doch meine Kehle war wie zugeschnürt und kein einziger Laut kam über meine Lippen.

Jeder Schritt, der mich näher zu dem Quartier der Schattenkrieger brachte, brachte mich auch näher an den Ursprung dieses fürchterlichen Gestanks. Und so sehr sich mein Verstand auch dagegen wehrte, wusste ich doch genau, was passiert war.

Die Hellen waren hier gewesen. Sie hatten uns gefunden.

Zalara war die Erste, die ich sah. Ihre Glieder waren grotesk verrenkt und ihre wunderschönen dunkelblauen Augen starrten für immer gebrochen in den Himmel. Doch sie war nicht die Einzige. So viele lagen zerstört und geschunden am Boden. So viele würden niemals wieder atmen oder lachen. So viele waren zu einem Opfer der Hellen geworden. Ein bitteres Schluchzen stieg in mir auf. Der Schmerz raste durch meinen Körper. All dieser Schmerz, ich konnte ihn nicht mehr ertragen, ich konnte einfach nicht mehr, es war zu viel. Und ich hatte nur einen Wunsch, einen Herzenswunsch. Ich wollte, dass sie bezahlten.

„Ich habe es gesehen", krächzte ich. „Und ich habe es gefühlt."

Das Orakel blickte mich an und ich sah denselben Schmerz, den ich eben gespürt hatte, auch auf seinen Zügen.

„Es ist wichtig, dass du verstehst, Wächterin. Herzenswünsche sind sehr mächtig. Aus Gwydions Wunsch ist die erste Kriegsfähigkeit hervorgegangen."

„Was ist eine Kriegsfähigkeit?", warf Ben ein.

Das Orakel blickte ihn an. „Im Ersten Sinnlichen Krieg, als die Hellen gegen die Dunklen kämpften, bemerkten einige Dunkle, dass sie plötzlich Fähigkeiten entwickelten, die die anderen nicht hatten."

„Und was waren das für Fähigkeiten?", fragte ich.

„Sie konnten die Gesinnung ihrer Gegner ändern. Stellt es euch vor wie … Energiebälle, die sie werfen konnten. Sie verdichteten all ihre Dunkelheit in sich zu einem großen dunklen Ball und feuerten ihn auf ihre Gegner ab. So wurden aus Hellen Dunkle. Es war eine mächtige Fähigkeit, entstanden aus einem mächtigen Herzenswunsch. Denn was gibt es Schlimmeres für einen Hellen, als ein Dunkler zu werden?"

Das Orakel schwieg für einen Moment.

„Wieso erzählst du uns das?", fragte Ben skeptisch.

„Weil die Magie der Herzenswünsche noch immer sehr mächtig ist", erwiderte das Orakel. „Unterschätzt sie nicht. Euch muss bewusst sein, dass unser gesamtes Dasein einem Drahtseilakt gleichkommt. Es dreht sich alles immer nur um die Balance. Die Bücher der Macht haben zusammen etwas sehr Gutes bewirkt, indem sie den unsäglichen Krieg zwischen den Hellen und den Dunklen beendet haben. Doch so, wie sie einst zur Rettung der Sinnlichen Welt eingesetzt wurden, können sie nun auch zu deren Untergang führen." Das Orakel seufzte und mit einem Mal wirkte es so müde, als ob es schon Tausend Leben gelebt hätte. „Ich habe das alles schon am eigenen Leib erfahren", flüsterte es. „Viel Glück bringt viel Leid mit sich. Und unendliches Glück", seine Stimme brach, „bringt unendliches Leid."

„Willst du damit sagen, dass wir für alles Gute, was uns passiert, ebenso viel Schlechtes einstecken müssen? Das will ich nicht glauben."

„Es obliegt dir, zu entscheiden, was du glaubst und was du nicht glaubst", entgegnete das Orakel und seine gelben Augen saugten sich an meinem Gesicht fest. „Früher konnte ich dir noch Visionen schicken, um dir zu zeigen, was ich sehe. Doch jetzt ..."

„Du warst das?", stieß ich hervor. „Die Visionen kamen von dir?"

Das Orakel nickte bedächtig. „Von wem dachtest du denn, dass du sie hast?"

„Ich … ich weiß nicht. Ich dachte, sie kämen vielleicht vom Dunklen Ort."

„Ah, der Dunkle Ort." Das Orakel trank einen Schluck von seinem Tee, der inzwischen nicht mehr dampfte. „Da liegst du gar nicht so weit von der Wahrheit entfernt, Tochter der Wachsamkeit. Doch dafür fehlt uns jetzt die Zeit."

„Wieso?", fragten Ben und ich gleichzeitig.

„Weil ihr in Kürze gerufen werdet", sagte das Orakel und beugte sich vor. „Hört mir nun gut zu. Ich werde schwächer. Kräfte sind am Werk, die meine Energie stören und verhindern, dass ich weiterhin Visionen verschicke. Doch dies kann ich euch sagen: Eure Schicksalsfäden sind miteinander verknüpft und eure Wege werden sich immer wieder kreuzen, egal, was ihr tut." Er sah uns beide eindringlich an. „Vergesst Folgendes nicht: Obwohl in unserer Welt alle Gefühle wichtig sind, müsst ihr beide ganz besonders aufpassen, dass ihr nicht von der Angst beherrscht werdet. Und nun wünsche ich euch eine gute Reise."

Ich öffnete den Mund, um zu fragen, wie er das meinte, als unsere Notfallbroschen gleichzeitig grell violett aufleuchteten.

Edomir brauchte uns.

Kapitel 13

Millionen heißer gelber Sandkörner wirbelten in immenser Geschwindigkeit um mich herum und raubten mir jegliche Orientierung. Die sengende Hitze, die von den Körnern ausging, war beinahe unerträglich und ich konnte nur schwer atmen, als sich die heiße Luft in meine Lunge brannte. Automatisch kniff ich die Augen zusammen – nicht einmal die Hand vor meinem Gesicht konnte ich erkennen, während die Schreie, die sich im Tosen des Sandsturms verloren, an mein Ohr drangen. Es war das Gebrüll Dutzender Träger und Trägerinnen, es war das Gekreische von Personen, die kämpften und mit dem Tod rangen.

Ohne nachzudenken, streckte ich die Hände aus und versuchte Ben zu finden. Er musste in der Nähe aufgetaucht sein, aber wo war er?

Mein Puls schoss in die Höhe und ich presste die rechte Hand auf meine Wange und verband mich mit meiner Fähigkeit.

Ein gelber Schleier legte sich über den brüllenden Sand und ich schaffte es, eine Art unsichtbaren Wall um mich herum zu erschaffen; eine magische Schutzmauer, die den Sand von mir abhielt. Mein Brustkorb hob und senkte sich schnell, als ich wieder ein paar normale Atemzüge machen konnte und den Blick nach vorne richtete. Hinter meiner magischen Barriere verschwand die Welt im Sand.

Ich beschleunigte meine Schritte, während mein Kopf die verschiedenen Möglichkeiten durchspielte. Was war hier passiert? An welcher Stelle im Wachsamkeitsland waren wir ausgeworfen worden? Wo waren Ben und Edomir, war es auch ihr Gebrüll, das ich hörte? Der Gedanke machte mir Angst und ich versuchte, ihn zur Seite zu drängen, als ich gegen eine andere Person knallte, deren Berührung ich überall erkannt hätte. Schnell schnappte ich nach seiner Hand und zog ihn zu mir in den Schutzradius, der gerade genug Platz für uns beide bot.

Ben hustete wie verrückt. „Noch nie habe ich deine Fähigkeit so sehr geliebt", sagte er keuchend und rieb sich den Sand aus den Augen. „Wo zum Teufel sind wir?"

„Ich weiß es nicht", sagte ich. „Aber das hier ist kein normaler Wirbelsturm, hier steckt eine Art Magie dahinter."

Ben richtete sich auf und sah mich mit seinen dunklen Augen intensiv an. „Ich weiß." Er deutete auf seinen schwarzen Anzug, der einige feine Löcher aufwies. „Der Sand", schnaufte er, „er brennt sich durch den Stoff hindurch. Das ist kein normaler Sand."

„Wir müssen schnell weiter, bis wir die Quelle für den Wirbelsturm finden", sagte ich mit rasendem Herzen. „Sonst sterben die Träger in diesem Sturm." Ben nickte und ich schluckte. Es kostete mich viel Kraft, die Verbindung zu meiner Fähigkeit nicht zu verlieren.

„Du musst ganz nah bei mir bleiben, ich kann den Radius nicht vergrößern", erklärte ich, während Ben fast selbstverständlich nach meiner linken Hand griff.

„So müsste es gehen", meinte er und dann liefen wir los, während uns der heiße Sand wild um die Ohren brauste.

Wir mussten uns in einer Art Siedlung befinden, denn

aus dem Augenwinkel erkannte ich die runden Bauten aus Sandstein, die zu den Wüstenplantagen gehörten.

„Hier!", schrie Ben und wies auf eine helle Tür, deren Konturen ich durch den Sandsturm nur verschwommen wahrnehmen konnte. Er streckte den Arm aus, um sie zu berühren, und im nächsten Moment spürte ich, wie wir von der Tür eingesogen wurden.

Wir landeten unsanft in einer großen, kreisrunden Kammer, bei der es sich um eine Art Versorgungskammer handeln musste. Lebensmittel lagerten in den Ecken und vorrangig gelbe Sinnträger eilten durch den Raum, um die Wunden der Verletzten zu versorgen, die auf Krankenbetten aus Wildwurzeln lagen.

Einige der Sinnträger pressten sich an die Wände und sahen uns erschrocken an. Andere hockten am Boden und vergruben ihr Gesicht in den Händen, während eine kleine Gruppe sich gegenseitig festhielt, um sich zu beruhigen.

„Ihr seid hier in Sicherheit", sagte ein Sinnträger mit gekräuseltem grauem Haar und einem faltigen Gesicht. Er trug einen goldgelben Arbeitsanzug, von dem noch etwas Sand rieselte. Alle anderen hier trugen den gleichen Anzug.

„Wo sind wir?", fragten Ben und ich beinahe gleichzeitig.

Der Wachsamkeitsträger rieb sich über seine Wangen.

„Du bist eine Wächterin", entgegnete er und deutete auf meinen Wächterstab. „Hast du die anderen gefunden?"

„Welche anderen?", fragte ich stirnrunzelnd.

„Die anderen Wächter. Sie sind aufgetaucht, nachdem wir verstanden, dass es sich um keinen normalen Sandsturm handelte. Der Sand ist zu heiß, er ist zu wütend und verletzt unsere Arbeiter." Er deutete auf ein paar Sinnträger, die starke Brandwunden an Armen und Beinen aufwiesen.

„Sandstürme kommen auf unserer Wüstenplantage öfters vor, es ist nicht so leicht, den Sand anzubauen und zu bändigen – auch wenn das viele glauben. Deswegen haben wir auch diese Schutztüren installiert." Er wies auf die helle Tür, die uns automatisch in den Raum befördert hatte. „Dadurch sind wir vorbereitet." Er machte eine kurze, nachdenkliche Pause. „Aber auf das hier waren wir nicht vorbereitet."

„Wer ist für den Sandsturm verantwortlich?", fragte ich.

Der alte Mann presste die Lippen zusammen, so als würde meine Frage schmerzvolle Erinnerungen bei ihm auslösen.

„Zuerst dachte ich, es wären diese Wesen."

„Welche Wesen?", fragte Ben und ich hoffte, das sich mein Gefühl nicht bewahrheitete.

„Als sie kamen, zerfiel zuerst unsere Sandherde. Mit einem Schlag", erklärte der Arbeiter und seine Augen senkten sich zu Boden. „Es waren junge, starke Bullen, die eigentlich noch nicht reif für die Ernte waren. Es ist unsere Aufgabe, sich um die Herde zu kümmern, bis ihre natürliche Lebensspanne zu Ende ist und sie sich in feinen magischen Sand verwandeln. Doch diese Wesen haben sie vor ihrer Zeit getötet. Sie waren dünn und furchteinflößend und sie schwebten über den Boden. Ich wusste sofort, dass sie nichts Gutes bezweckten, noch bevor es so furchtbar kalt wurde."

„Die Verdrängten", murmelte Ben und sah mich dabei an.

Ich nickte.

„Ihr kennt sie?", stotterte der Mann, während eine junge Sinnträgerin aufschrie und sich dann weinend in die Arme eines anderen Arbeiters flüchtete. Ihr musstet die Verdrängten auch begegnet sein.

„Ja, wir kennen sie", beantwortete ich die Frage des gelben Trägers. „Und das Auftauchen dieser Wesen war auch der Grund, warum die Wächter zu euch gekommen sind, oder?"

„Ja", murmelte der Arbeiter. „Sie haben gesagt, wir müssen uns in Sicherheit bringen. Die Wesen haben sich auf einige von uns gestürzt, als wären wir ihre Beute. Arbeiter Raik …", er holte tief Luft, „hat es nicht mehr geschafft. Er ist vor einer der Kreaturen erstarrt und tot zu Boden gesunken. Dabei trug er dieses tiefe Entsetzen in seinem Gesicht. Sie sind wie Raubtiere über ihn hergefallen."

Ich schluckte. Ich hatte keinen einzigen Wächter gesehen, ich hatte nur die Schreie und das Gebrüll gehört. Die Kälte war typisch für die Verdrängten, aber die Hitze des Sandes? Hatten sie auch damit etwas zu tun?

„Und woher kam der Sandsturm? Hast du eine Ahnung, wer dafür verantwortlich ist?", wollte ich wissen.

„Der Sandsturm kam später." Er stockte. „Als die Totaa auftauchten."

Ben machte einen Schritt zurück. „Die Totaa? Das auch noch?"

Der alte Wachsamkeitsträger nickte. „Es gab ein paar Sandbomben, Lichtexplosionen und viele Verletzte. Das Chaos brach aus und die Verdrängten, wie ihr sie nennt, trieben eine Gruppe von Arbeitern zu den Sandbergen. Die Wächter kämpften gegen die Totaa und versuchten gleichzeitig, die Arbeiter zu befreien. Ich konnte mich mit einer Gruppe hierher retten und der Wut des Sturmes entkommen." Er sah uns an. „Wir können jetzt nur abwarten und hoffen, dass sie uns hier nicht finden. Und ich muss mich um meine Leute kümmern." Damit nickte er uns zu und wandte sich wieder seinen Schützlingen zu.

„War es ein Hinterhalt?", fragte Ben.

„Ich weiß es nicht", antwortete ich und strich mir die Haare aus dem Gesicht. Edomir war irgendwo da draußen, vielleicht mit einer Gruppe Arbeiter, die von den Verdrängten befragt und gefoltert wurden. Egal, was hier passiert war, es war vollkommen aus dem Ruder gelaufen.

„Wahrscheinlich benutzen die Totaa die Verdrängten, um die Wächter besser bekämpfen zu können", sagte ich und es fühlte sich ganz und gar nicht gut an, diesen Gedanken laut auszusprechen.

Ben Gesicht verhärtete sich. „Aber woher wissen sie von den Verdrängten?"

„Vielleicht haben sie die Information von dem, der die Bücher an sich genommen hat. Von dem Verräter – vielleicht wussten sie aber auch nur die Situation zu nutzen. Immerhin sind die Verdrängten außerhalb der Bruderschaft nicht gerade unauffällig. Sie werden schnell von ihnen erfahren haben, das Netzwerk der Totaa ist groß."

„Du meinst, dass Walto eine Art taktische Falle für die Wächter aufgebaut hat?"

„Es wäre ein kluger Schachzug", stimmte ich zu. „Wir wissen nicht, wie viele der Totaa und Wächter hier draußen sind."

Ben runzelte die Stirn. „Aber wir wissen, dass wir nicht hierbleiben können, wenn Edomir da draußen ist. Und die Arbeiter nicht zu vergessen, die von den Verdrängten gequält und getötet werden." Er sah mich ernst an. „Also, Wächterin, ich nehme mal an, nicht langsam und vorsichtig, sondern schnell und stürmisch?"

„Wir müssen die Quelle des Sandsturms ausmachen", sagte ich, während wir uns durch den tosenden, heißen Sand kämpften. Der Schutzradius half uns, schneller voranzukommen, aber die Schreie und das Gebrüll ringsum gingen mir durch Mark und Bein. Es war entfernt und doch so nah, es war furchtbar.

Als ich gegen einen schweren Körper prallte, griff ich sofort nach meinen Wächterstab – doch es war kein Angreifer, sondern ein verletzter Wächter, der an der Stirn blutete. Er war in meinen Schutzradius getaumelt und ließ erschöpft seinen Schutzschild aus Glas sinken, mit dem er den Sand abwehrte, so gut es ging.

„Wo sind die anderen?", fragte ich.

„Einige von uns sind noch hier, die anderen sind Richtung Berg gegangen, der Kampf muss sich in die Höhlen verlagert haben", schnaufte er. „Wir hatten nicht mit dem Sturm gerechnet, selbst Quirin nicht."

„Hier, hier liegt jemand!", rief Ben und kniete sich nieder. Er rollte den Körper, der mit dem Rücken zu uns lag, zur Seite und das Gesicht einer jungen Arbeiterin wurde erkennbar. Ihre pechschwarzen Augen waren weit aufgerissen und das bodenlose Entsetzen war wie eintätowiert.

„Sie ist tot", bestätigte Ben und wir liefen weiter, um keine Zeit zu verlieren, vorbei an den Körpern unzähliger Sinnträger, die am Boden lagen und nicht mehr atmeten. Einige von ihnen gingen auf das Konto der Verdrängten, andere waren blutüberströmt und schienen durch Blitzgranaten und magische Sprengkörper ums Leben gekommen zu sein. Jedes Mal, wenn Ben einen Körper umdrehte, hoffte ich inständig, nicht in das Gesicht von Edomir zu sehen. Aber es waren nicht nur Arbeiter und Wächter, die wir fanden, auch Totaa in ihren weißen Umhängen waren gestorben.

Ein Röhren neben uns ertönte und unter dem tosenden Sandsturm konnte ich einen Sandbullen erkennen, der sich blutüberströmt auf dem Boden wälzte. Ich ging in die Hocke und strich ihm über den weichen Köper. Seine gelben Augen flackerten und sein Körper war geschunden von dem heißen Sand, der sich tief in seine Haut gebrannt hatte. Ich atmete tief durch. „Er stirbt."

Ben nickte und reichte mir die Hand. „Wir können nichts für ihn tun, Lee. Wir müssen weiter. Wir müssen die Wächter und die Arbeiter finden."

„Aber wir können ihn doch nicht einfach leiden lassen", sagte ich, obwohl ich natürlich wusste, dass Ben recht hatte.

Ben atmete tief ein. „Gib mir deinen Wächterstab."

Ich händigte ihm meinen Stab aus und mit einer schnellen Handbewegung schlug Ben gegen das Genick des Tieres. Ein dumpfes Knacken erklang und der Bulle schloss friedlich die Augen. Im nächsten Augenblick zerfiel sein Körper zu feinem gelben Sand, der sanft glitzerte.

„Danke", sagte ich leise und war mir nicht sicher, ob ich es selbst über das Herz gebracht hätte, das Tier zu töten.

Ben nickte und strich mir sanft über den Arm. „Wir können nicht alle retten, das weißt du."

„Ich weiß", sagte ich und versuchte, meine Gefühle

zur Seite zu schieben. „Wir müssen da lang." Ich deutete nach rechts. Aus der Richtung glaubte ich die Schreie ausmachen zu können, die sich immer weiter entfernten.

„Das Brüllen wird leiser", bemerkte Ben.

Ich nickte. „Sie verschwinden in den Tiefen der Sandberge."

Sein Angriff kam von der Seite, ich hatte ihn im Tosen des Sandsturmes nicht gesehen. Die weißen Pfeile rasten auf mich zu, ich duckte mich und auch Ben reagierte blitzschnell. Ohne zu zögern, rannte er in die Richtung, aus der die Attacke gekommen war, und stürzte sich aus meinem schützenden Radius, um dem Totaa zuvorzukommen. Wahrscheinlich war das unsere einzige Chance, dachte ich, während ich Ben hinterherhechtete. Dabei musste ich aufpassen, die Verbindung zu meiner Fähigkeit nicht zu unterbrechen. Mein Atem ging schnell und ich sprang zur Seite, um von den scharfen Pfeilen nicht durchbohrt zu werden. Es war jene Art von Attacke, die die Totaa auch damals in der Schwarzweißen Stadt gegen uns angewandt hatten.

Als ich Ben endlich erreichte, kniete er am Boden auf einem Träger mit weißem Kapuzenumhang und prügelte mit aller Kraft auf ihn ein. Bens Haare hingen im wild in die Stirn und seine Fäuste prallten gegen Kinn und Wangen unseres Angreifers, bis dessen Kopf bewusstlos zur Seite fiel.

Sanft berührte ich Ben an der Schulter. „Es ist gut, er wird sich so schnell nicht mehr rühren", sagte ich und endlich ließ er von ihm ab.

„Wieso …", keuchte er, stand auf und rieb sich den Sand aus den Augen, „… wieso konnte er derart genau auf uns zielen?" Bens Herzschlag ging schnell und sämtliche seiner Muskeln waren angespannt. Er betrachtete mich mit seinen dunklen Augen, in denen ich eine tiefe Sorge erkannte.

„Sie müssen eine Art Magie angewandt haben." Ich kniete mich nieder. „Vielleicht", überlegte ich laut und zog dem bewusstlosen Totaa seinen weißen Umhang aus, um ihn mir selbst überzustreifen, „haben sie ihre Kleidung magisch verändert, um dem Sandsturm zu trotzen." Sobald ich in den Umhang geschlüpft war und mir die Kapuze übergezogen hatte, klärte sich mein Sichtfeld und die Sandkörner wurden heller und durchscheinender. Ich konnte nicht nur Ben, der in meinem Schutzradius stand, sondern viele Meter weit scharf sehen.

„Ihr Schutzfeld ist viel größer", erklärte ich und erkannte dreißig Meter entfernt ein Schlachtfeld mit rund hundert kämpfenden Totaa und Wächtern. Überall lagen Tote und Verletzte, und obwohl die Totaa in der Unterzahl waren, waren ihre Attacken deutlich gezielter und effektiver als die der Wächter. Einige Wächter mussten sich auch schon Umhänge angeeignet haben, denn auch weiße Kapuzenträger kämpften in den Reihen der Wächter.

„Die Wächter kämpfen gegen die Totaa", erklärte ich Ben, zog den Umhang aus und gab ihn ihm, damit er es selbst sehen konnte. Natürlich hätte ich die Wächter am liebsten unterstützt, natürlich wäre ich am liebsten zu ihnen gelaufen und hätte an ihrer Seite gekämpft, aber dafür hatten wir keine Zeit.

„Wir müssen in den Berg, wir müssen die Arbeiter vor den Verdrängten retten – die können sich nicht selbst helfen", sagte Ben, als könne er meine Gedanken lesen. Ich nickte und er griff nach meiner Hand, um mit mir zum Sandgebirge zu laufen.

Nach 2994 Herzschlägen hatten wir die Sandberge erreicht. Die Sandfälle tosten donnernd über die Bergkämme. Bis vor kurzem hatte ich die zerklüftete Bergregion mit den gewaltigen Sandfällen noch bewundert. Doch heute hasste ich jedes einzelne Sandkorn.

Am Fuße eines Sandberges fanden wir einen Eingang. Es war nicht mehr als ein schmaler Durchgang, aber mein Instinkt sagte mir, dass wir hier richtig waren. Der Sand rieselte wie ein undurchsichtiger Vorhang vor uns auf den Boden und Ben und ich hielten die Luft an, als wir durch die schmale Öffnung glitten.

„Ich denke, dass sie alle hierher geflohen sind", sagte ich keuchend und fühlte eine enorme Erleichterung, als ich endlich die Verbindung zu meiner Fähigkeit unterbrechen konnte. Es hatte mich viel Kraft gekostet, den Schutzradius aufrechtzuerhalten, und meine rechte Hand zitterte noch immer leicht, als ich sie nach unten fallen ließ.

„Ich habe auch keinen anderen Durchlass gesehen", bemerkte Ben. Wir schoben uns hintereinander durch den schmalen Gang, der nicht mehr als einen halben Meter breit war. Ben trug noch immer den weißen Umhang der Totaa und scheuerte mit seinen Schultern an den Tunnelwänden entlang, von denen mehrere Handvoll Sandkörner herabrieselten. Je tiefer wir in den Berg vordrangen, umso dunkler wurde der Sand, bis er irgendwann pechschwarz war.

„Die Verdrängten haben die Arbeiter hierhergetrieben, da bin ich mir sicher. Fühlst du, wie kühl es hier ist?", fragte ich und schluckte, denn draußen war es nicht nur um viele Grad heißer gewesen, die Kälte, die uns hier entgegen kam, war noch dazu keine gewöhnliche Kälte. Sie barg eine enorme Trostlosigkeit, die von den Befragungen der Verdrängten rührte. Ich hatte diese Art der Kälte im achten Raum gespürt. Sie waren hier gewesen.

„Wahrscheinlich finden die hässlichen Kreaturen den Sandsturm auch nicht so prickelnd", meinte Ben trocken und betrat vor mir eine kleine Grotte, von der aus mehrere Gänge tiefer in den Berg führten. Nach dem Tosen des Sandsturmes war es unglaublich still hier drinnen.

Fast zu still.

„Also, wohin, Wächterin?", fragte Ben und nahm die weiße Kapuze seines Umhangs ab. Feiner Sand rieselte von ihm herab. „Hier sind vier Durchgänge und die sehen für mich alle gleich aus."

Ich machte eine paar Schritte und legte meine Hand vorsichtig auf den dunklen Sandstein der Höhlenwände. Dann ging ich von einem bogenförmigen Eingang zum nächsten. Jeder führte in eine unterschiedliche Richtung und ich versuchte, eine Spur zu erkennen – doch die eisige Kälte der Verdrängten war überall zu fühlen.

„Vielleicht haben sie sich aufgeteilt", sagte ich und legte den Kopf in den Nacken. Durch die rissige Höhlendecke, die sich mehrere Meter über uns befand, drang etwas Sonnenlicht in die Grotte und tauchte alles hier in eine dämmrige Atmosphäre, in der sich Hell und Dunkel trafen.

„Dann müssen wir einfach irgendeinen Weg einschlagen", meinte Ben.

„Sollen wir uns aufteilen?", fragte ich.

„Aufteilen?", wiederholte Ben. „Unsere Chancen

stehen schon jetzt nicht besonders gut, Lee. Wir wollen sie durch unsere Trennung nicht noch verschlechtern, oder?"

Ich nickte, denn ich wusste, dass die Aussicht, die Verdrängten zu besiegen, recht gering ausfiel. Wie sollten wir überhaupt zu zweit mit acht von diesen furchtbaren Kreaturen fertigwerden?

„Du hast keinen Plan, was wir machen, wenn wir auf die Verdrängten stoßen", sagte Ben kühl.

„Nein, aber ich hoffe, dass uns etwas einfallen wird", sagte ich, als wir den Tunnel ganz rechts betraten.

Wir hörten den Gesang, noch bevor wir die große Höhle erreichten. Die Stimmen waren lieblich und zart, es war mehr Verführung als Gesang, und die eindringliche Melodie klang sanft und unheilvoll zugleich. Die Sandwände schienen auf den zärtlichen Klang zu reagieren und sachte im Takt zu schwingen.

„Das sind doch nicht die Verdrängten", flüsterte Ben, als wir unsere Schritte verlangsamten.

Ich schüttelte den Kopf. „Nein, aber es scheint auch nichts Gutes zu bedeuten."

Ben und ich schlichen lautlos den Gang entlang, bis wir die Höhle erreichten, aus welcher der Gesang kam. Ich drückte meinen Körper gegen die schwarze Tunnelwand und warf einen schnellen Blick hinein.

Auf der einen Seite standen dreiunddreißig uniformierte Wächter völlig starr an einer schwarzen Wand aus Sand aufgereiht. Sie trugen enge weiße Bänder um den Hals und bewegten sich keinen Millimeter. Nur ein Wächter lag tot am Boden, sein Körper war zusammengesackt und seine Lider waren geschlossen. Er wirkte täuschend friedlich.

Mein Herz machte einen Sprung, als ich unter den Wächtern auch Quirin erkannte, der direkt neben Marcus stand. Ihre Gesichter zeigten die Spuren eines zerstörerischen Kampfes. Alle Wächter hatten tiefe Schrammen auf Wangen und Stirn, andere bluteten am Körper und wiesen schlimme Brandwunden auf. Marcus' blonde Haare hingen ihm ins Gesicht und die blauen Augen des Trauerträgers wirkten hilflos und verloren.

Ein Totaa mit kurzen dunkelbraunen Haaren und einer muskulösen Statur marschierte gemäßigten Schrittes an den regungslosen Sinnträgern vorbei, bis er vor dem kahlköpfigen Gestalter der Wachsamkeit zum Stehen kam. Er war einen Kopf kleiner als Quirin, wirkte aber nicht weniger bedrohlich. Die Kapuze seines weißen Umhanges hatte er nach hinten geschlagen und ich erkannte sein Gesicht sofort, denn es war mir schon auf den Steckbriefen entgegen gesprungen.

Es war Walto, einer der beiden Anführer der Totaa – jener Gruppe, die sich für die Terroranschläge verantwortlich zeigte. Sein rechtes Augenlid hing halb herunter und er trug ein hämisches Grinsen im Gesicht.

„Quirin. Ich hatte schon gehofft, dass wir heute die Ehre haben werden", sagte er mit tiefer Stimme und rieb sich die grobschlächtigen Hände. „Wie fühlt sich das an, hier mit deinen Leuten gefangen zu sein?"

„Lass sie frei", presste Quirin schmerzverzerrt hervor. Es kostete den Gestalter der Wachsamkeit augenscheinlich viel Anstrengung, ruhig zu bleiben.

Walto schüttelte den Kopf und begann laut zu lachen. Dabei blickte er siegessicher zu seinen Anhängern, die sich auf der anderen Seite der Höhle postiert hatten. Ich zählte neunzehn Totaa, die in einer Reihe hinter ihrem Anführer standen. Drei weitere befanden sich etwas abseits in der Ecke. Es waren elfengleiche Sinnträgerinnen mit schlanken Gesichtern und langen, gewellten Haaren. Sie trugen die Umhänge der Totaa und glichen sich bis auf die Haarfarbe. Die eine war blond, die zweite rot- und die dritte weißhaarig. Sie wirkten jung und zerbrechlich, wie sie da standen und sich an den zarten Händen hielten. Doch diese Zerbrechlichkeit schien nichts als Täuschung zu sein; denn ihre Augen glühten in der Farbe ihrer Haare. Es war ein dunkles Glühen.

„Darauf warst du wohl nicht vorbereitet, oder?", lachte Walto. „Deine Leute haben versucht, uns auszuspionieren, unsere Geheimnisse zu lüften und unsere Wege zu erahnen – aber weit bist du nicht gekommen." Er hielt für einen Moment inne.

„Hier siehst du, wie wir Tierverbundenen arbeiten." Er deutete mit einer schnellen Handbewegung auf die drei Sinnträgerinnen, die sich nun sanft zu dem Klang ihrer Stimmen bewegten. „Wir arbeiten zusammen, bilden eine Einheit. Wir kämpfen Seite an Seite für eine Sache, für die es sich zu kämpfen lohnt!"

Er streckte die Faust in die Höhe und seine Anhänger jubelten ihm laut zu. Das Blut an Waltos Finger rann seinen Ärmel hinunter und tränkte den weißen Stoff in dunkles Rot. Der Beifall seiner Anhängerschaft steigerte sich, sie brüllten und johlten - es war ein siegessicheres Johlen, das nur so von dem Triumph über die Besiegten troff.

Walto senkte die Hand und es wurde schlagartig still, nur der sirenenhafte, liebliche Gesang der drei Trägerinnen war zu hören.

Der Anführer machte einen bedrohlichen Schritt auf Quirin zu, sodass sie nur noch eine Armeslänge voneinander entfernt standen. Quirin blickte Walto an, während seine Gesichtszüge wie erstarrt waren.

„Na, wie fühlt es sich an? Hier zu stehen, sich nicht bewegen zu können und zu wissen, dass da draußen *deine Leute* von *meinen Leuten* abgeschlachtet werden? Wie fühlt es sich an, Quirin, einfach tatenlos hier zu stehen, unser Band um den Hals, das sich in euer Fleisch schneidet - und zu wissen, dass du nichts tun kannst, einfach gar nichts, außer hier blöd rumzustehen, dass du zusehen musst, wie ich einen nach dem anderen beseitige?" Sein tiefes Lachen schallte durch die Höhle und die Anhänger stimmten mit ein.

„Aber das Zusehen", machte Walto weiter und das Gelächter erstarb augenblicklich, „ist doch ein Talent, das du dir zu eigen gemacht hast. Jahrelang hast du einfach zugesehen, hast die Unterdrückung der Tierverbundenen einfach geschehen lassen, hast keinen Finger für uns gerührt, im Gegenteil, du mieser Verräter. Du bist ein Tierverbundener und stellst dich auf ihre Seite." Er spuckte Quirin vor die Füße.

„Wie wäre es, wenn du dich jetzt einmal bewegst?", fragte Walto dunkel und seine Augen nahmen einen bedrohlichen Ausdruck an. „Wie wäre es, wenn du dich jetzt endlich bewegst und deinem beschissenen Leben ein Ende bereitest? Damit würdest du zumindest endlich handeln, würdest endlich aktiv werden - nachdem du doch sonst immer nur tatenlos geblieben bist."

Quirin sah zu den drei Sinnträgerinnen, die unermüdlich weitersangen und ihr zärtliches Lied in die Dunkelheit sandten. Ihre Augen leuchteten weiß, rot und gelb und sie wirkten, als wären sie mit ihren Gedanken woanders und gar nicht in dieser finsteren Höhle.

Walto folgte Quirins Blick. „Mit den Drillingen hattest du nicht gerechnet, oder?" Mit einem triumphierenden

Lächeln ging er auf den Gesangskreis zu und berührte die Trägerin mit den roten Haaren.

„Sie sind zauberhaft, nicht wahr? Sie sind etwas ganz Besonderes und ich habe lange gebraucht, um sie zu finden. Ihr Gesang hält da draußen deine Wächter in Schach." Er strich über den Arm der Rothaarigen sowie der Blonden und schloss dann kurz die Augen. „Sie vereinen nicht nur ihre Stimmen, sondern auch ihre Kräfte."

Er deutete auf die Blonde.

„Meduna hier kann unglaubliche Sandmengen bewegen. Ihr Gesang bringt den Sand draußen zum Tanzen." Er lachte und fuhr ihr zärtlich über die honigfarbenen Haare. Sein Blick glitt über die Rothaarige und er stellte auch sie gönnerhaft vor. „Unsere rothaarige Schönheit ist bekannt für ihr Feuer, ihre brennende Wut. Noreia schafft es, den Sand wütend zu machen. Dadurch wird er gefährlich heiß." Er machte eine kurze Pause und drehte sich wieder zu Quirin um. Dann verschränkte er die Arme hinter dem Rücken. „Ich hatte nicht geplant, unsere Schönheiten heute hier einzusetzen. Aber", er zuckte mit den Schultern, „die Gelegenheit war einfach zu verlockend. Und ihr Gesang hat deine Männer schnell außer Gefecht gesetzt." Er lächelte und ging wieder auf Quirin zu, dabei stieg er über die Leiche des Wächters, der am Boden lag, und sein Lächeln verzog sich zu einem grausamen Grinsen.

„Wie, glaubst du, wird die Sinnliche Welt reagieren, wenn ich ihnen die Leiche ihres Gestalters der Wachsamkeit präsentiere? Wenn ich ihnen zeige, dass ihre Wächter, ihre Hüter der Gerechtigkeit, verletzlich sind? Wenn ich ihnen heute beweise, dass ihr Schutz nutzlos ist und dass die Sinnliche Welt einer neuen Ordnung entgegensieht, einer Ordnung, die die Tierverbundenen endlich an die Macht bringt?"

Walto stand jetzt Quirin genau gegenüber. Sein Mundwinkel zuckte. „Aber vielleicht beschäftigt dich als Wachsamkeitsträger etwas anderes, du mit deinem scharfen Sinn und Verstand. Vielleicht überlegst du, was unsere weißhaarige Schönheit hier tut. Ihr Name ist übrigens Rhibyn." Er deutete auf die Sinnträgerin, deren Augen weiß leuchteten.

Ein noch breiteres Grinsen schlich sich in Waltos Gesicht. „Sie kümmert sich um eure Halsbänder, denn so wie die Menschen die Tiere erbarmungslos in Ketten legen und ihrem Willen unterwerfen, so werden wir es auch mit euch tun. Eine falsche Bewegung und euch wird der Tod ereilen – wobei jede Bewegung falsch ist." Walto lachte. „Aber das wisst ihr ja bereits." Er nickte in Richtung des toten Wächters am Boden. „Er hat euch ja gezeigt, wie es geht. Nur ein kleiner Schritt aus der Reihe und zack – schon ist es vorbei."

Walto schlenderte zu der Reihe an Wächtern und stellte sich vor Marcus. „Aber es muss gar kein Schritt sein", erklärte er weiter und griff mit einer schnellen Bewegung nach Marcus' Hand, um sie hochzuheben. Ich sah nur noch, wie Marcus die Augen aufriss, wie das Entsetzen in ihnen erkennbar wurde, wie sie kurz weiß aufleuchteten, um dann vollkommen leer zu werden. Im nächsten Moment schloss er die Lider und fiel tot zu Boden.

Ich rang nach Luft. Es fühlte sich an, als hätte mir jemand mit Wucht in den Magen geschlagen. Zuerst Gabriel und jetzt auch noch Marcus. Das war doch nicht möglich.

Entsetzt starrte ich auf die Szene und wollte schreien,

als die Bilder nicht nur meinen Verstand, sondern auch mein Herz erreichten. Der stechende Schmerz raste durch mich hindurch, ungnädig und schneidend, und endlich sickerte das, was ich nicht wahrhaben wollte, endgültig zu mir durch: Marcus war tot. Er war tot und ich würde nie wieder mit ihm sprechen können, er war tot, weil Walto ihn mit nur einer Handbewegung umgebracht hatte, und ich spürte, wie sich alles in mir auf einmal hilflos anfühlte und ich die Qual und Trauer nur aus meinem Körper hinausbrüllen wollte, während aus meinem Mund kein Laut erklang. Geistesgegenwärtig hatte Ben mir die Hand auf die Lippen gelegt.

„Schhhh", flüsterte er in mein Ohr und seine Stimme klang ungewöhnlich sanft. „Du kannst hier nichts mehr machen."

Ich schluckte und spürte, wie mir die Tränen über die Wangen rannen. Zärtlich wischte er sie mir aus dem Gesicht und nahm mich in den Arm. Seine Berührung fühlte sich tröstlich an und ich schluchzte lautlos an seiner Brust.

Doch ich musste mich zusammenreißen, denn wir hatten nicht mehr viel Zeit. Drei Herzschläge später löste ich mich wieder von Ben.

„Wir müssen Walto und seine Leute kampfunfähig machen", wisperte ich, „bevor er auch noch die anderen tötet."

Natürlich war unser Plan nicht besonders ausgereift, aber wir hatten keine Zeit für einen Plan und auch keine Mittel.

Ben reichte mir das schwarze Messer, das er vor langer Zeit von Simeon erhalten hatte. „Nutze deine Trauer", flüsterte er mir zu und sah mir dabei tief in die Augen.

„Sie ist stark, tu es für Marcus."

Ich atmete tief durch, legte die rechte Hand auf meine Wange und nickte Ben zu, und die Konturen in der Höhle gewannen an Klarheit. Alles wurde gestochen scharf, sowohl Waltos grimmiges Gesicht, das sich spöttisch über Marcus' toten Körper beugte, während er tief und schallend lachte, als auch jedes zauberhafte Detail der drei Schönheiten, deren Gesang mit jedem Herzschlag verführerischer wurde. Ich erkannte, dass der Schutzzauber der weißen Umhänge nicht nur vor dem wütenden Sandsturm Sicherheit bot, sondern auch vor dem sirenenhaften Gesang behütete, ich erkannte jedes einzelne schwarze Sandkorn, das am Boden lag und das sich zuerst nur unmerklich bewegte, bis es meiner magischen Energie vollends zu gehorchen begann. Ich kanalisierte all meine Trauer über Marcus' Tod und die Wut auf seinen Mörder, ich ließ diese Kraft durch meinen Körper schießen, fühlte, wie mein Licht die Dunkelheit erleuchtete und alles in mir nur noch ein Ziel hatte - meinen eigenen wütenden schwarzen Sandsturm zu entfachen.

Davor konnten die weißen Umhänge die Totaa nicht beschützen, damit würden sie nicht rechnen und ich wusste, dass wir nur diese eine Chance hatten. Wir mussten uns den Überraschungsmoment zunutze machen. Jetzt sofort.

Mit einem Schlag entfesselte ich die geballte Wut und Trauer zu einem schwarzen Sturm und rannte zu Quirin und den Wächtern. Ben sollte in der Zwischenzeit die Drillinge außer Gefecht setzen und ich hoffte, dass er ihnen gewachsen war.

Die Totaa brüllten, ich hörte Waltos rasende Stimme über die Tornados hinwegfegen und seine Anweisungen sich im Tumult verlieren.

Meine Trauer und Wut auf ihn waren groß und es fiel mir nicht schwer, den Sandsturm am Leben zu halten, während ich mich mühelos durch das Tosen der schwarzen Körner bewegte und mit einem schnellen Schnitt das erste Halsband durchtrennte. Ben musste es geschafft haben, denn der erste Wächter nickte mir dankbar zu, und ich beeilte mich, alle nacheinander zu befreien, während ein Wächter neben mir von den weißen Pfeilen der Totaa getroffen wurde und tot zusammensackte.

Ich wusste, dass ich weitermachen musste, und durchschnitt ein Band nach dem anderen, bis ich Quirin erreicht und ihn befreit hatte. Er nahm mir das Messer ab und reichte es einem Wächter. „Kümmere dich um die Befreiung der anderen", befahl er.

Dann wandte er sich mir zu. „Du musst die Verdrängten einfangen!", schrie er über das Tosen des Sturms hinweg und zog etwas aus seiner Hosentasche. Es war ein heller Beutel, den er mir in die Hand drückte. „Wir kümmern uns um die Totaa, aber du musst die Verdrängten in die Bruderschaft zurückbringen. Die anderen haben alle versagt." In seiner Stimme schwang Verzweiflung mit.

„Aber wie … wie soll ich das anstellen?", keuchte ich.

„Du musst die Amulette um sie herumlegen", wies mich Quirin gehetzt an, während bunte Blitze neben uns einschlugen, die von dem summenden Geräusch der Wächterstäbe beantwortet wurden. Die Wächter hatten den Kampf gegen die Totaa wieder aufgenommen.

„Es sind die Amulette der Schutztempler, du musst damit alle Verdrängten einkreisen", erklärte er weiter.

„Aber warum ich?"

„Ich habe dich während der Befragungen gesehen,

Wächterin. Du bist stärker, als du denkst. Und ich ... ich bin schwächer, als ich dachte." Quirins Augenbrauen zogen sich zusammen und es schien ihn einige Kraft zu kosten, mir die Wahrheit zu sagen. „Die Verdrängten können nur von jemandem in Schach gehalten werden, der keine Angst vor ihnen hat. Sie benötigen klare Führung, aber sie sind außer Kontrolle geraten, sie sind wie Bestien auf der Suche nach ihrem nächsten Opfer, sie gehorchen nur dem, der über ihnen steht. Und sie haben in mir, ganz tief versteckt, die Angst vor ihrer Macht und ihrer ausufernden Gier gefunden. So tief versteckt, dass selbst ich es nicht mehr wusste."

Er deutete auf den Beutel in meiner Hand. „Geh jetzt. Ich werde den Sandsturm übernehmen und den Tod meiner Wächter rächen. Folge diesem Tunnel", er wies auf einen Ausgang auf der anderen Seite der Höhle, „er wird dich direkt zu ihnen bringen." Mit diesen Worten ließ er mich stehen und stürzte sich in den Kampf.

Quirins Sandsturm war noch gewaltiger als meiner und ich lief zu dem Tunnel hinüber, den Quirin mir gezeigt hatte. Ben hatte ich in dem Chaos nicht mehr gesehen, aber mein Instinkt sagte mir, dass ich jetzt keine Zeit hatte, um nach ihm zu suchen.

Rasch lief ich durch die engen Gänge. Quirins Sturm verfolgte mich tief in den Berg hinein. Die schwarzen Körner sausten an mir vorbei und nur durch meinen Schutzradius gelang es mir, mich schnell fortzubewegen.

Und dann hörte ich es. Ich hörte ihr Klopfen, das sich rhythmisch und bedrohlich anfühlte, und ich spürte die Kälte. Die Kälte, die nun viel intensiver und eisiger wurde, die Kälte, die von den Verdrängten ausging. Ich spürte, dass ich ihnen näher kam, und als ich über die erste tote Sinnträgerin stieg, die die Kleidung der Arbeiter trug, und das Brüllen eines Trägers hörte, wusste ich, dass sie nicht mehr weit waren.

Sie hatten die fünfundzwanzig wimmernden Arbeiter samt Edomir in eine dunkle Höhle gedrängt und sich im Kreis um sie versammelt. Den Sinnträgern war die Angst ins Gesicht geschrieben und einige krümmten sich vor Schmerz.

Die sieben scheußlichen Kreaturen schwebten mit ihren dünnen, in schwarze Kleidung gehüllten Körpern bedrohlich um ihre Gefangenen. Die Köpfe hatten sie schief gelegt und ich konnte ihre rauchenden Kettenfäden sehen, mit denen sie nach ihren Opfern schnappten – was bedeutete, dass die Verdrängten an Macht und Kraft gewonnen hatten. Auch die grotesken Masken mit den lang gezogenen Schnäbeln hatten sich verändert; sie waren nicht mehr weiß, sondern pechschwarz. Instinktiv wusste ich, dass dies nichts Gutes zu bedeuten hatte.

Ich öffnete den Beutel, den Quirin mir gegeben hatte, als ich die eiskalte Spitze fühlte, die in mich eindrang. Ich konnte mich gerade noch umdrehen, um dem achten Verdrängten, der hinter mir aufgetaucht war, in seine pechschwarzen Augen zu sehen. Sein Blick war erbarmungslos und gierig, als wäre ich nichts weiter als eine Beute, die er ausweiden wollte.

Sein kaltes Werkzeug bohrte sich in mich und schnitt durch mein Innerstes, tiefer und tiefer. Es war, als ob sie den Weg leicht fanden, als ob mein Widerstand schon gebrochen war, da es sich nicht um meine erste Befragung handelte.

Die eisige Kettenspitze glitt durch mich hindurch und ich spürte einen unvorstellbaren Schmerz in mir aufbrechen, einen Schmerz der tiefen Trauer, der Trauer über Marcus, Ben und all jene, die ich schon verloren hatte. Es war ein Gefühl der unendlichen Trostlosigkeit, geprägt von Leere. Die Kreatur versuchte meine innersten Mauern zu Fall zu bringen, sie versuchte, mich Stück für Stück zu zerlegen. Ich fühlte die Kälte, die durch meine Adern kroch und an mein Herz drang, ich fühlte, wie mein Atem nicht mehr war als ein eisiger Hauch, und ich fühlte, wie der Widerstand sich regte. Etwas in mir wehrte sich gegen das Wesen, etwas in mir wollte aufbegehren und die einkehrende Ohnmacht nicht zulassen. Dieses Etwas brachte mich dazu, meine letzten Kräfte zu mobilisieren, hochzuspringen und an der Maske des Wesens zu zerren, sie ihm zu entreißen und einmal in *sein Innerstes* zu blicken.

Der Schrei der Kreatur war ohrenbetäubend, es war mehr als ein Schrei, es war ein schrilles und apokalyptisches Kreischen, das sich ins Unermessliche steigerte, durch die Höhle raste, an mir vorbeifegte und mich zu Boden schleuderte.

Ich sah dieses schwarze Nichts, das sich hinter der Maske verbarg, diese dichte Leere, eine bodenlose Tiefe, das alles in sich aufsaugen wollte und mich fallen ließ … und dann … sah ich nichts mehr.

Kapitel 14

Ich war nicht hier und nicht dort, mein Blick war verschwommen und ich hörte ihre Stimmen, hörte die Erleichterung, hörte, wie er sich mir mit raschen Schritten näherte, sein Atem ging heftig. Ich spürte, wie mein Körper hochgehoben und weggetragen wurde, ich fühlte, wie sich die Kälte zurückgezogen hatte und nur noch Hitze herrschte, ich hörte einen schnellen Herzschlag und dann verlor ich das Bewusstsein.

Langsam öffnete ich die Augen, die sich so schwer anfühlten, hörte den schrillen Schrei, der in mein Innerstes drang, ich hörte die verführerischen Stimmen, die mich zu sich riefen.

Unter halb geschlossenen Lidern konnte ich erkennen, dass sie die Wächterkugeln benutzten, um die Gefangenen abzutransportieren. Die drei Schönheiten wirkten wie Engel, die über unseren Köpfen schwebten. Das Licht ihrer Augen war erloschen und sie wiegten sich sanft, während die anderen Totaa mit den Fäusten gegen die schimmernden Energiehüllen schlugen und irgendetwas brüllten.

Aber es waren nicht alle Totaa, sie hatten nicht alle gefasst. Die anderen mussten entkommen sein, Walto musste entkommen sein. Ich spürte den tief sitzenden Zorn, der aus mir herauswollte. Ich war zu schwach, um etwas zu unternehmen. Das Bild von Marcus' leeren Augen und seinem toten Gesicht schob sich vor mich und ich spürte die dumpfe Wut und einen Körper, der nicht reagieren wollte.

Wie viele von uns mussten noch sterben, bevor dem Terror ein Ende gesetzt wurde?

Ich entdeckte Coel, wie er mit eifrigen Bewegungen die Wächter dirigierte, es war wie bei einem Konzert, alle gehorchten seinen Anweisungen und folgten seinem Takt, sie brachten die Leichen weg und versorgten die Verletzten, ich sah in die erschöpften, aber hoffnungsvollen Gesichter und dann sah ich eine Wächterkugel, deren magische Hülle schwarz gefärbt war. Darin befand sich der Gestalter der Wachsamkeit.

Sie hatten Quirin festgenommen.

„Lee, bist du wach?", fragte Ben, der neben mir saß.

Ich öffnete langsam meine Augen und es brauchte einen Moment, bis sich meine verschwommene Sicht klärte. Ich war in der Bruderschaft und lag in einem der Betten des Aufenthaltsraumes. Eine bleierne Schwere herrschte in meinen Knochen, die sich viel zu heiß anfühlte.

„Du hast das Bewusstsein verloren."

„Was ist passiert?", stammelte ich und versuchte das Geschehene zu verarbeiten. Ich konnte mich an den wütenden Sandsturm, Marcus' Tod und die Verdrängten erinnern, ich sah noch immer dieses schwarze Loch vor mir, diese bodenlose Leere, die sich wie ein tiefer Fall ins dunkle Nichts angefühlt hatte. Aber danach bestand meine Erinnerung nur noch aus Fetzen.

„Einer der Verdrängten hat sich auf dich gestürzt", begann Ben zu erzählen und strich sich mit einer müden Handbewegung seine dunklen Haare aus der Stirn. „Ich war ein Stück hinter dir und konnte nicht viel erkennen, ich sah nur, dass er es auf dich abgesehen hatte." Sein Mundwinkel zuckte. „Und meine Flammengranate hatte es auf ihn abgesehen."

„Flammengranate?", hauchte ich.

„Ich habe mir irgendein Ding von einem Totaa geschnappt, bevor ich dir nachgerannt bin."

Mein Atem ging schnell. „Du bist mir nachgerannt?", fragte ich, selbst auf die Gefahr hin, dass ich mich wie eine vollkommene Idiotin anhörte. Aber ich fühlte noch immer diese Schwere in mir, die mich von hier wegzog und meinen Verstand vernebelte.

„Wir hatten doch gesagt, stürmisch und schnell", meinte Ben trocken. „Das setzt *zusammen* voraus."

Ich lächelte schwach.

„Nach unserer Befreiungsaktion konnten die Wächter die Totaa in die Flucht schlagen. Walto ist durch ein Portal geflohen und viele seiner Anhänger mit ihm. Doch einige konnten weggesperrt werden, die hübschen Sirenen können jetzt im Gefängnis weitersingen." Er machte eine kurze Pause und seine dunklen Augen sahen mich eindringlich an, fast als würde er überlegen, ob ich die Wahrheit vertragen könnte.

„Die anderen Gestalter ließen Quirin festnehmen. Er wird des Hochverrats angeklagt. Die Sache mit den Verdrängten hat ihm das Genick gebrochen."

Ich atmete tief ein. „Was ist mit den Verdrängten passiert?", wollte ich wissen.

Ben sog scharf die Luft ein. „Wir wissen es nicht. Nach der Flammengranate waren sie wie vom Erdboden verschwunden." Er hielt kurz inne. „Es kann aber auch gut sein, dass sie den Tumult genutzt haben, um abzuhauen und woanders ihr Unwesen zu treiben. Wahrscheinlich hat ihnen die Anwesenheit eines anderen Gestalters nicht zugesagt."

Quirins Worte kamen mir in den Kopf. „*Und sie haben in mir, ganz tief versteckt, die Angst vor ihrer Macht und ihrer ausufernden Gier gefunden. So tief versteckt, dass selbst ich es nicht mehr wusste.*"

Konnte in Wahrheit nur ein furchtloser Gestalter die Verdrängten bezwingen? Und waren die schwarz glühenden Amulette, die Quirin mir gegeben hatte, die einzige Möglichkeit, die Verdrängten in den achten Raum zurückkehren zu lassen?

Ben räusperte sich. „Casimir hat uns zu sich gerufen. Die anderen warten schon in der Bibliothek auf uns."

Ich nickte und versuchte mich langsam aufzurichten. Ben stützte mich und ich atmete seinen unwiderstehlichen Duft ein. „Geht es?", fragte er vorsichtig. „Die Flammengranate hat auch dich erwischt, aber nur ein wenig. Du wurdest, so schnell es ging, von einem Heiler der Wüstenplantage verarztet."

Unwillkürlich zog ich eine Augenbraue hoch, während ich auf die Beine kam. „Du hast also die Flammengranate auch auf mich geworfen?"

Bens Mundwinkel zuckte. „Ja, und ich würde es immer wieder tun."

„Du hast ganz schön seltsames Zeug gemurmelt", sagte Ben, der mich beim Gehen leicht an der Hüfte stützte. Seine Berührung fühlte sich warm und gut an.

Mein Puls schoss in die Höhe und ich hatte das Gefühl, sofort hellwach zu sein. „Was für seltsames Zeug?", fragte ich unruhig.

Anstatt zu antworten, lächelte Ben nur, als wir die Bibliothek betraten, in der sichtlich Tumult herrschte. Teile der Bücherregale waren leer, der Rest wurde gerade von einigen stämmigen Beschützern in einen magischen roten Rundbehälter gepackt, dessen Durchmesser nicht größer als ein Meter war.

„Das können die doch nicht machen!", rief Simeon

Casimir zu und schlug die Hände über dem Kopf zusammen. Seine hellblonden Haare standen wüst ab und in seinem Blick lag eine Mischung aus Verzweiflung und Ärger.

„Natürlich können wir", sagte Jesper herablassend und verschränkte die Arme hinter dem Rücken. Dabei fixierte er mit seinen stahlblauen Augen Simeon.

„Es geschieht auf gemeinsame Anordnung der Macht der Acht", erklärte Jesper mit überheblichem Tonfall. „Und wie ihr sicher wisst, bin ich vor kurzem zum neuen Gestalter der Wut ernannt worden."

„Du?", stieß ich hervor. „Aber wir waren doch dabei, als Dieter gewählt wurde!"

„Dieter", Jesper spuckte das Wort aus, als wäre es Unrat, „war für genau eine Nacht Wutgestalter. Er hat nur durch Schiebung gewonnen, deswegen wurde ihm der Titel des Gestalters wieder aberkannt. Die Zeiten der Vertuschung und Verdeckung sind nun vorbei – dunkle Zeiten erfordern keine dunklen Maßnahmen, die nach dem Gutdünken eines Einzigen vollzogen werden. Geheimorganisationen und Vorlieben eines Gestalters für seine persönliche Kampfarmee gehören der Vergangenheit an. Wir, die Macht der Acht, haben Alarmstufe Acht ausgerufen, an uns wird nichts mehr vorüberziehen."

Er machte eine bedeutungsvolle Pause, in der er mich intensiv anblickte. Mit etwas sanfterer Stimme fuhr er fort: „Wäre ich schon früher zum Gestalter gewählt worden, dann hätte die Tragödie in der Wüstenplantage nicht stattfinden müssen."

„Die Gestalter wussten von der Bruderschaft", zischte Casimir und seine Augen verengten sich.

Jesper schnaubte und machte einen Schritt auf

Casimir zu. Jede seiner Bewegungen schien eine Art Machtdemonstration zu sein. Mit seiner dunkelroten Robe, deren Saum mit Goldfäden bestickt war, mit seinen glatten schwarzen Haaren und dem Gesicht, das noch härter und kantiger wirkte als noch vor ein paar Wochen, verkörperte er den Inbegriff der Selbstgefälligkeit.

„Die Gestalter wussten von der Bruderschaft?", höhnte er. „Wer hat dir das erzählt? Quirin?" Er schüttelte den Kopf. „Auf das Wort eines Verräters würde ich nicht allzu viel geben."

„Quirin ist kein Verräter", konterte Casimir und in dem Blick, den er Jesper zusandte, lag nichts als purer Hass. „Er hat immer das Wohl der Sinnlichen Welt im Auge gehabt."

„Das Wohl der Sinnlichen Welt?" Jesper lachte hart auf und deutete auf mich. „Sieht so das Wohl der Sinnlichen Welt aus? Lee wäre beinahe mit den anderen gestorben. Unzählige Wächter fanden in der Sandwüste ihren Tod. Ihr Blut klebt an Quirins Händen. Wären die Verdrängten nicht gewesen, wäre den Totaa nicht ein derart heimtückischer Hinterhalt gelungen."

„Aber unsere Arbeit ... die Bücher ... meine Erfindungen", mischte sich Simeon ein, „was passiert jetzt damit?"

Edomir, der bislang das Treiben nur aus einer Ecke beobachtet hatte, meldete sich erschöpft zu Wort.

„Simeon hat recht. Wir haben so hart daran gearbeitet, diese Spuren zu finden. Wollt ihr die Hinweise jetzt einfach ignorieren?"

„Hinweise?", spottete Jesper. „Ich habe die letzten Monate mit diesen unnützen Anhaltspunkten verbracht, die uns nur in Gefahr gebracht haben. Ich habe den Schwachsinn über die Auserwählten über mich ergehen lassen müssen – aber dem ist nun ein Ende gesetzt."

„Wir haben immerhin das Schwarze und das Orangefarbene Buch der Macht gefunden", sagte ich. Ich konnte nicht glauben, dass uns Quirin so getäuscht hatte – und ich wollte es nicht glauben. Mir wurde bei dem Gedanken ganz schwindlig und ich hielt mich an Ben fest, um nicht das Gleichgewicht zu verlieren.

Jesper drehte sich zu mir um und als er meine Hand auf Bens Arm sah, blitzten seine Wutlinien rot auf. „Und wo sind die Bücher jetzt?", blaffte er mich an. „Kannst du dir denn sicher sein, dass du sie nicht selbst in die Hände des Feindes gespielt hast? Was weißt du denn schon, wer Quirin ist?"

„Zumindest weiß sie, dass du ein Arschloch bist", knurrte Ben, der sich sichtlich beherrschen musste, Jesper keine reinzuhauen. Seine Muskeln waren angespannt und seine Gesichtszeichnung hatte sich in tiefstem Schwarz entfacht.

„Hüte deine Zunge, *Reisender*", fauchte Jesper und seine blitzartige Musterung begann so stark zu glühen, dass es fast wirkte, als ob auch seine andere Wange leuchten würde. „Du sprichst hier nicht mehr mit einem geschätzten Beschützer, sondern mit einem *Gestalter*."

Als wir die weiße Fassade meines Turms erreichten, an der sich der bunt blühende Schwarzefeu emporrankte, fühlte ich mich schon etwas besser, zumindest körperlich. Denn die Gedanken wirbelten noch immer in meinem Kopf und ich konnte das Gefühl nicht abstreifen, von jemandem beobachtet zu werden.

„Du hättest mich nicht begleiten müssen", sagte ich zu Ben.

Er steckte die Hände in die Hosentaschen. „Ich

habe eine Flammengranate auf dich geworfen, da ist es wahrscheinlich das Mindeste, dass ich dich nach Hause bringe."

Ich lächelte und sah mir Ben an, wie er da stand, mit seiner lässigen Körperhaltung, den unergründlichen Augen, den wilden braunen Haaren und dem Dreitagebart. Er trug noch immer den Anzug der Bruderschaft, obwohl es die Bruderschaft nun nicht mehr gab.

„Du hast mir wahrscheinlich das Leben gerettet", sagte ich und mochte gar nicht daran denken, was passiert wäre, wenn Ben die Verdrängten nicht in die Flucht geschlagen hätte.

Ben zuckte mit den Achseln. „Wahrscheinlich", sagte er gelassen.

„Das war's dann wohl?", fragte ich etwas leiser und machte einen Schritt auf meinen weißen Turm zu.

„Das war's dann wohl", bestätigte Ben, ohne sich zu bewegen. „Die Bruderschaft ist zerschlagen worden."

„Und was machst du jetzt?", fragte ich und strich mir eine dunkle Haarsträhne aus dem Gesicht. Ich musste total ramponiert aussehen. Mein schwarzer Anzug wies überall kleine Brandlöcher auf und feine Sandkörner klebten an meiner Haut.

Ben fuhr sich durch seine Haare. „Ich werde ins schwarze Land zurückkehren und dann – mal sehen."

Ich nickte und es war natürlich, dass Ben nach der ganzen Aufregung vor allem eins wollte: zu Tara.

„Glaubst du Jespers Anschuldigungen? Dass Quirin hinter all dem steckt?", fragte ich und Ben schüttelte automatisch den Kopf.

„Ich glaube Jesper prinzipiell nicht", entgegnete er gelassen. „Aber uns sind die Hände gebunden. Ich bin mir sicher, dass uns Jesper von den Beschützern beobachten lässt – nur um sicherzugehen, dass wir nichts Falsches tun."

Ich sog tief die Luft ein. Das würde Jesper natürlich ähnlich sehen, uns zu kontrollieren und seine Macht auszuspielen.

„Machs gut, Lee", sagte Ben und versetzte mir damit einen kurzen Stich.

„Du auch", sagte ich und verfluchte das Vibrieren in meiner Stimme. Schnell legte ich meine Finger auf den schwarzen Bogen des Eingangs, damit die Steine sich dematerialisierten und ich mein kreisförmigen Wohnzimmer betreten konnte, um wieder allein zu sein. Doch ich war nicht allein.

Auf dem weißen Sofa aus Blütenwatte saß das Orakel mit einer Selbstverständlichkeit, die mich nicht hätte überraschen sollen. Die grün-roten Schlingpflanzen, die sich normalerweise um die Sitzmöglichkeiten des runden Wohnzimmers wanden, hatten sich zurückgezogen, fast so, als hätten sie Angst vor dem Besucher.

Ohne mich umzudrehen, fühlte ich, dass Ben hinter mir stand. Ich konnte auch sein Herz schlagen hören, als er sich neben mich stellte und das Orakel skeptisch betrachtete.

„Ihr habt den Weg zu mir gefunden", erklärte das Orakel mit sanfter Stimme. Der Blick seines bleichen, ausdruckslosen Gesichtes verlor sich im Nichts.

„Du wusstest, dass wir zu zweit kommen?", fragte Ben und schnaufte. „Natürlich wusstest du das."

Das Orakel wandte uns sein Gesicht zu. „Ich habe beschlossen, euch die ganze Geschichte zu erzählen. Manchmal ist es wichtig, das Große zu sehen, um auch das Kleine erkennen zu können."

Ich wusste nicht, was er damit meinte, aber seine Worte klangen wertvoll. Er stand auf und ließ seine rechte Hand über den hellen Boden kreisen, bis eine glitzernde Kugel erschien, die sich zu einer schimmernden, kreisrunden Fläche ausdehnte. Es sah aus wie ein silberner See, dessen Oberfläche sich sanft kräuselte.

"Taucht mit mir in meine Erinnerungen", hauchte das Orakel und machte einen Schritt in den funkelnden Kreis, der ihn wie glitzerndes Wasser verschluckte.

"Willst du ihm wirklich folgen?", fragte Ben einen Herzschlag später.

"Was haben wir denn jetzt noch zu verlieren?", entgegnete ich.

"Unser Leben?", fragte Ben und ließ eine Augenbraue nach oben wandern.

"Okay - dann bleiben wir lieber hier", sagte ich und sah ihn herausfordernd an.

"Du versuchst, mich zu provozieren."

"Wirklich?"

"Wirklich." Sein Mundwinkel zuckte und im nächsten Moment griff er nach meiner Hand, um dem Orakel hinterherzuspringen.

Es war wie ein Film, den man sich ansieht. Ich war körperlich nicht anwesend, war nicht mehr als ein Beobachter, eine Wolke, die an dem Geschehen vorbeiflog.

"Ich habe es geahnt, aber ich habe nicht gewusst, welche Schande du über unser Volk bringst", spie Tubalt Ani ins Gesicht, die einen weißen Umhang trug. Die hübsche Vertrauensträgerin richtete ihren Blick auf den Boden, es war nicht die Erde der Sinnlichen Welt, sie befanden sich in der Menschenwelt. Die Sterne funkelten am Nachthimmel.

Tubalt schnappte nach Anis Arm und krallte seine Finger in ihre Haut. Seine Zeichnung entfachte sich in tiefstem Rot, seine Augen funkelten böse und sandten ein zorniges Licht über die verlassene Anhöhe, auf der sie standen.

„Du willst dich hier mit ihm treffen, einem Dunklen! Wie kannst du nur?", brüllte er und starrte sie an.

„Es gibt mehr als Schwarz und Weiß, das werdet ihr noch verstehen", entgegnete Ani und richtete den Blick auf den Wutträger. Ihre Augen trugen etwas Sanftes und Starkes in sich. „Tubalt, dieser stille Krieg, er muss aufhören. Die Unterdrückung … wir haben nicht das Recht, uns über sie zu stellen." Ihre Gesichtszeichnung begann, weiß zu glimmen.

„Natürlich haben wir das Recht, es ist unser verdammtes Recht!", fauchte Tubalt, als sich eine Gestalt aus der Dunkelheit schälte.

„Lass sie los", verlangte Magnus keuchend. „Ani, geht es dir gut?" In seinen braunen Augen erkannte ich tiefste Sorge.

„Es ist alles okay, Magnus", antwortete sie.

„Es ist nichts okay", zischte Tubalt und wandte seinen muskulösen Körper dem dünnen Magnus zu. „Ani wird des Hochverrats angeklagt und zum Tode verurteilt, wolltest du das? Wolltest du unbedingt für die Hinrichtung einer Hellen verantwortlich sein?"

„Magnus, du solltest besser gehen", sagte Ani ruhig.

„Ich werde dich nicht alleine lassen, Geliebte", entgegnete er und schüttelte den Kopf. „Ich werde dich nicht alleine lassen."

„Doch, das wirst du", erklärte Tubalt, „und zwar für immer." Tubalt hob seinen Arm und feuerte einen brennenden Ball aus seiner Handinnenfläche ab. Gerade noch rechtzeitig konnte sich Magnus ducken und ließ aus seinen Fingern einen schwarzen Giftpfeil auf Tubalt *zurasen. Ani schrie auf, warf sich vor Tubalt und der Pfeil durchbohrte ihr Herz. Sie sackte auf die Erde und war augenblicklich tot.*

„Ani!", schrie Magnus erstickt und rannte auf Tubalt zu, der ein grimmiges Brüllen losließ und einen weiteren Feuerball auf Magnus abfeuerte, der ihn am Bein traf. Magnus' Gesicht verhärtete sich und es war darin nichts als Hass zu lesen. Mit einem Brüllen hob er die Hand und tötete Tubalt mit einem gezielten Schuss, bevor er den leblosen Körper seiner Geliebten verzweifelt in seine Arme zog.

„Warum hast du uns das gezeigt?", fragte ich, als wir wieder in unserem Wohnzimmer standen. „War es deine Erinnerung?"

Das Orakel nickte.

Einen Moment herrschte Stille.

„Du bist dieser Magnus gewesen", sagte ich.

„Ihr wolltet wissen, warum ich der geworden bin, der ich heute zu sein scheine. Ich war für den Tod zweier Hellen verantwortlich, ich war verantwortlich für den Tod der Liebe meines Lebens, ich war verantwortlich für den Ausbruch des Ersten Sinnlichen Krieges in unserer Welt, der auch zum ersten Weltkrieg in der anderen Welt geführt hat."

„Und deswegen hat man dich zum Orakel befördert?", fragte Ben zynisch.

„Es ist ein Fluch, kein Segen. Ich habe den Dunklen Ort verflucht, der mir meine Prophezeiung geweissagt hat, der mich anwies, Ani in der Menschenwelt zu treffen, um alles zum Guten zu wenden." Er senkte den Kopf. „Nach Anis Tod bin ich an den Dunklen Ort zurückgekehrt. Ich war so voller Trauer, Wut und Schmerz, wie ein Sinnträger nur sein kann. Ich schrie ihn an, wieso er mir das angetan hatte. Warum hatte mich der Dunkle Ort dazu gebracht, etwas zu tun, das zur größten Tragödie meines Lebens geführt hatte?"

Das Orakel seufzte schwer. „Die Wahrheit ist, ich wollte mich umbringen – und dabei ist es passiert. Ein Teil seiner Macht ging auf mich über." Er machte eine kurze Pause. „Alles ist miteinander verbunden", fuhr er gedämpft fort, „auch ihr. Die Vergangenheit und die Zukunft, nichts passiert ohne Grund, alles ist miteinander verwoben. Ihr seid ein Teil der Geschichte, eure Geschichte ist Teil dieser Welt, in die nur Menschen, die das Gefühlsgen in sich tragen, berufen werden. Der Zweite Sinnliche Krieg, wie er ausgelöst wurde, von wem er ausgelöst wurde, und was jetzt passiert – es sind Fäden, die zusammenhängen. Genauso wie das, was im Ersten Sinnlichen Krieg geschehen ist. Eins führt zum anderen und wieder zurück."

„Warum erzählst du uns das?", fragte ich, denn seine Worte ergaben kaum Sinn und warfen nur noch mehr Fragen auf.

„Weil es euer Weg ist", sagte das Orakel sanft, beinahe zärtlich.

„Was ist unser Weg?", fragte Ben und verlor langsam die Beherrschung. „Kannst du nicht einfach mal klar sagen, was Sache ist – anstatt immer in Rätseln zu sprechen?"

Das Orakel legte den Kopf leicht schief und schien zu überlegen.

Ben schnaubte. „Kannst du nicht einmal eine einfache Frage klar beantworten?"

„Gut, Reisender", sagte das Orakel ruhig und blickte Ben in die Augen, „du darfst mir eine Frage stellen, die ich in deinem Sinne beantworten werde. Aber vorab:

Der Aufenthaltsort der Bücher ist mir nicht bekannt."

„Aber vielleicht ist dir der Aufenthaltsort von Jaron bekannt?", fragte Ben harsch, noch bevor ich etwas sagen konnte.

Das Orakel nickte. „Ja, das ist er." Es machte eine kurze Pause. „Er ist in deiner Heimat, dem Land des schwarzen Ekels."

Kapitel 15

Die Sumpflandschaft erstreckte sich bis zum Horizont. Der ekelhaft brackige Geruch des Wassers und das flatternde Getier ringsum erinnerten mich an meinen ersten Besuch im schwarzen Land und ich schluckte, als ich den ächzenden Steg betrat, der sich in der Ferne zu einem Netzwerk halb zerfallener Brücken verästelte.

„Vorsicht, da ist ein Nacktschwimmer", warnte mich Ben und ich beäugte hektisch das stinkende Sumpfwasser.

„Wo?"

„Weiß nicht, er ist grad untergetaucht."

„Was ist ein Nacktschwimmer?", hakte ich angespannt nach, während ich das seltsam kitzelnde Gefühl in meinem Nacken zu ignorieren versuchte. Das waren sicher nur meine Nerven, die mir einen Streich spielten.

Ben rieb sich über seinen Dreitagebart. „So eine Art Mischung aus Fisch, Wurm und Schnecke. Sie springen gern hoch und versuchen, nach einem zu schnappen.

„Na super", murmelte ich, während ich langsam weiterging. „Und was passiert, wenn sie dich erwischen?"

Ben grinste. „Das willst du lieber nicht wissen."

„Doch, ich möchte das sogar ganz genau wissen", gab ich zurück und warf ihm einen schnellen Blick über die Schulter zu. Die Sonne ging gerade unter und reflektierte in seinen dunklen Augen, die mich belustigt anfunkelten. Ein leichtes Lächeln spielte um seine Mundwinkel und für einen Moment fühlte es sich fast so an, als wäre all das, was in den letzten Monaten passiert war, nie geschehen. Ich spürte einen Kloß in der Kehle und blickte schnell wieder nach vorne. Gleichzeitig stieg ich mit dem Fuß auf etwas Glitschiges, das mit einem ekelhaften Geräusch unter meinem Gewicht zerplatzte. Mit einem Schrei fuhr ich zurück und prallte gegen Bens Brust.

„Das waren Nacktschwimmereier", konstatierte er trocken, während er einen Blick über meine Schulter warf. „Das hättest du besser nicht tun sollen."

„Ich hasse dieses Land", stöhnte ich voller Inbrunst. „Was machen diese Dinger, wenn sie hochspringen?"

„Vorsicht", erwiderte Ben und zog mich rasch zur Seite, als ein längliches, glitschiges Wesen mit rosafarbener Haut aus dem Wasser schnellte und mit seinem zahnlosen Maul nach uns schnappte.

„Es erweckt in dir den Drang, dich nackt auszuziehen und schwimmen zu gehen", beantwortete Ben meine Frage, nachdem er mich wieder losgelassen hatte.

„Du verarschst mich."

Er grinste. „Du kannst dich ja schnappen lassen, wenn du mir nicht glaubst."

Die nächsten Minuten achtete ich penibel darauf, den hochspringenden Nacktschwimmern auszuweichen, während der Sumpf ringsum immer dunkler wurde und der orangefarbene Mond aufging. Ein kalter Wind zog über das Land und ich fühlte, wie die sorglose Stimmung zwischen Ben und mir verflog. Es hing so viel von uns ab, wieder einmal – und ich hatte keine Ahnung, was uns am Ende des Weges erwartete. Das Orakel hatte gesagt, dass wir der untergehenden Sonne folgen und beim ersten Schrei links abbiegen sollten.

Ihr müsst euch jetzt auf den Weg machen, sonst seid ihr zu spät.

Seine gelben Augen hatten mich durchdringend

angesehen und wir waren sofort aufgebrochen. Ich war mit Ben durch das Wasser bis zu der Stelle gereist, an der wir das Ekelland zum ersten Mal gemeinsam betreten hatten. Jetzt gingen wir hintereinander über den Steg und ich fragte mich, ob es das war, was Ben wollte.

Wieder auf einer Mission, wieder mit mir allein. Vermisste er Tara? Ich hatte gesehen, wie er einmal kurz über den Kommunikationskristall gestrichen hatte, als ob er sich nicht sicher sei, ob er sie kontaktieren sollte. Es war seltsam für mich gewesen.

„Du bist so still", sagte Ben.

„Ich … ich habe nachgedacht", erwiderte ich zögernd und machte einen großen Schritt über ein Loch in dem morschen Holzsteg.

„Über Jaron?"

„Ja", antwortete ich der Einfachheit halber. „Ich wünschte, ich wüsste, was uns erwartet."

„Ich auch", erwiderte Ben. „Das hier ist keine ungefährliche Gegend. Es gibt hier einige Strafgefangenenlager in der Nähe."

„Du meinst diese Gefängnisse, wo die Insassen den ganzen Tag über den Schleim aus den Bäuchen der Ekelsauger nuckeln müssen? Die gibt es wirklich?"

Ben nickte. „Ja, die gibt es wirklich und die Leute werden auch *wirklich* verrückt dabei."

Plötzlich durchschnitt ein langgezogener, schmerzerfüllter Schrei die Luft, bei dem sich mir die Härchen auf den Armen aufstellten. Der Steg verästelte sich hier in mehrere Richtungen und ich tauschte einen kurzen Blick mit Ben, bevor wir den linken Weg einschlugen.

Die Dunkelheit hatte sich inzwischen wie eine Decke über das Land gesenkt und nur der orange Schein des

Mondes ließ die Konturen des Stegs erkennen. Ich zog meinen Wächterstab und leuchtete uns damit den Weg, während die Schreie aus der Ferne immer häufiger wurden.

„Was ist da los?", flüsterte ich Ben zu. Er schüttelte den Kopf und ich konnte die Sorge in seinen Augen sehen.

„Ich weiß es nicht", gab er leise zurück. „Lass mich vorangehen."

„Aber ich leuchte uns doch den Weg."

„Das kannst du auch hinter mir", sagte er streng. Seine Stimme duldete keine Widerrede und ich blieb stehen, während er sich auf dem schmalen Steg an mir vorbeischob und lautlos die Führung übernahm. Seine Bewegungen waren angespannt und sein ganzer Körper wirkte kampfbereit.

Wir waren etwa zehn Minuten unterwegs, als der Lichtschein von Flammen in der Ferne zu sehen war. Der Geruch von verbranntem Holz und Fleisch wehte uns entgegen und wir beschleunigten unwillkürlich unsere Schritte.

Schließlich machte der Steg einen Knick und führte uns zu dem Ursprungsort der Flammen. Es war eine verlassene Siedlung aus Pfahlbauten, die unter Feuer stand. Mehr als die Hälfte der Häuser war bereits ausgebrannt und der Steg, der zur Siedlung führte, brannte lichterloh. Dicke graue Rauchwolken stiegen davon in die Höhe und dahinter sah ich unzählige Boote, die von der Pfahlbausiedlung hinüber ans rettende Land setzten.

„Was ist hier passiert?", stieß ich hervor. Auf einem der Boote weinte jemand und ich erblickte das weiße Zeichen der Totaa an einem der Häuser.

„Die Totaa", murmelte Ben neben mir düster. „Sie

hinterlassen überall nur Tod und Zerstörung."

„Wir müssen ihnen helfen", sagte ich.

Ben blickte auf die brennenden Pfahlbauten. „Die Bewohner haben diese Siedlung aufgegeben, wir können hier nichts mehr tun."

Ich nickte widerstrebend und setzte mich wieder in Bewegung. Ein fernes Rumpeln aus dem Wald, dessen Baumgrenze in einigen hundert Metern Entfernung zu sehen war, ließ mich zusammenzucken. Es klang nach einem Erdbeben, doch ich fürchtete, dass es sich um einen weiteren Angriff der Totaa handelte.

„Es wird immer schlimmer", flüsterte ich.

Ben nickte. „Umso wichtiger ist es, dass wir Jaron finden. Vielleicht hat er die Bücher der Macht noch in seinem Besitz. Die Bücher können die entscheidende Wende im Kampf gegen die Totaa bringen."

Ich nickte, einfach weil ich es glauben wollte, auch wenn mir mein Gefühl etwas anderes sagte.

Der Steg endete so plötzlich, dass ich um ein Haar ins Leere gestiegen wäre. Die zersplitterten Holzplanken hörten einfach auf, während sich der Sumpf still und stinkend um uns in alle Richtungen erstreckte.

„Und jetzt?", fragte ich, während mir das Herz bis zum Hals klopfte. Von so einer Situation hatte das Orakel nichts erwähnt. Wir waren beim ersten Schrei links abgebogen, wir hatten doch alles richtig gemacht?

„Vielleicht müssen wir schwimmen", sagte Ben.

„Da drin?", fragte ich und versuchte den hysterischen Ton aus meiner Stimme zu verbannen. „Denkst du wirklich, dass das die Lösung ist? Und wohin schwimmen? Hier ist doch nichts."

„Nichts, was wir auf den ersten Blick sehen können",

korrigierte mich Ben und ich hatte das Gefühl, dass wir Rollen getauscht hatten. Warum war er plötzlich so besonnen und ich so hysterisch? Lag es an dem schwarzen Land? Brachte es seine besten und meine schlechtesten Eigenschaften zum Vorschein?

„Okay", sagte ich, da mir auch keine bessere Lösung einfiel. „Dann lass uns schwimmen."

„Ich gehe vor", meinte Ben und ließ sich mit einer raschen Bewegung ins Wasser gleiten. Er verzog das Gesicht. „Schön warm."

„Wunderbar", murmelte ich und tat es ihm gleich.

Das stinkende Sumpfwasser schloss sich schmatzend um meine Glieder und ich versuchte den Gedanken zu verdrängen, welche Kreaturen außer den Nacktschwimmern wohl noch darin hausten. Meinen Wächterstab hatte ich deaktiviert und an meiner Hüfte befestigt, um die Hände frei zu haben. Mit einem Schlag war es viel finsterer und nur der orangefarbene Mondschein spendete etwas Helligkeit.

„Siehst du das?", fragte Ben, der vor mir schwamm.

Ich schüttelte den Kopf, doch dann schien ich eine Art magische Grenze überschritten zu haben und saugte ehrfürchtig die Luft ein. Denn nun konnte ich es auch sehen.

„Ja", stieß ich hervor. Vor uns war eine dunkle Insel aufgetaucht, die zuvor nicht da gewesen war, und darauf thronte ein massives schwarzes Herrenhaus.

Wir erreichten das Ufer der Insel ohne weitere Zwischenfälle und ich war erleichtert, als ich aus dem schlickigen Wasser krabbelte.

„Alles okay?", fragte Ben, der tropfnass war und mir ans Ufer half. Ich nickte, während meine Augen über die glatte Fassade des schwarzen Gemäuers glitten. Ein mächtiger Abwehrzauber musste das Anwesen vor unseren Blicken verhüllt haben und ich dachte, dass wir es ohne die Hilfe des Orakels wohl nie gefunden hätten. Rasch zog ich meinen Wächterstab und strich mir die nassen Haare aus der Stirn. Aus der Ferne waren gellende Schreie zu hören und das Land erzitterte erneut.

„Es klingt, als würden sie unsere Hilfe brauchen", sagte ich.

„Wir sind eine größere Hilfe, wenn wir es schaffen, die Bücher der Macht zu finden", erwiderte Ben und schritt auf das große, zweiflügelige Eingangstor zu.

Das Haus empfing uns mit einer unheimlichen Kälte und Stille. Eine geschwungene schwarze Marmortreppe führte aus der Eingangshalle in das Obergeschoss, und obwohl der steinerne Boden von Rissen durchzogen war, spürte ich noch immer die ehrfurchtgebietende Imposanz, die von diesen Mauern ausging.

„Wir sollten uns aufteilen", flüsterte Ben und ich warf ihm einen irritierten Blick zu. Sein Mundwinkel zuckte. „War nur ein Scherz, Wächterin. Was sagt dein Instinkt, wohin sollen wir?"

„Mein Instinkt sagt, wir sollen der Wärme folgen", erwiderte ich ebenso leise. Ein kaum wahrnehmbarer Luftzug aus einem der angrenzenden Räume hatte den Geruch von brennendem Holz mit sich getragen. Es war sehr fein gewesen, dennoch nickte ich entschlossen in Richtung einer schwarzen Tür, die neben der Treppe tiefer in das Haus hineinführte. Ben ging vor und legte seine Hand auf die Klinke. Das Wasser tropfte noch immer von uns herunter und hinterließ kleine Pfützen zu unseren Füßen. Behutsam öffnete Ben die Tür und ich zuckte zusammen, als sie mit einem lauten Knarren aufschwang.

Hintereinander betraten wir einen Raum, dessen Fenster mit schweren dunkelroten Vorhängen verhängt waren. In der Mitte standen ein langgezogener Esstisch aus poliertem Holz und acht dazu passende Stühle. Eine staubige Stille lag über der Szenerie und ich wunderte mich über die silberne Obstschale auf dem Tisch. Die Früchte darin glänzten saftig und sahen aus, als wären sie frisch gepflückt worden. Vorsichtig bewegten wir uns an dem Tisch vorbei auf die nächste Tür zu. Sie war ebenfalls schwarz und sah genauso aus wie jene, die wir eben passiert hatten.

Ben blickte sich angespannt um und empfand offenbar dasselbe Unbehagen, in diesem Haus zu sein, wie ich. Von draußen waren wieder gedämpfte Schreie zu hören und die Fensterscheiben hinter den dunkelroten Samtvorhängen klirrten leise.

Der Geruch nach brennendem Holz wurde stärker und ich nickte Ben zu, bevor ich die Klinke der nächsten Tür hinunterdrückte. Hintereinander traten wir über die Schwelle und fanden uns in einem karg möblierten Wohnraum wieder.

An der linken Wand flackerte ein Feuer in einem schwarzen Kamin und die Flammen warfen tanzende Schatten an die Wände. Neben dem Kamin saß ein schlanker Sinnträger in einem schwarzen Lehnstuhl. In der Hand hielt er ein Glas mit einer tiefroten Flüssigkeit und auf seinen Zügen lag ein gewinnendes Lächeln, als er uns entgegenblickte. Ich hatte das Gefühl eines Déjàvus und atmete tief durch. Diesen Raum kannte ich, ich kannte ihn aus der Kristallaufzeichnung von Eden, die Edomir uns in der Bruderschaft einst gezeigt hatte.

Damals hatte der Urgestalter des Ekels genauso in

dem schwarzen Lehnstuhl gesessen wie jetzt Jaron. Der Freudeträger hatte sich so stark verändert, dass ich ihn im ersten Moment fast nicht erkannt hätte.

„Lee, Ben, welch Überraschung", sagte Jaron und wies auf zwei schwarze Ohrensessel ihm gegenüber. „Setzt euch doch. Darf ich euch einen Dunkelwein anbieten?"

„Nein danke", antwortete ich und rührte mich nicht von der Stelle.

„Lass uns keine Zeit verschwenden", sagte Ben. „Wo sind die Bücher der Macht?"

Jaron lächelte und strich sich bedächtig mit dem Zeigefinger über seine rechte Augenbraue. „Ihr denkt, ich habe sie gestohlen?"

„Casimir sagt, du hast den Verdrängten die Flucht ermöglicht und bist dann selbst aus der Bruderschaft geflohen. Das wirft kein gutes Licht auf dich", erwiderte ich ruhig.

Jaron nippte an seinem Wein und verzog dann angewidert das Gesicht. „Da hast du natürlich recht, Lee. Logisch und nüchtern wie immer. Daher sollte es dir auch nicht gelingen, mich für etwas zu verurteilen, was ich nicht getan habe."

„Du leugnest also, einen Zauber gewirkt und abgehauen zu sein?", fragte Ben.

„So setzt euch doch", sagte Jaron unbeeindruckt. „Ich bekomme ja noch einen steifen Nacken, wenn ich immer zu euch hochsehen muss." Seine Wange begann in sanftem Orange zu glühen und er strich leicht darüber. „Wollt ihr nicht vielleicht doch etwas trinken?"

„Vielleicht nehme ich tatsächlich ein Glas", erwiderte ich zögernd, weil ich nicht unhöflich sein wollte.

„Für mich nicht", sagte Ben, machte aber dennoch Anstalten, sich zu setzen.

„Ah, so ist es doch gleich viel besser, nicht wahr?" Jaron lächelte uns an und mir fiel auf, dass seine Augen viel heller waren als früher.

„Was sagt ihr zu den aktuellen Unruhen? Schreckliche Zustände, nicht wahr?"

Ich nickte. „Wir haben eine zerstörte Siedlung gesehen. Die Totaa scheinen sie angegriffen zu haben. All diese Schreie … es war entsetzlich."

Jaron nickte mitfühlend. „Und es sind nicht nur die Totaa. Auch die Verdrängten ziehen durchs Land und verbreiten Angst und Schrecken."

„Ja, weil *du* sie freigelassen hast", knurrte Ben und seine schwarzen Linien begannen bis zum Hals hinab zu glühen.

„Ich?" Jaron schüttelte den Kopf. „Wieso sollte ich das tun? Ich bin kein Feind der Sinnlichen Welt, Ben, das solltest du wissen." Er beugte sich vor und schenkte sowohl Ben als auch mir aus einer gläsernen Karaffe ein Glas von der dunkelroten Flüssigkeit ein. „Wie ich hörte, hat die Macht der Acht aber schon reagiert und sowohl Wächter als auch Beschützer ausgesandt, um auf die Bedrohung durch die Verdrängten zu reagieren. Ein Glück." Seine linke Wange begann wieder orange zu glitzern.

„Woher weißt du das?", fragte Ben argwöhnisch.

„Natürlich aus den Nachrichten", erwiderte Jaron. „Nur weil ich hier am Ende des schwarzen Landes gestrandet bin, heißt das nicht, dass es hier keine Nachrichtenwürfel gibt." Er kratzte sich an der Wange. „Aber trinkt doch, es wäre unhöflich, meinen Wein abzulehnen."

Ben und ich griffen automatisch nach den Gläsern und ich schnupperte daran. Die dunkelrote Flüssigkeit roch süß und fruchtig, viel besser, als ich es mir vorgestellt hatte.

„Mmmmh", sagte auch Jaron, der ebenfalls einen Schluck genommen hatte. Ich nippte daran und ein ganz und gar scheußlicher Geschmack schwappte über meine Zunge. Meine Wachsamkeitslinien erhellten sich schlagartig und ich presste im Reflex zwei Finger gegen meine Zeichnung, um das Glas von Ben zerplatzen zu lassen, bevor er von dem Wein kosten konnte.

„Nicht doch, nicht doch!", rief Jaron. „Was machst du denn mit dem guten Wein?"

„Er ist ekelhaft!", stieß ich hervor, während das Feuer im Kamin leise knackte.

„Du bist hier im Haus des Urgestalters des Ekels, was hast du denn erwartet?", fragte Jaron kopfschüttelnd zurück. Seufzend bewegte er sachte die Finger und die Scherben verschwanden wie von Zauberhand.

„Deine Magie ist stärker geworden", sagte Ben und spannte sich an.

„Das? Ach, das konnte ich schon immer", erwiderte Jaron leichthin. Ich blickte ihn an und wusste, dass er log.

„Erzähl uns, was in der Bruderschaft passiert ist."

Er seufzte. „Du wirst keine Ruhe geben, nicht wahr, Wächterin?" Der Freudeträger schüttelte bekümmert den Kopf. „Ein kleines Missgeschick. Ich wollte einen simplen Körpertauschzauber wirken, um Casimirs Aussehen anzunehmen. Der griesgrämige Templer schlief gerade und ich dachte, es wäre eine gute Gelegenheit, in seiner Gestalt die Bruderschaft zu verlassen."

„Das nennst du simpel?", fragte Ben.

Jaron lächelte nachsichtig. „Nun, manchmal ist es tatsächlich ziemlich *praktisch*, auf das Wissen eines

Urgestalters zurückgreifen zu können."

„Ist es das?", meinte Ben kalt.

„Was ist dann passiert?", fragte ich.

Jaron schlug die Beine übereinander. „Ich nutzte meine magische Fähigkeit, um einen Schutztempler zu überzeugen, mich ins Labor zu lassen. Er spaltete sein Ebenbild ab, das mich eskortierte. Bedauerlicherweise kam es dann zu diesem ungeplanten Zwischenfall."

„Wovon redest du?", knurrte Ben.

„Mein Zauber. Er war stärker, als ich dachte. Und so kam es, dass nicht nur Casimir und ich den Körper und die Kleidung tauschten, auch der Schutztempler im Labor und jener in der achteckigen Halle tauschten ihre Körper."

„Das Amulett", flüsterte ich. „Deshalb fehlte dem einen Schutztempler das Amulett um seinen Hals."

Jaron nippte an seinem Wein. „So ist es. Das Amulett wanderte zu mir ins Labor, wodurch der Bannkreis der Verdrängten aufgehoben wurde. Die Kreaturen müssen das wohl irgendwie gespürt haben und sind aus den Befragungszellen direkt in die Halle gekommen, wo sich dann einige unschöne Szenen zugetragen haben, die ich gerne als unerfreulichen Unfall betrachte." Er machte eine kurze Pause. „Aber zumindest war ich nur kurz in der Gestalt des ekelhaften Templers, die ganze Magie schien auf die Schutztempler übergegangen zu sein."

Ben schnaubte abfällig.

„Wo sind die Bücher?", fragte ich.

„Ich weiß es nicht", erwiderte er geduldig. „Ihr müsst mir glauben, ich suche danach ebenso wie ihr."

„Du suchst danach? Hier?", fragte Ben hart. „In diesem Haus?"

Eine Erschütterung lief durch das Gemäuer und

Jaron legte den Kopf leicht schief. „Diese Unruhen sind wirklich lästig", seufzte er.

„Dann hättest du die Verdrängten nicht rauslassen und die Bücher nicht stehlen dürfen", zischte Ben.

Jaron schüttelte den Kopf. „Ach herrje. Wenn ich die Bücher hätte, denkst du, ich würde dann hier sitzen? In diesem alten Haus, das alles versucht, um den Ekel in mir zu wecken?"

Ich blickte mich um. Nach dem Erlebnis in der Sumpfburg erschien mir das Haus relativ harmlos. Es hatte zwar eine beunruhigende Atmosphäre, aber wenigstens keinen Kotzesee im Wohnzimmer.

Jaron lächelte. „Ich weiß, was du denkst. Du denkst, es ist doch gar nicht so schlimm, nicht wahr?" Er stand auf und schlenderte zu einem schwarzen Schrank, in dem ein Silberschlüssel steckte, den er mit einem leisen Klacken herumdrehte. Im Schrank befanden sich mehrere schwarze Teller mit silbernen Servierglocken. Jaron hob eine davon an und schnupperte genüsslich an der Speise darunter.

„Zimtzaubermousse", flüsterte er. „Eine meiner Leibspeisen." Gemächlich griff er nach dem Teller und trug ihn zu unserem kleinen Tischchen. „Wollt ihr probieren?"

Ich schüttelte automatisch den Kopf, während mir der unwiderstehliche Duft der Zimtzaubermousse in die Nase stieg. Ich hatte in meinem ganzen Leben noch nichts Besseres gerochen.

„Nur zu, seid nicht schüchtern", sagte Jaron und obwohl mir eine leise Stimme zuflüsterte, dass der Wein auch lecker gerochen hatte, beugte ich mich vor und tauchte einen der bereitliegenden Löffel in die Mousse ein. Ich führte ihn zum Mund und zögerte. Meine

Wachsamkeitslinien brannten auf meiner Haut und ich wusste, dass es dafür einen Grund geben musste, aber ich konnte nur an die leckere Mousse denken. Ben hatte sich ebenfalls einen Löffel geschnappt und ich öffnete bereits den Mund, als ich die winzigen zimtbraunen Maden wahrnahm, die in der Süßspeise zappelten. Sie bohrten sich durch die Mousse und der wunderbare Geruch wandelte sich in einen widerlichen Gestank, der mich würgen ließ. Angewidert ließ ich den Löffel fallen.

Jaron lachte laut los. Es brach unvermittelt aus ihm heraus und ich zuckte bei dem Geräusch zusammen.

„Du widerliches Arschloch", fauchte Ben und schleuderte Jaron seinen Löffel Madenmousse entgegen. „Findest du das etwa lustig?"

Jaron kicherte noch immer. „Oh ja", meinte er vergnügt. „Ich bin ein Freudeträger, schon vergessen?"

„Der sich im Domizil eines Ekelgestalters verschanzt hat", ergänzte ich. Mein Sinn hatte endlich wieder die Herrschaft übernommen und ich blickte mich mit neu gewonnener Wachsamkeit um. Wo konnte Jaron die Bücher der Macht versteckt haben?

„Lee, hör auf, so gelb zu glühen, das tut ja in den Augen weh. Ich will ehrlich zu euch sein." Jaron setzte sich wieder in seinen schwarzen Lehnstuhl und schlug die Beine übereinander. „Natürlich hat es einen Grund, dass ich hier bin. Doch es ist ein anderer, als ihr vermutet." Er machte eine weit ausholende Armbewegung. „Denkt ihr, es macht mir Freude, mich in so einer abstoßenden Umgebung aufzuhalten? Dieses Haus ist dafür gemacht, um den Ekel zu stärken. Alles, was du willst, alles, was du begehrst", er lächelte leicht, „hat die unschöne Eigenschaft, sich in etwas Schreckliches zu verwandeln." Er machte eine kurze Pause. „Diese Eigenschaft des

Hauses kann ganz schön nervtötend sein", fuhr Jaron fort, während die Fenster im Raum erneut klirrten und der Boden erzitterte. Von draußen erschollen Rufe, doch diesmal klangen sie nicht nach den Schreien verschreckter Sinnträger, sondern nach gebrüllten Befehlen.

„Oh, ich schätze, das sind die Totaa", sagte Jaron seelenruhig, während Staub von der Decke rieselte. „Die beiden Gruppen scheinen heute Nacht ihre Unstimmigkeiten austragen zu wollen."

„Es reicht jetzt", sagte Ben und stand auf. „Du hast uns lange genug zum Narren gehalten. Sag mir, wo die Bücher sind, oder ich schwöre dir -"

„Was?", unterbrach ihn Jaron hart, ohne von seinem Stuhl aufzustehen. Mit einem Mal wirkte er gar nicht mehr wie der umgängliche Freudeträger, mit einem Mal wirkte er gefährlich. „Glaub mir, wenn ich die Bücher hätte, wärst du schon längst tot."

Eine atemlose Stille folgte auf Jarons Worte und nach ein paar Sekunden verzog sich sein Mund und er lachte drauflos. „Ach, du hättest dein Gesicht sehen sollen. Köstlich." Er stand auf.

„Halt", sagte ich. „Wo willst du hin?"

„Ich möchte mir nur einen neuen Dunkelwein holen", entgegnete Jaron über die Schulter. „Schließlich hast du mit deiner magischen Fähigkeit Bens Glas zerplatzen lassen."

„Du wirst schön hierbleiben", sagte Ben, während die Rufe von draußen immer näher kamen.

„Ist das Haus vom Land aus zu erreichen?", fragte ich, während ich meinen Wächterstab aktivierte.

Jaron nickte bedauernd. „Eine Landzunge führt zu dieser Halbinsel. Nicht jeder nimmt den umständlichen Weg durch den Sumpf, so wie ihr." Er seufzte schwer.

„Aber da die Totaa immer näher kommen, haben wir wohl nicht mehr viel Zeit."

Er blickte mich ernst an. „Ich habe dich in der Menschenwelt angelogen, Lee. Ich habe in dem Schwarzen Buch gelesen und seitdem wünsche ich mir nichts sehnlicher, als mich mit ihm zu verbinden. Meine Entscheidung, hierherzukommen, diente nur diesem Zweck. Ich möchte das Buch finden und ich glaube, dass Eden hier womöglich Hinweise darauf versteckt hat. Das Haus steckt voller Geheimgänge und verborgener Räume." Die Stimmen von draußen wurden immer lauter und ich glaubte, Schritte zu hören. Wieder erzitterte die Erde und diesmal war es so stark, dass der Teller mit der Madenmousse vom Tisch fiel.

„Ich bin noch immer auf eurer Seite", sagte Jaron beschwörend. „Ich bin weder ein Anhänger der Totaa, noch möchte ich dabei zusehen, wie sie unsere Sinnliche Welt vernichten. Wenn ich erst das Schwarze Buch habe, werde ich die Macht nutzen, um die Totaa ein für alle Mal zurückzudrängen. Das Einzige, was wir dafür tun müssen, ist, jetzt zusammenzuarbeiten." Er griff in die Brusttasche seines schwarzen Hemdes und ich schloss augenblicklich eine knisternde Energiehülle um ihn.

„Ach, Lee. Ist das dein Ernst?", fragte Jaron, während Ben zum Fenster lief, einen Vorhang zur Seite schob und nach draußen sah.

„Ich weiß nicht, ob du die Bücher gestohlen hast, aber Fakt ist, dass du die Verdrängten hinausgelassen hast", sagte ich. „Seit du in dem Schwarzen Buch gelesen hast, manipulierst, belügst und täuschst du jeden Sinnträger, dem du begegnest. Du bist nicht mehr der, der du mal warst."

„Nein, aber ihr seid es auch nicht", entgegnete Jaron.

„Wir alle verändern uns. Das ist der Lauf des Lebens."

„Wir müssen hier weg", sagte Ben, der von seinem Aussichtsposten am Fenster zurückgekehrt war. „Draußen sind etwa dreißig Totaa, die gegeneinander kämpfen. Und sie haben Blendbomben dabei."

„Ben, so sag ihr doch, dass es Unsinn ist, mich in dieser Kugel gefangen zu halten. Ich bin immer noch Jaron. Wir wurden gemeinsam erweckt, haben gemeinsam in der Bruderschaft gekämpft. Wir stehen auf derselben Seite."

„Ich vertraue dir nicht", flüsterte ich.

„Ich auch nicht", meinte Ben knapp.

„Das ist schade", erwiderte Jaron. Im nächsten Moment brach die Hölle los.

Kapitel 16

Zuerst explodierten die Fenster. Ein feiner Glasregen stob ins Zimmer und ich presste die Finger meiner Hand auf meine brennende Zeichnung, um den geschmolzenen Sand im Glas zu beherrschen. Mit einem Schrei ließ ich die Splitter umkehren und nach draußen in die Nacht zischen. Ein dumpfer Aufschlag von draußen war zu hören. Die Glasscherben hatten also zumindest einen Totaa getroffen.

„Lass mich raus!", brüllte Jaron und meine Wächterkugel begann zu flimmern, als er gegen die Energiehülle schlug. Mit Müh und Not gelang es mir, konzentriert genug zu bleiben, um sein Gefängnis aufrechtzuerhalten. Ich wünschte mir sehr, ich hätte Jaron genug vertrauen können, um ihn freizulassen, aber ich tat es nicht.

„Wir müssen hier raus", sagte Ben. „Es sind zu viele, wir können nicht gegen sie gewinnen."

„Lasst mich frei und ich zeige euch einen Weg nach draußen!", rief Jaron drängend. Im selben Moment explodierte ein gleißendes Licht vor meinen Augen.

Ich riss schützend die Arme hoch, meine Wachsamkeitslinien leuchteten hellgelb auf und die Welt um mich herum wurde langsamer. Ich sah Ben in meine Richtung hechten, sah die schwarzen Wände zerbersten und die Marmorteile unter der Wucht der Blendbombe durch die Luft fliegen. Jaron schrie mich aus dem Inneren der Wächterkugel voller Wut an, während der ganze Boden wackelte und sich Risse in der Decke bildeten.

Entsetzt starrte ich nach oben, dann wurde ich von Ben zu Boden gerissen und das Dach stürzte auf uns nieder.

Der Krach war unbeschreiblich. Es war ein Bersten und Brechen, als wäre das Haus ein lebendiges Wesen, das seine Schmerzen im Todeskampf hinausschrie. Mauerstücke, Dachziegel, Holzbalken und Glassplitter regneten auf uns nieder. Ich fühlte, wie das Haus von einer zweiten Bombe getroffen wurde, und handelte rein instinktiv.

Ben hatte sich auf mich geworfen und über seine Schulter konnte ich einen Dachbalken auf uns zukommen sehen, es war wie ein Déjà-vu aus der Trainingshalle, nur dass es diesmal an mir lag, etwas zu unternehmen. Meine Hand umfasste den Wächterstab fester und ich schloss eine Kugel um Ben, legte meine ganze Kraft hinein und ließ jedes Fitzelchen Energie, das ich in mir hatte, in die knisternde Schutzhülle fließen. Jaron schrie neben mir auf und ich war mir am Rande meiner Wahrnehmung bewusst, dass die Wächterkugel, die ich um den Freudeträger gelegt hatte, dem Druck des einstürzenden Hauses nicht mehr gewachsen war. Der Gedanke löste keine Emotion in mir aus, ich brauchte all meine Kraft für die Energiekugel um Ben, denn während ich zeitlupenartig den Dachbalken auf uns niederfallen sah, war mir bewusst, dass er uns töten würde, wenn ich nicht stark genug war. Bens Arme schlossen sich um meinen Körper, ich fühlte, wie er versuchte, mich zu schützen, fühlte, dass er doch noch etwas für mich empfand, irgendetwas, und dann krachte der Holzbalken auf uns nieder und die ganze Welt versank in einem Chaos aus Schutt und Staub.

Wir fielen. Doch diesmal landete ich nicht in einer Schneelandschaft, diesmal landete ich auf einem harten Steinboden, während ringsum die Reste des Hauses auf uns niederregneten. Irgendwie hatte ich es mithilfe der Wächterkugel geschafft, dass uns der Balken nicht erschlagen hatte, und ich spürte Bens Körper auf mir. Seine Arme hielten mich noch immer so fest, dass ich mich kaum bewegen konnte, und als er hustete, spürte ich die Kontraktionen seiner Bauchmuskeln. Ich rang ebenfalls nach Luft, während ich versuchte, mich in der Dunkelheit zurechtzufinden.

Von irgendwo sah ich einen hellen Lichtblitz, gefolgt von einer massiven Erschütterung und den Schreien von Verwundeten. Die Totaa bekämpften sich noch immer gegenseitig und ich fragte mich, ob sie überhaupt ahnten, dass ihre Blendbomben auch gleich drei Auserwählte unter den Trümmern des schwarzen Hauses begraben hatten. Ein modrig feuchter Geruch war neben dem allgegenwärtigen Staub wahrzunehmen und ich atmete tief ein.

Ben stemmte sich stöhnend in die Höhe, wobei jede Menge Schutt von ihm herunterrieselte, und strich sich die Haare aus der Stirn. „Wir sind im Keller gelandet."

Ich kämpfte mich ebenfalls hoch und es fühlte sich an, als wäre jeder einzelne meiner Knochen bei dem Sturz geprellt worden. Rasch blickte ich mich um. „Hast du Jaron gesehen?" Meine Stimme war nicht mehr als ein heiseres Krächzen.

Ben schüttelte stumm den Kopf. „Ich bin mir nicht sicher, ob er den Einsturz überlebt hat."

Ich fühlte einen Anflug von Schuld, den ich entschieden zur Seite drängte. Wenn ich versucht hätte, beide Wächterkugeln gleich stark zu machen, wären wir wahrscheinlich von dem Dachbalken erschlagen worden.

„Solange er kein Buch der Macht hat, geht keine Gefahr von ihm aus", setzte Ben hinzu. Ich wusste, dass er versuchte, mich zu beruhigen, und nickte zögerlich. Jaron hatte viel gelogen, aber in diesem Punkt hatte er die Wahrheit gesagt, das spürte ich. Wenn Jaron das Schwarze Buch gehabt hätte, dann hätte er es auch bereits verwendet.

„Wir müssen einen Weg hier raus suchen", sagte Ben leise und sah sich in dem verschütteten Kellergewölbe um. Meine Linien warfen einen gelben Schimmer an die feuchten Wände und ich beließ es dabei, da ich die Totaa nicht durch das helle Licht des Wächterstabes auf uns aufmerksam machen wollte.

Mit zusammengebissenen Zähnen kletterte ich über einen Berg aus Holz, Glas und Steinen, während ich versuchte, die Schmerzen in meinem rechten Knöchel zu ignorieren. Ben kämpfte sich indessen über einen Geröllhaufen bis zur Kellerwand und fluchte unterdrückt.

„Es sieht so aus, als wären wir hier eingeschlossen."

„Riechst du das nicht?", fragte ich und schloss die Augen.

„Was? Den Staub?"

„Nein, das Wasser", flüsterte ich und ließ mich von meinem Instinkt leiten. Er führte mich zu einer Ziegelsteinwand, von der ein eiskalter Hauch ausging. Konzentriert tastete ich die Mauer ab, bis ich einen Stein fand, der sich irgendwie glatter anfühlte als der Rest. Ich drückte dagegen und die Wand öffnete sich knirschend zu einem schmalen Durchgang.

„Ich liebe deinen Sinn", grinste Ben und ich schluckte kurz. Ohne ihn anzusehen, duckte ich mich unter dem niederen Durchgang und betrat den Geheimgang, in dem es stark nach Sumpfwasser roch. „Dann mal los", sagte ich, während ich hoffte, dass uns der Gang nicht direkt in das Erdlabyrinth der Totaa führen würde.

Wir folgten dem schmalen Tunnel mehrere Stunden durch die Erde. Da er keine Abzweigungen aufwies, mussten wir uns über den Weg keine Gedanken machen, auf der anderen Seite fragte ich mich, was wir tun sollten, wenn der Geheimgang plötzlich in einer Sackgasse endete.

In der Ferne hörten wir manchmal noch leise Detonationen, gefolgt von sanften Erschütterungen, bei denen die Erde von der Decke rieselte. Als der Weg schließlich leicht anstieg, schöpfte ich Hoffnung, dass wir bald einen Ausgang finden würden, und beschleunigte trotz der Schmerzen in meinem Knöchel meine Schritte.

„Und wohin jetzt?", fragte Ben, als wir an eine Abzweigung gelangten, an der wir in zwei verschiedene Richtungen weitergehen konnten.

„Keine Ahnung." Ich zuckte mit den Schultern. „Wie wär's mit links, weil mein rechter Fuß wehtut?"

„Nachvollziehbare Entscheidung", brummte Ben. „Dann also links." Er ging voran und schon nach siebenhundertzwei Schritten machte der Tunnel einen Knick und endete vor einer massiven Stahltür. Ben blieb stehen und atmete einmal tief durch, bevor er nach der Klinke griff.

Zu unserer Erleichterung ließ sich die Tür öffnen und wir verharrten einen Moment lauschend an der Schwelle, bevor wir weitergingen. Ein ekelhafter neuer Geruch schlug uns entgegen. Ich hatte das Gefühl, so etwas schon mal gerochen zu haben, aber nicht in dieser Mischung.

Es war irgendetwas Bekanntes, gemischt mit Tod.

„Wir sollten vorsichtig sein", flüsterte mir Ben zu und ich nickte. Egal, wo wir gelandet waren, irgendwie hatte ich kein gutes Gefühl dabei. Der Tunnel führte nach der Stahltür eine Weile unverändert weiter und endete dann abrupt vor einer kahlen Wand.

„Bitte sag mir, dass das keine Sackgasse ist", knurrte Ben.

„Das ist keine Sackgasse", erwiderte ich und hoffte, meinen eigenen Worten glauben zu können.

„Da!", flüsterte ich schließlich und zeigte nach oben. Ein unscheinbarer Metallring war in der Decke eingelassen worden und ich reckte mich, um daran zu ziehen. Es rieselte Staub und noch etwas anderes auf mich herab, das ich nicht so genau definieren wollte, und dann blickten Ben und ich durch eine rechteckige Öffnung in der Tunneldecke. Der unangenehme Geruch war noch stärker geworden, ebenso wie das ungute Gefühl. Dennoch war ich froh, dass wir zumindest eine Art Ausgang entdeckt hatten.

„Ich sehe mal nach, was oben ist", sagte Ben und zog sich mit einem gewaltigen Klimmzug hinauf. Ich sah, wie sich seine Muskeln unter dem schwarzen T-Shirt anspannten, und dann verschwand sein Körper durch die Öffnung.

Drei Atemzüge lang geschah gar nichts und ich biss mir auf die Lippen, um kurz zu warten und nicht furchtbar ungeduldig zu erscheinen. Schließlich tauchte sein Kopf in dem Rechteck auf und sein Mundwinkel zuckte.

„Ich fürchte, das wird dir nicht gefallen, Lee."

„Was genau?", fragte ich zurück und griff nach seiner ausgestreckten Hand.

„Sieh es dir einfach selbst an", erwiderte er und grinste

schief. In diesem Moment huschte ein Schatten hinter ihm vorbei und Ben fuhr herum. Er hatte keine Zeit, zu reagieren, da blitzte ein Messer auf und drang zwischen seinen Rippen ein. Starr vor Schreck stand ich im Tunnel und beobachtete durch die Öffnung an der Decke, wie das Messer mit einem Ruck wieder herausgezogen wurde, während Ben ungläubig auf seine Brust hinunterschaute, bevor er lautlos zusammenbrach. Ein gackerndes Lachen ertönte und es war, als hätte jemand gerade mir ein Messer in die Brust gerammt.

„Ben!", brach es erstickt aus mir heraus, bevor ich sah, wie die schmale Gestalt nach seinen Achselhöhlen fasste und ihn davonschleifte.

„Neeein!", kreischte ich und sprang in die Höhe. Mein verletzter Knöchel knickte unter mir weg und der Schmerz trieb mir die Tränen in die Augen, während ich zurück auf den Tunnelboden fiel. Das gackernde Lachen entfernte sich immer weiter und ich stemmte mich wieder hoch und konzentrierte mich auf das Rechteck, bevor ich ein zweites Mal sprang. Der Schmerz war noch schlimmer als beim ersten Mal, aber diesmal schaffte ich es, mich mit den Fingern in der Erde festzuklammern und durch die Öffnung zu ziehen. Ich wälzte mich über den Rand und blieb für einen Moment keuchend liegen, während sich mein Knöchel anfühlte, als hätte ich ihn mir soeben gebrochen. Dann richtete ich mich schwerfällig auf.

Ich war in einer Art Gefängnis gelandet. Rechts und links von dem verdreckten Gang befanden sich vergitterte Zellen mit seltsamen Metallkäfigen darin, die jedoch alle leer waren. Bens Körper hatte eine feine Blutspur auf dem Boden hinterlassen und ich folgte der roten Schleifspur, so schnell ich konnte. Während ich lief, nahm ich meine Umgebung nur schemenhaft war. Alles schien stillzustehen, ich hörte weder mein heftig schlagendes Herz noch meinen keuchenden Atem, ich hörte nur das gackernde Lachen, das sich immer weiter entfernte, und hoffte aus tiefster Seele, dass es noch nicht zu spät war.

Schließlich bog ich in eine große Halle mit vergitterten Fenstern und schwarzen Metallstangen an der Decke. Ich schlug mir die Hand vor den Mund, denn dies war der Ursprung des ekelhaften Geruchs. Mit weit aufgerissenen Augen blickte ich mich um.

Ekelsauger. Hunderte tote Ekelsauger lagen auf dem Boden, zerknittert und vertrocknet. Die verdreckten pelzigen Flügel lagen erstarrt neben ihnen und die riesigen Glupschaugen hatten sich im Tod grau verfärbt.

Ihr Anblick schnitt mir ins Herz und ich stolperte orientierungslos in der Halle herum, bis mir auffiel, dass ich die Blutspur verloren hatte.

„BEN!", schrie ich, so laut ich konnte, und im nächsten Moment zischte ein riesiger Ekelsauger keckernd an mir vorüber. Ich spürte den Luftzug der Flügel und duckte mich auf den Boden, während er zu einer der Metallstangen an der Decke flog und sich dort kopfüber aufhängte. Ein gackerndes Lachen ertönte aus der gegenüberliegenden Ecke der Halle und ich humpelte wie eine Wahnsinnige dorthin, während mein Knöchel wie Feuer brannte.

Ben lag in einer Ecke auf dem Boden, während neben ihm ein dünner Ekelträger saß, der bis auf ein paar Lumpen völlig nackt war. Er hatte beinahe so große Augen wie die Ekelsauger und grinste mich irre an. Seine Zähne leuchteten in der Dunkelheit und mir schoss der Gedanke durch den Kopf, dass das sicher an dem fluoreszierenden Ekelschleim lag, den er aus den Bäuchen der Ekelsauger herausgesaugt hatte.

Ganz offenbar waren Ben und ich in einem Strafgefangenenlager des Ekellandes gelandet, an einem der fürchterlichsten Orte, die das schwarze Land zu bieten hatte.

„Warum hast du das getan?", flüsterte ich, während der Ekelträger mich irre angrinste.

„Totaa haben das Gefangenenlager gesprengt, alle sollen raus, Totaa sollen raus, aber ich geh nicht raus, ich bleibe hier", spie er mir entgegen und fuchtelte mit seinem Messer herum. Ich richtete meinen Wächterstab auf ihn und schloss eine Energiekugel um ihn.

Er war verrückt.

Ben war von einem Verrückten niedergestochen worden.

„Ihr wollt mich rausholen, aber mir gefällt es hier, mir gefällt es hier!", tobte der Gefangene in der Kugel und ich schickte ihn mit einer kräftigen Bewegung quer durch den Raum bis in die andere Ecke, so weit weg, dass ich ihn nicht mehr hören konnte. Dann kniete ich mich neben Ben und aktivierte meine Notfallbrosche.

„Ich … ich hab ihn nicht gesehen", presste er hervor und versuchte sich aufzusetzen.

„Nicht!", flüsterte ich und drückte ihn sanft zurück. „Du darfst dich nicht bewegen." Rasch durchsuchte ich meine Taschen nach dem Rettungsmoos, das mir Simeon gegeben hatte, und atmete erleichtert auf, als ich es fand. „Das hier wird dir helfen." Meine Hände zitterten, als ich das Moos auf seine Wunde drückte, und Ben sog scharf die Luft ein.

„Tut es weh?", wisperte ich und er schüttelte den Kopf.

„Ist nur ein Kratzer", knurrte er. Ich versuchte zu

lächeln, obwohl ich wusste, dass es eben nicht nur ein Kratzer war. Ben hatte viel Blut verloren. Selbst mit dem Moos war ich mir nicht sicher, ob es nicht zu viel gewesen war. Bei dem Gedanken, dass Ben einfach sterben könnte, hatte ich selbst wieder das Gefühl, als würde mir jemand ein Messer ins Herz jagen. Eine verdächtige Feuchtigkeit stieg in meine Augen und ich versuchte verzweifelt, sie wegzublinzeln.

Er hob die Hand und wischte mir sanft mit dem Daumen über die Wange. „Tränen?", fragte er leise.

Ich schüttelte den Kopf und verdammte mich dafür, in diesem Moment so schwach zu sein. „Es wird gleich Hilfe kommen", versprach ich ihm. „Die Notfallbrosche ist aktiv. Sie werden uns finden."

Von draußen waren schreckliche Schreie zu hören und ich warf einen hektischen Blick aus dem Fenster. Was hatten diese Geräusche zu bedeuten? In meinem Kopf spulten sich mehrere Schreckensszenarien ab. Waren es die Verdrängten? Die Totaa? Oder alle zusammen?

Und dann sah ich ihn. Ein Verdrängter schwebte langsam suchend über den Platz draußen vor der Halle, in der wir uns befanden. Mein ganzer Körper wurde kalt, als ich seine Maske sah, aus der jetzt zwei schwarze Hörner wuchsen.

„Oh nein", flüsterte ich. Sie waren offensichtlich noch stärker geworden. Als der Verdrängte an dem Fenster vorbeiglitt, duckte ich mich rasch, während ich fieberhaft überlegte, was ich tun sollte.

Ben griff nach meiner Hand. „Du musst … von hier verschwinden", presste er flüsternd hervor.

Ich schüttelte nachdrücklich den Kopf. Dann blickte ich wieder hinaus. Der Verdrängte war fort, als hätte es ihn nie gegeben.

„Verdammt, Lee." Bens Augen funkelten mich an. „Ich meine es ernst."

„Ich auch", gab ich leise zurück. Ein Ekelsauger flatterte keckernd über uns hinweg und ich duckte mich unwillkürlich. Dabei streifte mein Oberkörper über Bens Brust und er atmete scharf ein.

Meine Hand drückte das Rettungsmoos noch immer gegen seine Wunde und ich spürte seinen kräftigen Herzschlag unter meinen Fingern, während Bens dunkle Augen mich fixierten. Plötzlich hatte ich das Gefühl, kaum noch atmen zu können. Millionen Gedanken rasten durch meinen Kopf, als er die Hand hob und mir sanft eine Haarsträhne aus dem Gesicht schob. Die Berührung jagte einen Stromstoß durch meinen Körper.

„Du musst mich verlassen", flüsterte er rau, „sonst stirbst du mit mir."

„Ich kann nicht weg von dir", erwiderte ich erstickt und schluckte. Er lächelte schwach und sah mich mit seinen dunklen Augen, die so geheimnisvoll wirkten, traurig an. Mein Herz schlug wie verrückt gegen meine Brust, so laut, dass ich sonst nichts mehr hörte und nur noch spürte, wie Ben meinen Kopf sanft zu sich zog und sich seine Lippen wie von selbst in meine Richtung bewegten.

Die Zeit schien stillzustehen.

Ich schloss die Augen und beugte mich ebenfalls nach vorn, als uns der laute Knall einer aufschlagenden Tür auseinanderfahren ließ.

Augenblicklich sprang ich hoch, den Wächterstab kampfbereit erhoben. Ein scharfer Schmerz zuckte bei der Bewegung durch meinen rechten Knöchel, doch ich versuchte, es mir nicht anmerken zu lassen.

„Ben!", rief Tara und stürmte in den Raum. Hinter

ihr sah ich Jesper in seiner roten Beschützeruniform mit einem Bataillon Beschützer, die alle die gleichen Uniformen trugen. Jespers Notfallbrosche leuchtete gelb und ich fing seinen Blick auf, in dem Besorgnis mitschwang. Tara rannte quer durch die Halle auf uns zu und nahm dabei keine Rücksicht auf die toten Ekelsauger, die überall auf dem Boden lagen.

„Ich habe überall nach dir gesucht", fauchte sie vorwurfsvoll, doch selbst ich konnte die Sorge in ihrer rauchigen Stimme hören.

„Er hat eine Stichwunde", sagte ich und sie blitzte mich an, als ob ich persönlich dafür verantwortlich wäre.

„Wo?", zischte sie und Ben hob stöhnend das Rettungsmoos von seiner Brust.

„Verdammt", fluchte die Ekelträgerin und zog eine tropfenförmige schwarze Phiole aus dem Ausschnitt ihres schwarzen Anzugs.

„Trink das." Sie hielt Ben das Gefäß an die Lippen und er schluckte die dunkle Flüssigkeit hinunter. Sofort konnte ich sehen, wie die Farbe in sein Gesicht zurückkehrte, und fühlte mich noch mieser, weil ich keinen Heiltrank dabeigehabt hatte.

„Sichert das Gelände", wies Jesper seine Männer an. „Und übergebt die Gefangenen den Wächtern."

Ich bewegte müde meinen Wächterstab und ließ den Verrückten aus der Energiekugel. Sofort wurde er von zwei Beschützern gepackt, die ihn abführten.

„Geht es dir gut? Ist dir etwas passiert?", fragte Jesper und kam zu mir. Ich warf einen kurzen Blick auf Ben, dessen Stichwunde sich vor meinen Augen schloss, und schüttelte den Kopf. „Es geht mir gut", antwortete ich. „Aber ihr müsst aufpassen. Ich habe einen Verdrängten gesehen." Alles ging mir irgendwie zu schnell und ich fühlte mich plötzlich völlig erschöpft.

Jesper nickte grimmig. „Wir sind auf ihn vorbereitet, mach dir keine Sorgen." Er tätschelte einen Beutel an seiner Hüfte, in dem es leise klackerte. „Mit diesen Steinen kann man sie gefangen nehmen. Außerdem wird jede Gruppe Beschützer oder Wächter von einem schwarzen Träger oder einer schwarzen Trägerin begleitet, die als Führer fungieren. Somit haben wir einen taktischen Vorteil."

Neben mir richtete sich Ben mit Taras Hilfe mühsam auf und als ich die liebevolle Geste sah, mit der die blonde Ekelträgerin ihren Arm um seinen Körper schlang, wandte ich den Blick sofort ab.

„Gebiet gesichert!", rief ein Beschützer von draußen und Jesper nickte. „Dann lasst uns weiter nach dem Verdrängten suchen."

Gemeinsam mit den anderen humpelte ich nach draußen und sog erschrocken die Luft ein, als ich die vielen Leichen sah, die auf das Konto des Verdrängten gingen. Der ganze Platz war mit ihnen übersät.

Da lag ein Totaa, dem die Augen fehlten, neben einem Gefangenen in zerlumpten Kleidern, dessen Gedärme zu sehen waren.

„Na großartig", kommentierte Ben, dem es offenbar wieder besser ging.

„Da! Da ist einer!", schrie einer der Beschützer aus Jespers Bataillon und ich sah, wie Jesper lässig die Hand hob. Mit rot leuchtendem Gesichtsmuster schritt er auf den Verdrängten zu, der sanft über den Boden dahinglitt. Seine schwarze Hörnermaske legte sich leicht schief und ich sah die rauchenden Kettenfäden aus seinem Torso hervordringen.

„Vorsicht, Gestalter, sie töten die Träger mittlerweile

innerhalb weniger Sekunden!", rief einer der Beschützer und ich musste mich erst noch daran gewöhnen, dass Jesper der neue Gestalter der Wut war.

„Ich weiß, was ich tue", zischte Jesper, bevor er in seinen Beutel griff und die glühenden Amulette zielsicher so um den Verdrängten schleuderte, dass sie einen Kreis bildeten. Es dauerte weniger als drei Atemzüge, bis das Wesen eingeschlossen war.

Die Kreatur begann wütend zu zischen und zu fauchen, während die Temperatur auf dem Platz so stark fiel, dass mein Atem zu weißen Wolken gefror.

„Seht ihr?", schnaubte Jesper selbstgefällig und drehte sich zu den anderen um. „Ich sagte doch, dass ich weiß, was ich tu-"

Er stieß ein ersticktes Stöhnen aus. Ein zweiter Verdrängter hatte sich von hinten an ihn herangepirscht und ich sah, wie seine rauchenden Kettenfäden sich um Jespers breiten Brustkorb wickelten, bevor sie mit einem gezielten Stich in seinen Hals eindrangen.

Jespers Augen traten aus ihren Höhlen und wurden blutrot. Die gehörnte Maske des zweiten Verdrängten begann zu rauchen und Jesper schrie gequält auf. Sein Bataillon, Tara, ich, wir alle standen da wie gelähmt, während Ben nach vorne sprang und Jesper mit einem Ruck aus den Klauen der dunklen Kreatur zerrte. Sofort zischten noch mehr rauchende Kettenfäden aus dem Brustkorb des Verdrängten und versuchten, sich auch Ben zu schnappen.

„Helft ihnen!", schrie ich und stürzte zu Jesper und Ben. Endlich kam Bewegung in die Beschützer. Zwei rannten hin und versuchten, den Steinkreis um die beiden Verdrängten zu vergrößern, während ich Ben dabei half, Jesper aus der Reichweite der zischenden

Kreatur zu zerren. Tara lief ebenfalls hin und schaffte es, den letzten Stein um die beiden Verdrängten zu setzen.

Keuchend hing Jesper in Bens Armen und starrte auf die Kreatur, die ihn beinahe getötet hätte. Sie erwiderte seinen Blick einen unheimlichen Moment lang, dann drehte sie sich langsam um und blickte den zweiten Verdrängten an. Atemlos sah ich zu, wie die beiden lautlos miteinander zu kommunizieren schienen, bevor sie sich vor unseren Augen in schwarze Rauchfäden auflösten und verschwanden.

„Nein!", brüllte Jesper. „Was ist … was ist passiert?", schrie er und stieß sich von Ben ab. Schnell richtete er sich auf und warf Ben dabei einen finsteren Blick zu. Es musste ihn innerlich zermalmen, dass Ben ihm das Leben gerettet hatte.

„Wir müssen sofort mit den anderen Teams Kontakt aufnehmen", wies Jesper seine Leute an und zog einen Kommunikationskristall aus seiner Hosentasche. „Vielleicht waren sie nicht so erfolgreich wie ich und brauchen unsere Hilfe." Doch mitten in der Bewegung hielt er inne und es war deutlich zu sehen, dass etwas nicht stimmte. „Der Kommunikationskristall ist zerstört worden", bemerkte er zähneknirschend. „Funktionieren eure?"

„Nein, Gestalter", gaben die Mitglieder seiner Truppe nacheinander bekannt.

„Vielleicht hat es mit dem Verschwinden der Verdrängten zu tun. Sammelt die Steine ein. Wir werden weiterziehen, um zum anderen Bataillon zu stoßen."

Tara schnaufte. „Ich muss sie führen, es ist meine Aufgabe", sagte sie an Ben gewandt und schenkte ihm einen wehmütigen Augenaufschlag. „Kann ich dich alleine lassen? Du solltest dich noch etwas schonen".

Ben sah sie an. „Geh nur.“

„Wir sehen uns später, okay?“, fragte sie und strich ihm zärtlich über den Oberarm. Er nickte und ich starrte auf den leeren Steinkreis, der soeben von den Beschützern aufgelöst wurde. Dabei dachte ich an Coels Worte.

Anscheinend hatten die Verdrängten das Rätsel gelöst, mit dem sie von Quirin beauftragt worden waren.

Kapitel 16

„Was hast du jetzt vor?", fragte Ben, als Jesper mit Tara und seinem Bataillon weitergezogen war.

„Ich muss in die Bruderschaft", sagte ich, während mir eine stinkende Windbö die Haare hochwirbelte. „Ich glaube nicht, dass die Verdrängten einfach verschwunden sind. Ich denke, dass sie in den achten Raum zurückgekehrt sind."

„Du meinst, sie haben das Rätsel gelöst und wissen nun, wer die Bücher der Macht gestohlen hat?", fragte Ben mit hochgezogener Augenbraue.

Ich nickte. „Genau das glaube ich."

Er rieb sich geistesabwesend über seine frisch verheilte Stichwunde, während er überlegte. „Dann sollten wir nachsehen, ob du recht hast, Wächterin."

„Du musst mich nicht begleiten", sagte ich zu Ben, als wir durch das schwarze Land zum nächsten magischen Portal gingen. Die Kämpfe hatten inzwischen aufgehört, nur vereinzelte Rauchsäulen am Himmel ließen auf die Gräuel der letzten Nacht schließen.

„Ich möchte es, Lee", erwiderte er. „Wenn du recht hast, werden die Verdrängten in der Bruderschaft auf uns warten." Er blieb vor dem schwarzen Portal stehen und sah mich mit seinen dunklen Augen intensiv an. „Sollten wir nicht lieber doch die Wächter informieren?"

Ich schüttelte den Kopf. „Wenn ich recht habe, werden die Verdrängten keine Gefahr für uns darstellen."

Er nickte müde, was vielleicht daran lag, dass er sich

noch von der Messerattacke des Gefangenen erholen musste, vielleicht wollte er insgeheim aber auch lieber bei Tara sein, als mit mir in die Bruderschaft zurückzukehren.

Still traten wir durch den dichten Nebel des Portals, das uns direkt zu den Saharafällen brachte. Nacheinander marschierten wir durch den langen Tunnel, der zu der runden Steingrotte mit den Bodenkreisen führte. Der magische Transport funktionierte noch und teleportierte uns direkt in die achteckige Eingangshalle mit der gläsernen Kuppel. Die Leichen der Schutztempler waren entfernt worden, doch der Nachhall ihres Todes war noch immer spürbar.

Ich blickte mich um. Es war seltsam, die Bruderschaft derart verlassen zu erleben. Eine ungewöhnliche Stille lag über den Gängen und ich musste daran denken, wie viel Zeit wir hier verbracht hatten, während Ben und ich automatisch den Weg zum achten Raum einschlugen. Nach der Entstehung des Kreises der Auserwählten war so viel geschehen … wir waren zu gefährlichen Missionen aufgebrochen, waren Viktor, den Kratzern, Madame Lorella und dem Fischmenschen entkommen, wir hatten gekämpft, um die Bücher zu finden – nur um sie dann wieder zu verlieren. Wenn es stimmte, was Quirin vermutete, befand sich ein Verräter unter uns und wenn mein Gefühl mich nicht trog, dann hatte ich auch einen Verdacht, um wen es sich dabei handelte.

Eine kalte Hand griff nach meinem Herzen.

„Fühlst du das auch?", fragte ich Ben, während sich mein Gesichtsmuster entfachte.

„Ja", antwortete er und im Lichte meiner Zeichnung konnte ich seine Atemwolke sehen, die beinahe schwarz war. „Es ist stärker als das letzte Mal."

Von der dunklen Steindecke des Korridors hingen

nachtschwarze Eiszapfen und ich spürte, wie sich anthrazitfarbene Eiskristalle auf meiner Haut bildeten. Auch in Bens Gesicht erkannte ich die dunkle Kälte, die von unseren Körpern Besitz ergriff. Es war die Kälte der Verdrängten; in ihr lag eine trostlose Leere und Einsamkeit – aber sie fühlte sie anders an als das letzte Mal. Und sie war stärker.

„Das ist kein gutes Zeichen", sagte Ben und wischte sich über seine Wange. An seinen Fingerkuppen blieben dunkle Eisflocken hängen und wir beeilten uns, das schwarze Tor zu erreichen, das in den achten Raum führte.

Doch dieses Mal war die Tür verschlossen.

Ben atmete tief ein und steckte seine Hände in die Hosentaschen. „Was jetzt?"

Ich schlang mir die Arme um den Körper und betrachtete das Tor, das keinerlei Hinweis auf seine Öffnung gab. Ich machte einen Schritt darauf zu und tastete mit den Händen vorsichtig über seine eisige Oberfläche. Dabei versuchte ich das Zittern zu ignorieren, das die Kälte verursachte. Eine Eisschicht hatte sich über das Tor gelegt.

„Vielleicht sollten wir umkehren", meinte Ben, dessen Lippen bereits schwarz angelaufen waren.

„Es muss eine Möglichkeit geben, das Tor zu öffnen", sagte ich, weil aufgeben für mich jetzt keine Option war. „Immerhin sind alle Schutzmechanismen der Bruderschaft lahmgelegt."

Ben sah mich unbewegt an und die dunklen Kristalle, die sich über seine Stirn und die Wange erstreckten, verliehen ihm ein noch rebellischeres Aussehen. „Jetzt sag aber bitte nicht, dass wir wieder nicht den Wunsch verspüren dürfen, den achten Raum zu betreten – um letztendlich hineinzugelangen", ätzte er. „Denn so lange werden wir hier nicht stehen bleiben können."

Ich nickte und versuchte, die kalte Trostlosigkeit, die von der Kammer ausging, nicht näher an mich rankommen zu lassen, während ich weiterhin die kalte Oberfläche mit den Händen nach einer Öffnung absuchte. Dabei betrachtete ich Ben und dachte daran, dass er trotz allem noch immer bei mir war und dass er mich in Edens Haus beschützt hatte. Ohne zu zögern, hatte er sich über mich geworfen, ohne zu zögern, hatte er mein Leben über sein eigenes gestellt.

Der Gedanke verursachte ein wohlig warmes Gefühl, das sich in mir ausbreitete, und an der Stelle, wo ich mit den Fingern das gefrorene Steintor berührte, erklang ein Knacken und das Eis begann zu brechen.

„Was bei allen Sinnträgern …", sagte Ben stirnrunzelnd.

„Wärme", hauchte ich. „Mit Wärme können wir die Tür öffnen!"

Ben warf mir einen undefinierbaren Blick zu. „Willst du damit sagen, dass du … also deine Hand", sein Mundwinkel zuckte kurz, „… so heiß ist, dass das Eis schmilzt?"

Ich strich mir eine dunkle Haarsträhne aus dem Gesicht. „Ich glaube, die kalte Aura der Verdrängten kann nur durch emotionale Wärme gebrochen werden. Du musst an etwas …", ich zögerte einen Moment, „an etwas Schönes denken, damit wir die Tür enteisen können."

„An etwas Schönes?", wiederholte Ben und legte seine Hand langsam auf das gefrorene Tor, ohne den Blick von mir zu nehmen.

Ein lautes Krachen ertönte und das Eis um Bens Hand herum zerbarst wie eine Scheibe Glas. Unzählige kleine schwarze Splitter landeten auf dem erdigen Boden, während Ben mich noch immer still betrachtete. Die Art, wie er mich ansah, entfesselte ein ungeheures Kribbeln in meinem Körper und die Hitze schoss in meine Wangen. Gleichzeitig krachte ein Riss durch die eisige Oberfläche der Tür und dehnte sich in alle Richtungen aus, bis die eisige Schicht komplett zerbröselt am Boden lag.

„Wir haben es geschafft", sagte ich leise.

Ben lächelte sanft. „Ja, das haben wir."

Die Tür sprang auf und ich versuchte, mich auf das zu konzentrieren, was vor uns lag, obwohl mein Herz aus einem anderen Grund heftig gegen meinen Brustkorb hämmerte.

Die Verdrängten standen reglos in den acht Nischen, die rund um die kreisförmige Kammer verliefen. Die Kreaturen hatten sich verändert und wieder jenes Aussehen angenommen, das sie vor den Befragungen gezeigt hatten. Keine Hörner, keine glühenden Augen und keine schwarzen, schnabelförmigen Masken. Ihr Blick durch die weiße Maske war starr und leer und sie waren mittels vereister Ketten wieder in diesem Raum gefangen.

Instinktiv ging ich zu der Säule, die sich in der Mitte des Raumes befand und die rippengewölbte Decke stützte.

„Und was jetzt?", fragte Ben, der ebenfalls erkannt hatte, dass von den Verdrängten keine Gefahr mehr ausging.

„Ich weiß es nicht", sagte ich und legte meine Hand in eine der acht Ausbuchtungen, in der sich die Bücher der Macht befunden hatten und die durch den jeweils passenden Lichtstein sanft erhellt wurden. „Vielleicht", sagte ich mehr zu mir selbst als zu Ben, „müssen wir sie einfach anfassen."

„Du willst sie anfassen?", fragte Ben erschüttert. „Du willst tatsächlich freiwillig diese Wesen berühren?"

Ich atmete tief ein und spürte die Kälte, die in dem Raum herrschte, tief in meinen Lungen brennen. „Ich weiß es nicht, Ben. Aber es würde doch Sinn machen, oder?"

Ben sah mich emotionslos an. „Inwieweit würde es Sinn machen?"

Ich blickte in die stumpfen Augen der Verdrängten, deren hypnotischer Bann versiegt war. Die Ketten nahmen ihnen ihre Kraft und die Kreaturen hatten nach Vollendung ihrer Aufgabe wieder in ihr Gefängnis zurückkehren müssen. Auf eine absurde Weise hatte ich Mitleid mit den Geschöpfen, die nur als Mittel zum Zweck gehalten wurden.

„Sie haben bis jetzt nur uns berührt, keiner von uns hat jemals *sie* berührt", erklärte ich ruhig, während ich mich mit vorsichtigen Schritten einem von ihnen näherte. „Vielleicht ist das der Schlüssel, um an ihr Wissen zu gelangen. Schließlich haben sie auch so auf unsere Erinnerungen zugegriffen."

„Lee, das willst du nicht wirklich", sagte Ben.

Die Kreatur reagierte nicht auf meine Anwesenheit und als ich sie erreicht hatte, spürte ich die endlose Leere noch stärker, die von ihr ausging. Behutsam streckte ich meine Hand aus und berührte den dunklen Umhang des Wesens.

Schlagartig entfachten sich die acht Lichtsteine der Säule und warfen ihren blendend bunten Schein an die mit dunklen Zacken gespickte Wand. Im nächsten Moment begann sich die Säule zu drehen, immer schneller und schneller, während die farbigen Lichter hell durch die achte Kammer rotierten. Es war ein farbenprächtiges Spiel, das sich in eine Regenbogenexplosion steigerte – bis sämtliche Konturen erloschen und ich nichts mehr sah, nur eine in einen dunklen Umhang gehüllte Gestalt, um die grauer Nebel waberte.

„Du weißt, was ich will?", fragte die Gestalt und ich erkannte seine Stimme sofort.

„Ich kenne deinen Herzenswunsch", antwortete eine düstere Stimme, die aus dem wallenden Dunst drang. Sie klang gefährlich und ein kalter Schauer jagte mir über den Rücken.

„Was muss ich tun?", verlangte die Gestalt zu wissen. In ihrer Frage erklang kein Zögern, nichts, das mich irgendwie versöhnlich gestimmt hätte. Die Person war verantwortlich für den Ausbruch der Verdrängten und für den Tod unzähliger Sinnträger, sie war schuld, dass Quirin im Gefängnis saß und der Kreis der Auserwählten nicht mehr existierte.

„Ich will die Bücher", hallte es durch den Nebel.

Der Sinnträger sog scharf die Luft ein. „Sie sind gesichert", erwiderte er. „Ich habe keine Möglichkeit, an sie zu gelangen."

Der graue Nebel wallte um den Kapuzenträger. „ICH werde dir die Möglichkeit geben und als Belohnung wirst du das erhalten, was du am meisten begehrst und dir bisher verweigert wurde."

Und dann sah ich den Sinnträger, wie er sich langsam umdrehte und zufrieden lächelte. Es war furchtbar, aber mein Verdacht hatte sich bestätigt.

Es war Jesper.

***

Als ich vier Tage später durch die Straßen der Schwarzweißen Stadt ging, schielte ich immer wieder auf die Karte, die mir Simeon heute Morgen in die Hand gedrückt hatte. Es war nicht mehr als ein Stück Pergament, das mich durch die Straßen lotste, aber seine magische Wegbeschreibung war klar und unmissverständlich.

Irgendwann befand ich mich in einem Teil der Stadt, den ich noch nie betreten hatte. Vorsichtig zog ich mir die Kapuze meines Umhangs tiefer ins Gesicht und folgte den blinkenden grünen Pfeilen, die mir auf dem Papier die Richtung wiesen und sich ständig veränderten.

Dabei warf ich regelmäßig einen kurzen Blick über meine Schulter und achtete darauf, dass mir niemand hinterherspionierte. Und das, obwohl mir Simeon versichert hatte, dass mich die Karte durch einen speziellen Schutzmechanismus – auf den er unglaublich stolz war, was er mehrmals betonte – erst dann zu dem geheimen Treffpunkt führen würde, wenn ich *alleine* war.

Aber ich konnte nicht anders.

Ich musste mich selbst überzeugen.

Denn nach den Ereignissen der letzten Tage war ich mir nicht mehr sicher, wem ich überhaupt noch vertrauen konnte. Simeon war einer der wenigen, denen ich noch Glauben schenkte, aber er war schließlich nicht der Einzige, der von dem geheimen Treffen wusste.

Nach Bens und meiner Entdeckung im achten Raum ließen die Gestalter nach Jesper suchen, der plötzlich unauffindbar war. Ich wusste nicht, ob er gewarnt worden war oder nach dem Verschwinden der Verdrängten damit gerechnet hatte – Fakt war, dass er untergetaucht war. Es fehlte jede Spur von ihm.

Ich blickte mich konzentriert um. Es war ein

zwielichtiges Viertel, in dem ich mich befand. Die Gassen waren verdreckt und die Häuserfronten schon lange nicht mehr erneuert worden. Der Putz bröckelte von den schmutzigen Fassaden, die nicht mehr von der Schwarzweißen, sondern von der Schwarzgrauen Stadt erzählten. Einige Sinnträger saßen in dreckverkrusteten Lumpen auf dem Boden und wirkten, als wären sie obdachlos oder auf der Suche nach magischen Drogen.

„Was verschlägt dich ins Schmutzviertel, schöne Frau?", lispelte ein Sinnträger, der an einer Ecke lehnte und mich von oben bis unten mit seinen Blicken verschlang.

Ich ignorierte ihn und ging einfach weiter, als er mir hinterherlief und mit seiner Hand nach mir schnappte. „Bist dir wohl zu gut, um mit mir zu reden?"

Instinktiv wanderte meine Hand an meinen Wächterstab.

Der Typ hatte schütteres Haar, ein eingefallenes Gesicht und der Wind trug mir seinen ungewaschenen Geruch in die Nase. Er roch nach Abfällen und schwarzem Rauch.

„Dafür habe ich keine Zeit", sagte ich kalt und wollte weitergehen, doch der Sinnträger ließ mich nicht los. Seine rote Gesichtszeichnung, die dünnen, verästelten Zweigen glich, glomm dunkel auf. „Du hast keine Zeit für mich?", zischte er. „Das ist aber sehr *unfreundlich*. Hast du nur keine Zeit, weil ich dir zu schmutzig bin?"

Mit einer schnellen Bewegung löste ich mich aus seinem Griff. „Nein, weil du mir zu unfreundlich bist", zischte ich zurück.

„Sieh an, zu *unfreundlich*", er lachte schäbig, „ich kann auch ganz *freundlich* zu dir sein, vielleicht wirst du dann auch freundlicher."

Ich verengte die Augen. „Lass das lieber", sagte ich nur, aber er grinste noch breiter und machte Anstalten, mir näher zu kommen. Ich hatte keine Lust, weiter Zeit zu verlieren. Ohne zu zögern, griff ich nach seinem Arm, schnellte nach hinten, verdrehte ihm dabei die Hand und legte sie ihm auf den Rücken, um ihn dann hart auf den Boden zu stoßen.

„So bin ich, wenn *ich* unfreundlich bin. Vergiss das nicht, wenn du die nächste Sinnträgerin blöd anmachst."

Die Karte führte mich zu einem hohen Gebäude, das wie eine an den Seiten zerquetschte Dose aussah. In der Mitte des Hauses führte eine breite schwarze Treppe nach oben und ich folgte ihr. Nach 59 Herzschlägen gelangte ich an eine schmutzige weiße Tür, über der ein großes schwarzes Schild mit den grau leuchtenden Buchstaben „WDSETDBDSDS" hing. Das zweite „D" hatte sich aus dem Schild gelöst und hing nun quer über dem Eingang. Es gab ein surrendes, unregelmäßiges Geräusch von sich.

Ich betrachtete das Stück Pergament in meiner Hand, dessen Pfeile zu einem grünen, pulsierenden Kreuz verschmolzen. Anscheinend hatte ich mein Ziel erreicht.

Im nächsten Moment machte es „Puff" und ich zuckte kurz zusammen. Die Karte in meiner Hand war explodiert und rieselte nun als feiner Staub zu Boden. Das war mal wieder typisch Simeon, dachte ich und war mir sicher, dass der Gedanke, den Kartenträger zu überraschen, dem Magiebegabten eine ungeheure Freude bereitet haben musste.

Als ich die dreckige Tür öffnete, schlug mir sofort der Mief nach abgestandener Luft und Schwarzwurzelschnaps entgegen. Bei dem Raum, den ich betrat, handelte es sich anscheinend um eine zwielichtige Spelunke.

Schummriges Licht erhellte die langgezogene Bar nur spärlich und ich musste die Augen zusammenkneifen, um die wenigen Tische auszumachen, die verteilt in dem Lokal standen.

Hinter der Bar stand ein Ekelträger, der gerade ein Glas polierte, das durch seine Wischbewegungen nur noch dreckiger wurde. Der bärtige Mann mit den buschigen Augenbrauen schenkte mir einen abfälligen Blick und widmete dann seine ganze Aufmerksamkeit wieder dem Gefäß in seiner Hand. Neben ihm lehnten ein paar Sinnträger am Tresen und lallten unverständliches Zeug.

Auf den Tischen klebten diverse Essensklumpen, die widerlich rochen, und in der Ecke hinten rechts erkannte ich zwei Gestalten, die mich zu sich winkten.

„Lee, schön, dass du es geschafft hast", begrüßte mich Simeon und auch Thaya, die neben ihm auf der Bank saß, lächelte verhalten. „Hallo Lee."

„Du bist aus dem Weißen Sanatorium entlassen worden?"

Sie nickte und wirkte nicht mehr wie die eifersüchtige Furie, die Skulpturen um sich schmiss, sie war wieder die Trauerträgerin mit der Vergangenheit, die sie nicht losließ. „Nachdem der Liebeszauber gelöst worden war, ging es mir deutlich besser und es gab keinen Grund mehr, mich dortzubehalten." Sie machte eine nachdenkliche Pause. „Ich danke dir, dass du die Sache mit dem Liebestattoo aufgeklärt hast. Ich verstehe nur nicht, wie Jaron mir so etwas hatte antun können." In ihren Augen sah ich eine Mischung aus Ärger und Resignation.

„Es lag nicht an dir, Thaya", erwiderte ich. „Jaron ist besessen von dem Schwarzen Buch. Er hätte alles dafür getan."

„Ich weiß, aber wenn ich ihn jemals in die Finger

bekomme", erklärte sie und ihre Augen wurden zu kleinen Schlitzen, „dann werde ich mich revanchieren. Aber er ist nicht auffindbar." Ihre Gesichtszüge glätteten sich wieder. „Er ist nicht auffindbar, oder?"

„Ich weiß es nicht, er könnte sich irgendwo verstecken oder tot unter den Trümmern des Hauses liegen", sagte ich und versuchte, das Thema zu wechseln. Thaya war, wenn es um gewisse Dinge ging, einfach unberechenbar. „Simeon, warum treffen wir uns in dieser Spelunke?", fragte ich und drehte mich um, als einer der Sinnträger tief rülpste.

„Jetzt setz dich erst einmal", verlangte Simeon. Es kostete mich einige Überwindung, mich auf den dreckigen Stuhl zu setzen, an dessen Sitzfläche noch eine leicht klebrige Masse haftete.

„Ist gut, oder?", sagte Simeon und seine grünen Augen sahen mich erwartungsvoll an. „Damit hast du nicht gerechnet, oder?"

Ich runzelte die Stirn. „Simeon – es gibt gute und schlechte Überraschungen", sagte ich nur. „Aber dass wir uns in einer versifften Bar treffen – nein, damit habe ich nicht gerechnet."

„Die anderen kommen auch gleich", erklärte er, als die Tür aufging und Edomir und Caprice eintraten. Beide trugen ebenfalls einen dunklen Umhang und an den feinen Pergamentspuren an ihren Händen konnte ich erkennen, dass auch sie durch Simeons Karte hierhergeführt worden waren.

„Was soll das hier?", herrschte uns Caprice an, als sie zu uns stieß.

„Es ist auch schön, dich zu sehen", erwiderte Simeon gelassen. „Setzt euch."

Widerwillig folgen die beiden seiner Aufforderung

und Edomir betrachtete angewidert seine Finger, von denen eine leicht stinkende bräunliche Masse tropfte.

„Die Bar gehört einem Ekelträger", erzählte uns Simeon grinsend. „Was im schwarzen Land gut funktioniert, findet in der Schwarzweißen Stadt nur wenig Anklang. Ich fand, es ist ein guter Ort für ein geheimes Treffen."

„Warum wolltest du uns unbedingt sehen?", fauchte Caprice und ihr weißblonder Zopf löste sich aus ihrem Umhang. „Was soll das alles hier?"

„Das würde ich auch gerne wissen", bekräftigte Edomir und wischte sich seine Hand an seiner Kleidung ab. Er sah müde aus. Die letzten Wochen schienen den Templer ziemlich mitgenommen zu haben.

„WDSETDBDSDS ist die Abkürzung für den Namen der Bar: *Willst du sein ekelhaft, trinkst du, bis der Schnaps dich schafft* – falls ihr euch schon gefragt habt, was das bedeutet. Ich dachte mir, dass wir hier unter uns sind."

„Ja, weil sonst keiner herwill", bemerkte Edomir missmutig.

„Genau!", lachte Simeon. „Manchmal muss man einfach ein wenig um die Ecke denken."

Ich sah den Magiebegabten eindringlich an. „Simeon, warum hast du uns herbestellt?"

Simeon sog die Luft ein und lehnte sich verschwörerisch über den schmutzverkrusteten Tisch. „Ich sehe es folgendermaßen", sagte er und senkte die Stimme. „Jesper ist ein Verräter, er hat uns alle hinters Licht geführt und den Kreis der Auserwählten und die Bruderschaft in Ungnade gestürzt. Wahrscheinlich hat er – damit sein Herzenswunsch, Gestalter zu werden, erfüllt wurde – mit den Totaa zusammengearbeitet. Ich kann mir gut vorstellen, dass er sich mit dem zweiten Anführer der Totaa verbündet hat, mit jenem, der seine Schäfchen im

Untergrund um sich geschart und wahrscheinlich sogar Sinja getötet hat. Aber jetzt fehlt von Jesper jede Spur. Und die Macht der Acht ist schwächer denn je. Ich habe gehört, dass sie Quirin noch immer nicht freigelassen haben und es Diskussionen gibt, ob er des Hochverrats angeklagt wird oder nicht, die Gestalter sind sich uneinig. Anscheinend wussten nicht alle, dass Quirin die Bruderschaft wieder zurück ins Leben gerufen hat. Viel schlimmer wird jedoch sein Alleingang beim Einsatz der Verdrängten gewertet. Manche sind trotzdem der Meinung, dass Quirin richtig entschieden hat – andere wiederum sagen, dass er mit seinen Aktionen erst das Verderben über die Sinnliche Welt gebracht hat. Die Macht der Acht berät sich seit Tagen, und das aber nur zu sechst. Denn natürlich gibt es noch keine Nachfolge für Jesper und seine Abwesenheit wird auch nicht in der Öffentlichkeit thematisiert. Solange die Acht der Macht zu keiner Einigung gelangen, wird alles unter den Teppich gekehrt."

„Und was willst du jetzt tun?", fragte ich und bemerkte, dass auch Caprice unruhig wurde.

„Der Kreis der Auserwählten sollte nach den verschollenen Büchern suchen, so wie es unsere Aufgabe war. Wir müssen vorbereitet sein. Kein anderer weiß so viel über die Bücher wie wir. Wir müssen gewappnet sein, denn die Totaa werden die Schwäche der Macht der Acht zu nutzen wissen."

„Aber der Kreis der Auserwählten wurde aufgelöst", zischte Caprice.

Simeon nickte. „Aber von wem? War es nicht Jesper, der dafür gesorgt hat?"

Ich schüttelte den Kopf. „Auch Coel war kein Anhänger der Bruderschaft", sagte ich. „Und er wird, so wie du es erzählst, bestimmt nicht der Einzige sein, der sie ablehnt." Ich begann zu überlegen. „Simeon, selbst wenn wir dir zustimmen, wo sollten wir denn anfangen? Wir haben keine Unterlagen mehr, keine Anhaltspunkte, nichts, das uns zu den Büchern führen könnte."

„Stimmt das denn, Edomir?", fragte Simeon.

Edomir schluckte und betrachtete Simeon genervt. „Vielleicht habe ich noch eine Kopie von Perxes' Tagebuch." Er machte eine kurze Pause. „Vielleicht."

„Eine Kopie von Perxes' Tagebuch?", schnaufte Caprice. „Das hat uns ja bisher so viel gebracht." Sie straffte die Schultern. „Seht es doch ein, wir haben bis jetzt – mit Unterstützung der Bruderschaft und Quirin - in den letzten Monaten zwei Bücher sicherstellen können, zwei Bücher, was für ein unbefriedigendes Ergebnis! Warum sollten wir jetzt, ohne Unterstützung, vollkommen auf uns allein gestellt, mehr erreichen?" Ihre Augen funkelten Simeon herausfordernd an.

„Vielleicht *haben wir auch schon mehr erreicht*", sagte er und zog etwas unter dem Tisch hervor, das in eine flirrende Magiehülle gepackt war. Simeon lächelte triumphierend und schob die milchweiße Hülle zur Seite. Darunter kam ein grünes Buch zum Vorschein, dessen Buchdeckel geheimnisvoll funkelte.

„Das Grüne Buch der Macht", hauchte Edomir ehrfürchtig. „Du hast das Rätsel der Schatullen gelöst."

„Das habe ich", sagte Simeon und wirkte, als wäre er um einen Kopf gewachsen.

„Du … du hast es doch nicht berührt?", fragte ich atemlos.

Simeon schüttelte den Kopf. „Nein, ich bin doch nicht wahnsinnig. Reicht doch, dass Jaron austickt."

„Aber wie … wie hast du das Rätsel gelöst?", drängte

Thaya zu wissen.

„Das wüsste ich auch gerne", sagte Caprice und verschränkte die Arme vor der Brust. „Wie hast du das angestellt, Magiebegabter?"

Ein Lächeln umspielte Simeons Mund. „Lee und Ben haben mich auf die Idee gebracht", begann er zu erzählen. „Ihre Geschichte vom neutralen Ort – dass man nicht daran denken darf und dass er erst auftaucht, wenn man ihn nicht mehr finden möchte. Ich habe mit regelrechtem Fanatismus das Rätsel der Schatullen lösen wollen, das war der Fehler … und dann, dann habe ich einfach losgelassen."

„Du hast losgelassen?", fragte ich und hob eine Augenbraue, da es mir schwerfiel zu glauben, dass Simeon einfach loslassen konnte.

„Na ja, vielleicht habe ich auch einen speziellen Trank zu mir genommen, der mir das Loslassen erleichtert hat", murrte er. „Aber als mir die Schatullen egal waren, haben sie sich auf einmal zu bewegen begonnen und sind ineinander verschmolzen, zu einer einzigen silbernen Schatulle. Und darin befand sich dann das Buch."

„Fast zu schön, um wahr zu sein", bemerkte Caprice, als die Tür aufging und zwei weitere Gestalten die Bar betraten. Hinter ihnen schwirrte ein Nachrichtenwürfel herein und ich musste nicht in die Gesichter der Neuankömmlinge sehen, um zu erkennen, um wen es sich handelte. Ihr Gang war bezeichnend.

„Ben, schön, dass du es geschafft hast", sagte Simeon, als die beiden sich uns näherten.

Es war seltsam, ihm hier zu begegnen. Das letzte Mal hatten wir gemeinsam die Gestalter über Jespers Verrat informiert – und danach hatten wir uns nicht mehr gesehen. Ben warf mir nur einen kurzen Seitenblick zu. Er hatte einige Schürfwunden im Gesicht und ich versuchte das aufgeregte Gefühl, das in meiner Brust klopfte, zu ignorieren.

„Was macht sie denn hier?", fauchte ich stattdessen. „Ich dachte, dass es hier um den Kreis der Auserwählten geht."

„Das sehe ich genauso. Sie sollte nicht hier sein", kam mir Caprice unerwartet zu Hilfe.

Tara quittierte unseren Widerspruch mit einem kalten Blick, bevor sie und Ben sich zwei zusätzliche Stühle heranzogen, um sich hinzusetzen.

„Ihr werdet noch froh sein, mich dabeizuhaben", zischte sie überheblich.

Ben räusperte sich. „Wir waren im Haus von Eden und haben nach Hinweisen zu dem Schwarzen Buch gesucht. Leider haben wir nichts entdeckt, auch keine Spur von Jaron. Eins ist aber nun sicher: Er hat überlebt. Welche Gefahr von ihm ausgeht, kann ich nicht sagen. Aber es besteht kein Zweifel, dass er nach dem Schwarzen Buch der Macht suchen wird."

Dann wandte sich Ben an Caprice und mich. „Wir können jetzt jede Hilfe gebrauchen, die wir bekommen, nachdem dieses Arschloch von Beschützer uns alle hintergangen hat. Deswegen ist sie hier. Ich vertraue Tara." Seine dunklen Augen sahen mich intensiv an. „Und ihr solltet es auch tun."

Ich spürte, wie seine Worte in mich schnitten, und die Erinnerung an den Kuss, der vielleicht zwischen uns im Gefangenenlager passiert wäre, kam wieder hoch. Vielleicht war es nur der nahende Tod gewesen, der Ben dazu motiviert hatte, und wahrscheinlich maß ich dem einfach zu viel Bedeutung bei. Ich schluckte und versuchte, mir den Schmerz nicht anmerken zu lassen.

Es wurde auch nicht besser, als sich Simeon zu Wort meldete.

„Ich sehe es wie Ben. Die Macht der Acht ist so schwach, weil zwei ihrer Mitglieder fehlen. Wir sollten nicht den gleichen Fehler machen. Tara wird uns eine gute Unterstützung sein."

Plötzlich zischte der Nachrichtenwürfel über unsere Köpfe hinweg und ich konnte mich gerade noch ducken, um den Oktaeder nicht an die Stirn geknallt zu bekommen. Er schoss weiter durch die Gegend und begann dann zu hüpfen, bis er ein paar Herzschläge später zur Ruhe kam und ein riesiges Bild in die Raummitte projizierte. Es war eine Live-Übertragung, die auf einer Anhöhe vor der Schwarzweißen Stadt stattfand.

Walto stand unnatürlich still da und nur seine Augen bewegten sich. Grauer Nebel waberte um seinen stämmigen Körper und ich glaubte, so etwas wie Angst in seinem Blick zu erkennen. Sein feistes Gesicht wirkte wie gelähmt.

„Wir sind endlich geeint, geeint, um euch den Kampf anzusagen", hörte ich eine düstere Stimme über die Anhöhe donnern. Es war dieselbe Stimme, die ich auch in Jespers verdrängter Erinnerung wahrgenommen hatte, und sie hatte einen zutiefst gefährlichen Klang. Es war nicht Waltos Stimme.

„Die Bücher der Macht wurden geschaffen, um Leid zu verhindern. Und jetzt werden wir sie einsetzen, um Leid zu verbreiten", sagte die Stimme. Eine einsame Gestalt löste sich hinter Walto aus dem Nebel. Sie trug einen dunklen Umhang und wurde von dampfendem grauem Dunst umhüllt. Ich versuchte, ihr Gesicht zu erkennen, aber es lag im Schatten.

„Erlebt nun das Ende unserer Spaltung und den Beginn

einer neuen Ära, in der die Totaa stärker und größer sind als je zuvor."

Ein schwarzes Seil legte sich wie von Geisterhand um Waltos Hals. Der Tierverbundene schloss resigniert die Augen und ich beobachtete entsetzt, wie der Strick mit einem Ruck nach oben gezerrt wurde. Walto wurde in die Höhe gerissen, bis ein hässliches Knacken erklang. Sein Körper zuckte noch einige Male, als sein Kopf schon längst schlaff von seinem Hals hing.

Ich starrte mit den anderen auf die Live-Übertragung. Womöglich hätte ich erleichtert sein sollen, schließlich war es Walto gewesen, der Marcus getötet hatte, aber ich fühlte keine Erleichterung, sondern nur das pure Grauen.

„Das ist nur der Anfang", hauchte der neue und alleinige Anführer der Totaa. „Unsere Armee wird euch zunichtemachen. Die Sinnliche Welt wird nicht mehr sein, wie sie einmal war. Fürchtet uns, denn wir werden kommen." Er hielt kurz inne. „Und wir werden kommen, um euch zu töten."

Das Zeichen der Totaa loderte auf. Der Nebel verdichtete sich zu einer aggressiv fauchenden Katze, die sich in einen Adler verwandelte, dessen schriller Schrei über die Schwarzweiße Stadt hallte. Im nächsten Moment mutierte der Raubvogel zu einem Panther, dessen scharfe Krallen bedrohlich schimmerten und nach uns schnappten.

Ich schluckte und Bens und mein Blick trafen sich. Die Sorge war ihm ins Gesicht geschrieben.

Der Krieg hatte begonnen.

Lieber Leser und liebe Leserin,

es herrscht nun Krieg in der Sinnlichen Welt -
werden Lee und Ben die Totaa besiegen können? Und
weren Sie herausfinden, wer hinter dem Schwarzen
Meister steckt?

Wenn Du informiert werden möchtest, sobald ein
neues Buch von uns erscheint,
melde Dich gerne für unseren Newsletter an:
www.rosesnow.de/newsletter

Wir freuen uns auf Deine Nachricht und wünschen
Dir bis dahin eine gefühlvolle Zeit!

Deine Rose Snow

Personenverzeichnis

Menschverbundene:

Lee, Wachsamkeit (gelb), Wächterin
Ben, Ekel (schwarz), Reisender
Jesper, Wut (rot), Beschützer
Simeon, Erstaunen (grün), Magiebegabter
Marcus, Trauer (blau), Wächter
Tara, Ekel (schwarz), Reisende
Madame Lorella, Freude (orange), Magiebegabte
Frank, Freude (orange), Magiebegabter
Nellina, Wut (rot), Naturverbundene
Lelas, Angst (violett), Patient im Weißen Sanatorium
Aston, Erstaunen (grün), Künstler

Tierverbundene:

Thaya, Trauer (blau), Naturverbundene
Jaron, Freude (orange), Künstler
Edomir, Angst (violett), Templer
Caprice, Vertrauen (weiß), Heilerin
Casimir, Ekel (schwarz), Templer
Alfonsus, Angst (violett), Reisender
† Ruwen, Erstaunen (grün), Magiebegabter
Gabriel, Vertrauen (weiß), Wächter
Nasela und Casela, Wachsamkeit (gelb), Künstler
Dieter, Wut (rot), Künstler
Walto, Freude (orange), ein Anführer der Totaa

Die Macht der Acht:

Panica, Angst (violett), Tierverbundene

Philomena, Freude (orange), Menschverbundene

Arkadius, Ekel (schwarz), Tierverbundener

Agatha, Trauer (blau), Menschverbundene

† Sinja, Wut (rot), Tierverbundene

Coel, Erstaunen (grün), Menschverbundener

Quirin, Wachsamkeit (gelb), Tierverbundener

Joost, Vertrauen (weiß), Menschverbundener

Über die Autorinnen

Hinter dem Pseudonym Rose Snow stecken wir, Carmen und Ulli. Zusammen sind wir 73 Jahre alt, haben 2 Männer, 6 Kinder und einen Hund. Wir können ewig reden, lieben Pizza und Schokolade und lachen unheimlich gerne, vor allem über uns selbst.

Seit dem Sommer 2014 schreiben wir als Rose Snow Romantasy, darunter die vierteilige Bestsellerreihe „17 – Die Bücher der Erinnerung". Im Herbst 2016 ist mit „Für dich soll's tausend Tode regnen" unter Anna Pfeffer unser erster Jugendroman bei cbj erschienen. Seitdem veröffentlichen wir regelmäßig neue Jugendbücher und Romantasy-Reihen.

Kühn nachgerechnet sind wir schon seit unfassbaren 22 Jahren befreundet. Wir kennen uns aus unserer Schulzeit und schreiben trotz der Distanz Wien – Hamburg miteinander. Bedeutet: Unzählige Stunden via Skype, schallendes Gelächter und das Teilen tiefster Geheimnisse, auch wenn sie noch so peinlich sind.

Wenn ihr informiert werden möchtet, sobald ein neues Buch von uns erscheint, dann meldet euch gerne bei unserem Newsletter an:
www.rosesnow.de/newsletter

Und wenn ihr einfach mal quatschen oder Hallo sagen wollt, besucht uns doch auf unserer Autorenseite, auf Instagram oder auf Facebook. Wir freuen uns immer sehr über das Feedback und den direkten Austausch mit unseren Lesern.
www.rosesnow.de
www.instagram.com/rosesnow_annapfeffer
www.facebook.com/rose.snow.was.sich.liebt
www.facebook.com/groups/RoseSnow

Übrigens: Eine extra Portion Romantik gibt es auch jeden Dienstag und Freitag bei unserem kostenlosen Blogroman von Eric & Esther, den menschlichen Ichs von Ben & Lee aus den Acht Sinnen: www.rosesnow.de/blogroman

Weitere Romantasy-Reihen von uns:

17 - Die Bücher der Erinnerung
Was würdest du tun, wenn du plötzlich in fremde Erinnerungen sehen könntest?
17 - Das erste Buch der Erinnerung
17 - Das zweite Buch der Erinnerung
17 - Das dritte Buch der Erinnerung
17 - Das vierte Buch der Erinnerung

Die 11 Gezeichneten - Die Bücher der Sterne
Ohne Dunkelheit könntest du keine Sterne sehen ...
Die 11 Gezeichneten - Das erste Buch der Sterne
Die 11 Gezeichneten - Das zweite Buch der Sterne
Die 11 Gezeichneten - Das dritte Buch der Sterne

3 Lilien - Die Bücher des Blutadels
Ihn zu küssen hatte sich so richtig angefühlt, obwohl es so falsch gewesen war ...
3 Lilien - Das erste Buch des Blutadels
3 Lilien - Das zweite Buch des Blutadels
3 Lilien - Das dritte Buch des Blutadels

PS: Wir werden immer wieder darauf angesprochen, dass wir in unseren Büchern Anspielungen auf andere Reihen machen und die Welten auf diese Weise miteinander vernetzen. In „17" finden sich beispielsweise Verbindungen zu unserer Acht Sinne-Saga und den „11 Gezeichneten", die auch mit den „3 Lilien" und unserem Blogroman „Groupie wider Willen" verknüpft sind. Dennoch kann jede Reihe unabhängig voneinander gelesen werden! Viel Spaß beim Knobeln! :)

„17 - Die Bücher der Erinnerung"

Seit Jo denken kann, zieht sie mit ihrem Vater von Ort zu Ort, fast, als wären sie auf der Flucht. Als er ihr eröffnet, dass sie nun ausgerechnet im nasskalten Hamburg sesshaft werden sollen, hält sich ihre Begeisterung in Grenzen.

Bis sie in ihrer neuen Schule zwei gut aussehenden Jungs begegnet, die unterschiedlicher nicht sein könnten: Adrian, der Jo bewusst auf Distanz hält, und Louis, der sich offensichtlich für sie interessiert. Die zwei Jungs verbindet eine geheimnisvolle Rivalität, die Jo nicht zu deuten weiß - aber noch weniger versteht sie, was gerade mit ihr selbst los ist. Was für Bilder tauchen plötzlich in ihrem Kopf auf? Hat sie Halluzinationen? Oder sind das tatsächlich fremde Erinnerungen, in die sie kurz vor ihrem 17. Geburtstag auf einmal blicken kann?

„Die 11 Gezeichneten - Die Bücher der Sterne"

Seit jeher lieb Stella die Sterne – ohne zu ahnen, wie tief ihre Verbindung zu ihnen tatsächlich ist. Das erkennt sie erst, als sie mit ihrem Zwillingsbruder Cas an eine geheimnisvolle Universität gelangt, auf die schon ihre Eltern gegangen sind. Kurz nach der Ankunft begegnet Stella dort dem selbstbewussten Cedric, der nicht nur der heißeste Typ der Uni ist, sondern Stella auch viel zu schnell viel zu nahe kommt ...

„3 Lilien - Die Bücher des Blutadels"

Seit Monaten wartet die 17-jährige Lorelai darauf, dass die alte Gabe des Blutadels bei ihr erwacht – wobei sie nicht mal ihrer besten Freundin von ihrer magischen Abstammung erzählen darf. Denn die Gesetze des Blutadels sehen vor, das geheime Wissen unter keinen Umständen mit Außenstehenden zu teilen. Doch das erweist sich als äußerst schwierig, als Lorelai den verwegenen Vitus kennenlernt. Zwischen ihnen knistert es gewaltig - und während Lorelai noch mit ihren Gefühlen kämpft, haben die Probleme gerade erst angefangen ...